퀼트,
퀼트

퀼트, 퀼트
Quilt, Quilt

양선미 소설집

H
현대문학

차례

조서

이은수입니다. 나이는. 30세입니다. 주민번호는. 아까 말씀드렸는데요, 780……. 아, 알겠습니다. 결혼은 했습니까. 안 했습니다. 주소는. 여남시 여천동 72번지입니다. 여남시요? 이곳 분이 아니시네요. 여기엔 무슨 일로 와 있습니까. 직장엘 다니고 있습니다. 직업이 뭐죠. 고등학교에서 논술 강사를 하고 있습니다. 강사요? 교사가 아니고요? 예. 그러니까 비정규직이라는 말이지요. 어느 학교입니까. 그런 것도 말해야 하나요. 신경 쓰실 것 없습니다. 의례적인 질문이니까요.

경찰은 여전히 모니터에서 눈을 떼지 않았다. 완강한 표정이 막 완성된 석고상처럼 희고 딱딱했다. 말이 끊어지는 중간중간에도 움직이지 않는 고개가 불필요한 말은 하지 않겠다는 의지로 느껴지게 했다. 강하고등학교입니다. 나는 조용히 말했다.

강의를 하기 시작한 건 두 달 전이었다. 연락을 받고 학교에 도착했을 때 운동장의 둘레를 따라 서 있는 오래된 벚나무들이 제일 먼저 눈에 들어왔다. 왜 그랬을까. 추락할 듯 휘어진 가지들을 보는 순간 모래알처럼 서걱대는 날씨 틈에서 가지마다 숨죽이고 있을 꽃눈들이 떠올랐다.

학교는 어디까지 나왔습니까. 예? 목소리가 너무 컸던 모양이었다. 모니터에서 눈을 떼지 않던 경찰이 고개를 돌려 나를 바라보았다. 차가운 옆모습과 달리 눈동자가 웅숭깊었다. 이 소도시에서 출생과 성장을 했을 것이 분명한 그의 표정에는 지방경찰로서의 자부심과 책무감이 한껏 고양되어 있었다. 학력 말입니다. 아, 예. 대졸입니다. 아, 그렇지. 강사니까 대학을 졸업했겠군요. 그는 습관처럼 입술을 깨물며 이제까지 작성한 내용을 살펴보았다.

창문도 다 닫힌 상태였는데 어떻게 그 소리를 들었죠? 의아해하는 게 당연했다. 실은 마치 옆에서 물건을 떨어뜨린 것 같은 선명한 느낌이 나조차도 이해되지 않는 참이었다. 상식적으로 들릴 수가 없는데, 어느 정도 필요한 문구는 작성했는지 의자에 몸을 기댄 채 경찰이 중얼거렸다. 그의 오른손의 엄지와 중지에서 정확한 간격을 그리며 돌아가는 연필에서 자작나무 향이 배어 나왔다. 나는 아무 말도 하지 않았다. 꿈을 꾸고 있는 듯한 조금 전의 상황이 혼란스럽기만 했다.

사고가 난 지점과 차가 멈춘 곳은 어림잡아도 20여 미터 정도 떨어져 있었다. 쏟아져 들어오는 바람을 싫어하는 탓에 창문은 모두 닫은 상태였다. 오디오에서는 카리브 해의 바람이 묻은 경쾌한 남미 음악이 흘러나오고 있었다. 특별히 큰 충격이 아니라면 바깥의 소리 따위는 충분히 차단될 수 있는 상태였던 것이다.

비현실적인 드라마를 보고 있는 것 같았다. 생각해보면 예고되지 않았던 사고의 조짐은 차를 몰고 골목을 빠져나올 때부터 낮게 떠다니던 흑갈색 어둠만큼이나 농후했다. 국도로 진입하기 위해서 꼭 지나쳐야 하는 네거리는 늘 소란스러웠다. 노란빛의 등만 명멸할 뿐 신호등이 제구실을 못했기 때문에 도시로 진입하고 빠져나가려는 차량들로 인해 북새통을 이루던 곳이었다. 그러나 오늘 밤은 그렇지 않았다. 가로등마저 꺼진 네거리는 완벽하게 외부로부터 차단된 듯 어둠에 잠겨 있었다. 망망대해를 부유하는 한 점 섬처럼 쏟아지는 바람에 속수무책으로 노출되어 한층 깊어진 적막을 내뿜을 뿐이었다. 물론 차들이 다니기엔 조금 늦은 시간이기는 했다. 그렇다 하더라도 네거리가 그토록 무거운 적막에 놓인 것은 전에 없던 일이었다.

한바탕 어수선한 꿈을 꾸고 있는지도 몰랐다. 어릴 때 곧잘 출몰하곤 했던 추락의 두려움 같은 것. 장소도 상황도 분명치 않은데 어찌된 셈인지 늘 같은 곳에서 추락을 하며 아득한 깊이 속으로 빨려들어가곤 하던. 비명을 지르며 깨어나 보면 목덜미에 와 닿는 서늘한 외풍이 현실이 아니었음을 말해주었다. 키가 크려는 거라고, 두려움에 소리를 지르다 보면 그 소리만큼 몸도 마음도 고무풍선처럼 팽창되어 어느새 어른이 되는 거라고, 엄마는 말했다. 그러나 온몸을 조여오는 그 공포를 매번 느껴야 한다면 차라리 아무것도 모르는 어린아이로 남아 있고 싶다고 노랗게 젖어 들어간 요를 보며 나는 중얼거리곤 했다.

소리는 지나치게 뚜렷했다. 가까운 곳에서 누군가 단단하고 묵직한 물건을 떨어뜨린 것 같았다. 아주 잠깐 운전대를 잡은 팔목에 오소소 소름이 돋았던 것은 물체의 선명한 질감이 바퀴로부터 전해온 것 같은 느낌 때문이었으리라. 차 문밖으로 발을 내딛었을 때만해도 내 안에서 일렁거리고 있는 움직임의 실체가 무엇인지 짐작조차 하지 못했다. 목탄화처럼 낮게 채워진 어둠들이 조금 버겁게 느껴졌을 뿐이었다.

처음엔, 고양이를 치었을지도 모른다고 생각했다. 늦은 밤이나 이른 새벽, 네 다리를 가지런히 모은 채 도로에 쓰러져 있는 고양이를보는 일은 이 도시에서는 흔한 일이었다. 곤한 잠에 빠져 있는 듯이보이던 그것들은 기화하듯 어느 날 갑자기 사라져버렸고 잉크 같은검은 흔적으로만 존재했다.

예상과 달리 도로 위의 검은 물체가 고양이가 아닌, 체구에 비해터무니없이 작은 외투를 걸치고 있는 남자임을 알았을 때 나는 밖으로 튀어나오려는 소리를 삼키기 위해 끅, 숨을 멈추었다. 더 이상다가서지 못한 채 그를 바라보았다. 경극이나 가면극의 주인공 같았다. 외투 안에 갇힌 손목이며 가슴이 그대로 터져 나올 것 같은 남자의 몸은 희극적으로 보였다. 작은 음영조차 없이 무표정한 얼굴을 하고 있었음에도 불구하고 남자는 웃고 있는 것처럼 보였다. 은사시처럼 희끗희끗한 머리카락 사이로는 섬뜩하도록 검고 되직한 피가 쉴 새 없이 흘렀다. 대지 깊숙한 곳에서 수액을 빨아들이는 것처럼 몸이 간단없이 흔들리고 있었다. 그러던 어느 순간 허공을 응시하던 그의 눈이 내게로 향했다.

나는 그 자리에 주저앉았다. 압박붕대처럼 두려움이, 조여왔다. 딱히 무엇에 대한 것인지는 알 수 없었다. 붉은 피를 지표로 흘려보내고 있는 그 때문인지, 달뜬 표정으로 어딘가에 전화를 걸고 있는 청년 때문인지. 비열한 계산이, 이를테면 내 실수에 대한 변명들이 빠르게 머릿속을 스쳤다. 아무것도 보지 못했다고, 거리가 어두워 사람이 있으리라고는 꿈도 꾸지 못했다고 떠들기 시작한 것은 성급한 조바심이 덤벼들어서였다.

설사 소리가 들렸다 하더라도 왜 돌아왔습니까. 어쨌든 뭔가 이상한 느낌을 받았으니까 차를 세운 게 아닙니까. 차가 심하게 덜컹거린 것도 아닌데 굳이 가던 길을 멈춘다는 게 상식적으로 이해가 되지 않습니다. 이은수 씨는 조그만 소리에도 늘 차를 멈추십니까. 경찰이 다시 미심쩍어하는 표정으로 나를 바라보았다. 내 안 어딘가에 숨어 있을 혐의를 찾고 싶어 하는 게 역력해 보였다. 무리는 아니었다. 누구든 운전을 하는 중 들려오는 소리에 차를 세우는 사람은 없을 터였다. 20여 미터나 떨어진 사고 지점에서 뚜렷한 정황을 목격한 호기심 많은 행인이 아니라면 굳이 왔던 길을 되돌아갈 이유는 없는 것이다. 아닙니다. 하지만, 소리가 너무 선명했고, 또 도로가 너무 어두워서 불길한 생각이 들었을 뿐입니다.

아까는 고양이를 친 줄 알았다고 하지 않았나요. 아시겠지만 그길은 국도로 진입하는 골목이라서 야생 고양이들이 차에 치이는 일이 흔한데 그것 때문에 불길함을 느꼈다는 게 이해가 되지 않습니다. 그토록 불길했다면 왜 그때 서지 않고 20미터나 달려간 뒤에야 섰을까요. 그건 무엇 때문인가 망설였다는 뜻이 아닐까요. 그쯤에서 소리를 들었을 뿐이에요. 불길하다고 말했던 건 그냥 너무 어둡고, 또 소리가 선명해서……. 터무니없이 나는 울먹이고 있었다. 사고의 정황은 정확했고 내게 혐의가 없다는 건 이미 판명이 난 터였다. 그런데도 어린아이처럼 움츠리며 논리적으로 전혀 맞지 않는 말을 벌써 몇 번째 되풀이하고 있는 내가 이해가 되지 않았다.

좋습니다. 그럴 수 있다고 칩시다. 그렇다고 해도 왜 본인이 사고를 냈다고 생각했을까요. 대개는 사고를 내고도 당황해서 부인을 하게 마련인데 이은수 씨 같은 경우는 사고가 난 줄도 모르고 왔으면서 자신이 가해자라고 주장했으니 말입니다. 경찰은 말하는 중에도 끊임없이 볼펜을 돌렸다. 기억나지 않는 어느 영화의 한 장면처럼 입술 끝을 질겅이며 야릇한 미소를 짓기도 했다. 혹시 경찰이 되고 싶다는 꿈을 그가 갖게 된 건 건달들이 바람처럼 도시를 몰려다니는 홍콩느와르 따위의 영화를 본 뒤가 아니었을까. 의자에 한껏 몸을 기댄 채 비스듬히 나를 바라보는 경찰의 표정은 뜻밖에도 예리했고, 그랬기 때문에 더욱 작위적으로 보였다. 수치심이 느껴졌다. 감추고 싶은 흉터가 여지없이 드러나는 것 같은 느낌이었다. 오랜 가뭄에 노출된 논처럼 혀끝이 탔다.

청년의 말로는 빠르게 진행해가던 이은수 씨의 차가 갑자기 오른쪽으로 방향을 바꾸었다고 하던데요. 할 말을 찾지 못해 마른침을 삼키는 사이 경찰이 책상 앞으로 바싹 의자를 끌어당기며 다시 물었다. 불쑥 그의 상체가 쏟아지는 느낌에 나는 흠칫하며 뒤로 물러났다. 고된 야간 근무 탓일까. 햇볕 속에서 마라톤을 한 것 같은 열기가 깊이 드리워 있었다. 그게 사실입니까. 경찰은 지나치게 사명감이 강하거나 성격이 급한 사람이었다. 퀴즈 진행자처럼 일정한 시간 안에 대답을 요구하고 보채는 걸 보면. 그랬을 겁니다. 왜 그랬습니까. 방, 향을 바꾸려고 했습니다. 생각지도 않던 대답이 불쑥, 튀어나왔다. 대답하고 보니 그랬던 것도 같았다. 아니, 아니었던 것도 같았다. 나는 고개를 흔들었다. 불과 한 시간 전의 일인데도 오래된 일처럼 자신이 서지 않았다. 잠시라도 틈을 보이면 금방이라도 올무에 걸려들게 할 것 같은 그의 눈빛에 마음이 급해진 때문인지도 몰랐다. 어쨌거나 결과적으로 그의 호기심을 부추기는 꼴이 되고 말았다. 함께 그물을 엮는 서투른 어부들처럼 서로 엇갈리며 간격이 맞지 않는 사건의 얼개를 짜나가는 꼴이었다.

그런데 방향은 안 바꾸지 않았습니까. 오른쪽으로 트는 듯하다 다시 진행하던 방향으로 갔다고 하던데요. 모니터로 시선을 돌리며 그가 물었을 때 나는 다시 마른침을 삼켰다. 허방을 디딘 것처럼 머리가 어지러웠다. 갑자기, 들러야 할 곳이 생각나서였습니다. 그러다 다시 돌아오는 길에, 가는 게 좋겠다고 생각했구요. 위험을 감지한 청거북처럼 자꾸 움츠러드는 느낌에 나는 그가 알아채지 못하도록 숨을 들이마셨다.

혹시 횡단보도를 걷고 있던 그 사람을 보았습니까. 결국 이거였다. 그가 궁금해하는 게. 경찰은 구부정하던 허리를 펴고 정자세로 고쳐 앉았다. 양손을 맞잡으며 힐끗 모니터를 바라보는 그의 표정에는 자신에게 맡겨진 임무가 얼마 남지 않았다는 성급한 느긋함이 가득했다.

엉뚱한 연상 작용이었다. 그를 보았느냐는 목소리가 귓가에서 우렁우렁 울린다는 느낌이 들자, 책상 아래에서 끊임없이 손을 비벼대며 이 지루한 시간이 빨리 지나가기를 기다리던 머릿속으로 오늘 오후, 교실 창밖으로 보이던 플래시 같은 햇빛 아래서 내밀하게 숨을 쉬고 있던 오래된 벗나무들이 뜬금없이 떠올랐다.

그랬다. 긴장할 때면 그렇듯 오른손으로 왼손을 비비며 나는 창밖의 앙상한 벗나무들을 보고 있었다. 오늘은 「34번가의 기적」이라는 영화로 토론을 할 예정이었다. 일률적인 사고에 익숙해져 있는 아이들과 함께 화려한 영상기술로 상업적 메커니즘을 교묘하게 위장한 할리우드 영화에서 부정적인 이미지를 찾아내는 것은 쉽지 않았다. 아이들이 좀 더 적극적으로 수업에 임할 수 있도록 신데렐라나 백설 공주 이야기들을 부교재로 준비해놓은 건 그래서였지만 수업은 계획대로 하지 못했다. 동심을 교묘하게 이용한 상업화라는 주제로 나름대로 의견을 서술하라는 과제를 내주었을 뿐이다.

자유 서술은 제대로 이루어지지 않았다. 여우비 같은 짧고 반가운 뜻밖의 자유를 아이들은 놓치지 않고 한여름 밤의 개구리 떼처럼 와글대기 시작했다. 몇몇은 교실의 양끝을 오가며 노골적으로 떠들거나 휘파람을 불기도 했다. 자칫하면 평소에도 강사들의 수업 분위기 살피는 것을 지상 과제로 생각하는 교감이 숨을 헐떡이며 달려올 지경이었지만 나는 아이들을 제지하지 않았다. 실은 하지 못했다는 편이 옳겠다. 생각해보면 모든 것이 예정된 수순을 밟듯 진행되었는지도 몰랐다. 다년생 줄기 식물처럼 촘촘하게 엉켜 있던 운명의 뿌리들이 우연을 가장한 체 짐짓 서로에게 길을 내주며 연결고리를 이루고 있었다는 말이다.

지난밤의 늦은 귀가가 아니었다면 지금쯤 모든 것이 정상적으로 돌아가고 있을까. 예매해놓은 기차를 타지 못한 건 내 탓이 아니었다. 이미 정해져 있는 운명은 지뢰처럼 숨을 죽이고 어떤 식으로든 내가 지나가기만을 기다렸을 것이었다. 기차를 타기 위해 지하보도를 달리던 중 오랫동안 보지 못했던 후배를 뜻하지 않게 만나지 않았다 하더라도, 그가 내 손을 잡은 채 아직까지 취직을 하지 못했다는 넋두리를 하지 않았다 하더라도, 그래서 느긋하게 기차에 올라텄다 하더라도 어떤 식으로든 내 발목을 잡았을 거라는 말이다.

조급하게 시계를 바라보는 내 시선 따위에는 아랑곳하지 않은 채 지푸라기라도 잡는 심정으로, 입사 정보를 구하듯 무언가를 들려주길 기대하는, 하다못해 논술 강의는 어느 경로로 얻을 수 있느냐고 물어오는 후배의 말을 나는 속수무책으로 듣고 있었다. 아무것도 해줄 이야기가 없었지만 완곡하게 도움을 청하는 눈길을 뿌리치기도 어려운 노릇이었다. 시간은 달아나듯 흘러갔고 더 이상 머뭇거리기 어려운 지경이 되었을 때야 나는 정신없이 달리기 시작했다.

환승로는 길고 복잡했다. 어지럽게 얽힌 미로처럼 끝이 없었고 가파른 계단들은 운동 부족으로 둔해진 몸을 지치게 하기에 충분했다. 긴장과 피로에 눌려 마지막 계단을 오를 때에는 한증막에 들어선 듯 온몸에서 땀이 흐를 지경이었다. 결국 꺾이는 발을 끌고 도착한 개찰구는 완강하게 닫혀 있었다. 예매한 시각에서 3분이 지나 있었다. 나는 벽 한쪽에 기대서서 허망한 심정으로 개찰구를 바라보았다. 다음 열차는 한 시간 30분 후에 출발했다. 영화 한 편을 보기에도, 다이제스트 한 권을 읽기에도 애매한 시간이었다. 나는 하릴없이 호객 행위를 하는 중년 여자들이 어슬렁대는 역사 한 귀퉁이에 있는 패스트푸드점에서 커피를 마시며 지루한 시간을 넘겼다.

집으로 돌아오니 새벽 한 시가 넘어가고 있었다. 하릴없이 시간을 보내는 것만큼 무기력한 일이 또 있을까. 기다렸다는 듯 피로가 밀려왔다. 빨리 잠자리에 들고 싶은 마음이 간절했지만 그러지 못했다. 다음 날 해야 할 수업 준비를 아직 하지 못했고 지나치게 피곤하면 쉽게 잠자리에 들지 못하는 습관 때문이기도 했다. 동이 틀 무렵에야 겨우 어깨에 얹힌 짐을 일시에 내려놓듯 까무룩한 잠자리에서 눈을 뜨고 보니 어느새 정오가 지난 뒤였다. 햇빛은 활촉처럼 쏟아지고 있었다. 손등으로 그늘을 만들며 나는 잠깐 미간을 찌푸렸다. 그제야 자칫하면 늦을지도 모른다는 자각이 일어났다. 서둘러야 했다. 나는 버터도 바르지 않은 모닝 빵을 입에 욱여넣었다. 그 바람에 사레가 걸려 농익은 석류 열매처럼 얼굴이 붉어질 때까지 기침이 터져 나왔다. 빵 부스러기들이 거실 바닥에 흩어졌다.

전화벨이 울린 건, 막 현관문을 열었을 때였다. 문을 여는 순간 와락 덤벼드는 먼지들 탓에 연거푸 재채기를 하던 참이기도 했다. 강도 낮은 지진처럼 은밀하게 울리는 벨 소리를 들으며 나는 잠깐 망설였다. 다시 신발을 벗고 거실로 들어가는 일은 번거로웠다. 이 시간엔 내게 전화를 걸 사람도 없었다. 새로 바뀐 전화번호를 아는 사람은 강의를 나가고 있는 학교의 실무자밖에 없었다. 그런데도, 나는 끌리듯 현관문을 열었고, 신발을 벗었고, 전화기를 들었다.

그였다. 그의 목소리가 들리자 나는 주위를 살폈다. 그가 내 번호를 어떻게 알았는가는 중요하지 않았다. 어디에선가 나를 보고 있다, 금방이라도 나타날 것만 같았다. 수화기를 막은 손바닥에서 미세한 울림이 느껴졌다. 손가락 사이로 빠르고 높은 그의 목소리가 퍼져 나왔다. 욕일 터였다.

모든 게 예정된 것 같았다. 처음엔 알 수 없으나 결국엔 윤곽을 드러내는 퍼즐 같았다. 어젯밤 기차를 놓친 게, 소나기처럼 쏟아지는 피로감에 몸을 뒤척이다 새벽에야 잠들 수 있었던 게, 전에 없이 늦잠을 잔 게.

이은수 씨. 보행자를 보셨냐고 묻지 않습니까. 나는 깜짝 놀라 고개를 들었다. 경찰의 얼굴에 잔뜩 짜증이 배어 있었다. 잘, 모르겠습니다. 정확하게 말씀을 해주셔야 합니다. 봤습니까, 못 봤습니까. 경찰이 키보드에 손을 얹으며 다시 물었다. 본 거랑, 보지 않은 거랑 무슨 차이가 있는 거죠. 그 말에 슬쩍 경찰이 고개를 들었다.

현행 교통법상 사람이 도로를 횡단할 때는 보행자를 보호하기 위해 무조건 차가 서도록 되어 있었습니다. 그러니까 만약에 사람을 보았다면 이은수 씨에게도 과실이 있다고 할 수 있습니다. 조서를 작성하고 있는 것도 바로 그 때문이고요. 너무, 너무 갑작스러워서 본 건지, 못 본 건지 기억이 나지 않아요. 다만, 사람이 쓰러져 있으리라고는 전혀 생각하지 못했습니다. 나는 입술 끝을 깨물었다.

좋습니다. 더 이상 묻지 않겠다는 듯 그가 엔터키를 쳤다. 다행이었다. 이렇게 늦은 시간에 어딜 가던 길이었습니까. 다시 자판을 두드리며 경찰이 물었다. 그냥, 답답해서, 나오던 길이었습니다. 사실이었다. 출판사에 투고할 원고를 쓰던 중이었지만 생각했던 것만큼 이야기가 풀리지 않았었다. 충분히 취재도 해놓은 상태였고 나름대로는 이야기의 구성도 비교적 세밀하게 그려놓았는데도 그랬다. 당연한 일이었다. 출근길에 그의 전화를 받은 뒤로 모든 일은 미세하게 비틀어진 제도기처럼 엇나갔다.

그에게서 전화가 왔다. 그건 그가 펼쳐놓은 포충망이 이미 가까운 곳에 펼쳐져 있다는 것을 의미했다. 그가 나타나는 건 시간문제였다. 벌써 어딘가에서 이곳을 지켜보고 있을지도 모를 일이었다. 돌연한 갈증에 나는 냉장고에서 캔맥주를 꺼냈다. 문득 어디론가 떠나고 싶은 충동이 일었다. 그가 절대로 찾아낼 수 없는 곳, 어둠처럼 흔적도 없이 스며들 수 있는 곳으로. 결국 컴퓨터도 끄지 못한 채 나는 서둘러 집을 나섰다.

생각해보면 엄마가 죽었을 때, 외국으로라도 떠났어야 옳았다. 그는 집요하고 악한 사람이었다. 아무리 낯선 곳에 틀어박혀 있다 해도 결국엔 찾아내리라는 걸 왜 부인했던 것일까. 엄마가 살아 있었을 때, 그를 피해 숨던 때가 떠올랐다. 꼭 1년 만에 그는 우리 앞에 섰다. 오랜 고행을 끝낸 순례자처럼 몹시 지친 상태로였다. 통통했던 두 볼은 옴폭 들어가 있었고 옷에서는 형용하기 어려운 악취가 쉴 새 없이 풍겼다. 그래서였을까. 허물어질 듯 현관에 기대어 서 있는 그를, 엄마는 물색없이도 연민했다. 머리카락 사이에 감춰진 난폭한 안광을 보지 못하고 그를 믿어버렸다. 체념일지도 몰랐다. 그와 눈이 마주치는 순간, 그를 떠난다는 건 불가능한 일이라고.

그는 여전했다. 아니 더 심해졌다. 자신을 경찰에 신고하고, 말도 없이 사라졌다는 사실에 그는 분노했다. 술을 마셨고, 날카롭게 벼려진 날을 엄마에게 들이밀었다. 그동안의 행적을 검사한다는 이유로 엄마의 옷을 벗겼고, 욕을 해댔고, 손찌검을 했다. 머리채를 잡고 아직 흉터가 가시지 않은 엄마의 팔을 겨누며, 가만두지 않겠다고, 한 번만 더 사라지면 그땐 정말로 죽여버리겠다고 으르렁거렸다. 그의 협박은 효과를 발휘하지 못했다. 엄마는 그를 비웃듯 다시 사라졌다. 이번엔 내게 아무런 언급도 하지 않은 채 혼자서였다.

전날 맞은 엄마의 상처 부위를 소독하고 있을 때였다. 대낮부터 취한 그가 나타났다. 오른손에는 어디선가 구해 온 각목이 들려 있었다. 돌연한 도주에 대해, 그간 분출하지 못한 적의를 한꺼번에 내뱉던 그는, 이번에는 분노를 풀 대상으로 나를 택했다. 공범에 대한 단죄였다. 그가 결도 다듬어지지 않은 각목을 들고 다가올 때만 해도 그걸 휘두르리라고는 생각하지 못했다.

기다란 사각형의, 아직 자작 향이 나는 거친 각목이 나를 강타하는 순간, 돌연 모든 것이 평온해졌다. 예상했던 것처럼 두렵지는 않았다. 오랫동안 기다렸던 일이 닥친 것처럼 마음이 가라앉았다. 정신을 잃고 누운 마룻바닥은 뜻밖에도 부드러웠다. 아주 잠깐, 꿈을 꾸는 것 같았다. 처음이었다. 엄마가 그에게 위해를 가한 것은. 엄마가 울고 있다고 느끼는 순간, 그의 비명 소리가 들려왔다. 이윽고 그가 내 옆으로 쓰러졌다. 그 순간 우리 둘은 오수를 즐기는 사이좋은 부녀처럼 보였을 터였다.

제 안에서 난데없이 튀어나온 난폭함에 놀란 엄마는 손에 들고 있던 각목을 떨어뜨렸다. 그녀는 내용물이 빠져나간 자루처럼 그 자리에 허물어졌다. 하얗게 질린 입술로 뜻 모를 몇 마디 말을 내뱉은 뒤 아주 잠깐 위악적으로 입술을 비틀었다. 그게 마지막이었다. 엄마는 영원히, 집을 떠났다.

아까는 돌아오는 길에 들르기 위해 방향을 바꾸려다 말았다고 하지 않았습니까. 늦은 밤 근무가 피곤했던 모양이었다. 갑자기 경찰이 손으로 입을 가리며 하품을 했다. 눈초리에 미처 쫓아내지 못한 잠기운이 매달려 있었다. 나는 짐짓 외면하며 고개를 끄덕였다. 예, 그랬습니다. 그런데 그냥 드라이브를 하는 거였다면 볼일을 먼저 보는 게 상식이 아닙니까. 할 말을 찾지 못하고 머뭇거리자 중요한 단서를 잡은 것처럼 경찰이 돌연 눈을 빛냈다. 눈초리에 매달려 있던 눈물은 온데간데없었다. 하지만 모든 일이 어찌 상식대로만 움직이겠는가. 그랬다면 애초에 뜻하지 않게 경찰서까지 와서 조서를 쓰는 일도, 이토록 무의미한 말들을 되풀이하는 일도, 그가 뺑소니차에 치여 죽는 일조차 없었을 터였다.

늘, 상식대로만 일이 돌아가는 건, 아니잖아요. 나는 떠듬떠듬 말했다. 경찰이 나를 유심히 바라보는 게 느껴졌다. 뭔가 수긍할 만한 이야기를 만들어야 한다는 생각이 떠올랐지만 그뿐이었다. 먹물이 뿌려진 듯 머릿속이 캄캄했다.

혹시 운전을 하기 전에 음주를 했습니까. 아뇨. 꼭 한 모금만큼의 질량만 줄어든 채 아직도 책상 위에 놓여 있을 맥주 캔을 떠올리며 나는 고개를 저었다. 컴퓨터의 모니터는 아무도 없는 빈방에서 화면 보호기로 깔아놓은 모네의 그림을 끝도 없이 되풀이하며 띄우고 있을 터였다.

재산은 어느 정도죠? 난데없는 질문에 고개를 들었다. 생각보다 섬세한 그의 긴 손가락을 물끄러미 응시하던 참이었다. 재산이 얼마나 되시냐고요. 다시 말을 해야 하는 번거로움 따위는 아무 상관이 없다는 듯이 그가 여전히 무뚝뚝하게 말했기 때문에 나는 그제야 되물었다. 재산이라니요. 못 알아들으시겠습니까. 재산 말입니다. 동산은 얼마고 부동산은 얼만지. 잘 모르겠어요. 생각해본 적이 없어서. 그럼 살고 있는 집은요. 자가입니까, 전세입니까. 월세인데요. 얼마짜리죠. 다시 말씀드리지만 그리 신경 쓰실 건 없습니다. 이건 조서를 작성하기 위해 의례적으로 하는 질문일 뿐이니까요.

그때였다. 출입문이 요란하게 열리는 소리와 함께 한 무리의 사람들이 실내로 들어왔다. 사고 현장을 철수하고 온 경찰들이었다. 그 뒤로 아직 흥분을 가라앉히지 못한 청년이 따라오는 게 유리창에 비쳤다. 조도가 낮은 형광등 탓인지 얼굴빛이 검어 보였다. 고등학교나 졸업했을까, 경황 중에 보았던 것보다 많이 앳되어 보였다. 자신에게 주어진 역할이 청년은 꽤 만족스러운 것 같았다. 경찰이 권하는 의자에 앉아서도 시종 왼쪽 다리를 떨며 남자를 치고 달아난 차의 번호판을 보지 못한 것을 내내 아쉬워했다. 조금만 민첩했더라도 충분히 잡을 수 있었노라고 말하는 청년의 표정은 길에서 주운 지갑을 들고 찾아온 초등학생의 표정만큼이나 우쭐했다.

어느 순간 청년의 눈길이 문득 내게로 향했다. 무심코 시선을 두던 나는 서둘러 고개를 돌렸다. 단지 눈만 마주쳤을 뿐인데 간신히 평온을 되찾은 가슴의 살얼음이 속수무책으로 깨져 나가는 느낌이었다. 그럴 리가 없는데도 청년의 눈동자가 그대로 뒷덜미에 깊이 박힌 것 같아 꼼짝도 할 수가 없었다. 급랭된 납 뭉치가 내 몸을 지하 깊은 곳으로 끌고 내려가는 것 같았다.

많이 놀라셨죠. 청년의 목소리는 지나치게 컸다. 글씨 하나하나가 빠르게 회오리치며 실내를 날아다녔다. 많, 이, 놀, 라, 셨, 죠, 자부심이 잔뜩 담긴 그 글자들이 일제히 나를 향해 날아왔다. 달아오르는 얼굴을 나는 손으로 감쌌다. 애써 그를 외면했지만 생생하게 떠오르기 시작한 조금 전의 일은 어찌할 수가 없었다.

고백하건대 두려웠던 것은, 젤리 같은 피를 지표 위에 흘리고 있던 남자가 아니었다. 그보다는 고무장갑처럼 늘어진 그의 손목 맥을 짚으며 어디론가 전화를 걸어대던 청년이었다. 눈썹이 짙은 청년을 보는 순간 불가해한 소용돌이 속으로 빨려 들어가는 착각에 몸이 떨려왔다. 사고의 정황들이 부당하게 작용할 수도 있다는 생각은 거의 공포에 가까웠다. 내 안의 모든 것이 낱낱이 해체될지도 모른다는 두려움에 나는 움직임을 멈추었다. 내 안에서 거품처럼 끓어오르던 노여움을 엿보인 것 같아 할 수만 있다면 어디로든지 멀리 달아나고 싶었다. 정황 조사를 위해 사고 현장을 카메라에 담던 경찰이 다가왔을 때는 절망감이 나를 포박하기 시작했다는 걸 알 수 있었다. 밑도 끝도 없는 생각들이 두서없이 머물다 사라졌다. 사고 차량이 저 차 맞습니까. 경찰이 내게 물었다. 나는 건전지 인형처럼 고개를 끄덕였다.

어디로 부딪친 겁니까. 선뜻 찍어야 할 부위를 찾지 못한 채 경찰이 물었으므로 나는 주춤주춤 다가갔다. 잘, 잘 모르겠어요. 쓰러진 남자를 보자 현기증이 몰려왔다. 나는 차 문에 몸을 기댔다. 뭔가 이상하다고 느낀 건 경찰이 쓰러진 남자의 상처 부위를 살핀 뒤 일치할 충돌 부분을 찾기 위해 차를 살펴보고 나서였다. 이거 이상한데, 충돌의 흔적이 없어요. 바퀴도 그렇고. 가만있자. 충돌 부위를 찾지 못한 경찰이 고개를 갸웃거렸다. 한쪽에서 간신히 서 있던 나는 경찰의 신호를 받고 그를 따라 차체를 살펴보았다. 정말이었다. 어느 부분에서도 충돌의 흔적은 찾을 수 없었다. 간간이 내렸던 여우비만 보닛 위에 무늬를 남겼을 뿐이었다. 갑자기 모든 것이 혼란스러웠다. 귓전에서 터지듯 생생했던 그 소리는 뭐였단 말인가. 나는 주위를 살펴보았다. 몰려든 사람들과 사고 현장을 서성이는 경찰들의 모습이 낯선 연극의 한 장면처럼 아득했다.

청년이 나타난 건 그때였다. 한쪽에서 구급차로 옮겨지는 남자의 모습을 끝까지 지켜보고 있던 그가 손사래를 치며 다가왔다. 아니에요, 아니에요, 그 사람. 청년의 목소리는 지나치게 컸다. 때문에 주위 사람들의 시선이 급하게 내 쪽으로 다가오는 청년에게로 쏠렸다. 어두운 곳에서도 짙게 밴 책임감이 표정에 선명했던 것은 그와 같은 사람들의 의혹 어린 시선의 힘도 가세한 탓일 터였다.

이 사람이 아니고요. 사고를 낸 차는 저기, 저쪽으로 사라졌어요. 허공 너머를 가리키며 청년이 말했다. 모든 상황이 일시에 변하는 순간이었다. 짧은 거리였음에도 그는 과장되게 숨을 몰아쉬고 있었다. 일제히, 그러기로 약속이라도 한 것처럼 시선들이 청년의 손끝을 향했다. 사거리의 한 귀퉁이에서 희미하게 몸통을 드러내고 있는 샛길이 그제야 눈에 들어왔다. 언뜻 보아서는 작은 차 한 대도 들어갈 수 있을 것 같지 않은 좁은 길이었다.

저쪽으로 사라졌다고요? 사고가 난 순간을 목격했습니까? 카메라를 들고 찍을 곳을 찾지 못하던 경찰이 다그치듯 물었다. 예. 저는 반대편에서 걸어오고 있었는데 갑자기 쾅 소리가 나더라고요. 그런 뒤 차 한 대가 정신없이 샛길로 빠져나가서 이상한 생각이 들어 와보니까 남자가 쓰러져 있었어요. 상태가 심각한 것 같아서 제가 119에 신고를 했던 거구요. 119에 신고를 했다는 말을 할 때 청년은 엄지손가락으로 찌를 듯 자신의 가슴을 가리켰다. 그러나 분명 자신의 철저한 시민 의식에 대한 치하를 기대했을 청년의 모션은 어디론가 사라졌다는 뺑소니차를 수배하기 위해 바빠진 경찰에 의해 무시되고 말았다. 나를 보고 공연히 미소를 지었던 것은 그 같은 겸연쩍음을 감추기 위해서였을 것이다. 나는 선뜻 그의 미소에 화답할 수가 없었다. 난감한 상황에서 증언을 해준 것에 대한 감사함을 표할 수도 없었다. 대신 빨리 그곳을 벗어나고 싶었다. 청년과 함께 경찰 앞에 나란히 서 있어야 한다는 게 막다른 골목에 들어선 것처럼 막막할 따름이었다.

아가씨 이 청년한테 고맙다고 인사해야겠어요. 까딱 잘못하면 가해자가 될 수도 있었는데. 아 그렇잖아요. 아가씨는 자기가 사고를 냈다고 울어대고 정작 사고를 낸 차는 사라져버렸으니. 인사조차 제대로 하지 않는 내가 답답했던지 누군가 나를 향해 말하는 소리가 들려왔다.

재산을 묻는 건 검사가 벌금을 매길 때 참고로 하기 위함입니다. 재산이 얼마 없는데 너무 터무니없는 벌금이 부과되어서 곤란을 겪지 않도록 하기 위해서죠. 자 다시 시작하겠습니다. 재산이 어느 정도나 되죠. 예를 들면 지금 살고 있는 집의 보증금이랄지. 경찰이 다시 묻기 시작하자 나는 청년의 시선에서 벗어나기 위해 서둘러 대답했다. 보증금은 없고 그냥, 통장에 3천만 원이 있습니다. 부동산은 없고요. 좋습니다. 경찰은 모니터와 자판을 번갈아 보며 마무리를 한 뒤 모니터 옆에 놓인 프린터에 용지를 집어넣었다. 곧 다르륵

거리는 소리를 내며 용지들이 프린터 안으로 빨려 들어갔다. 인쇄 소리가 요란하고 속도가 느린 걸 보니 잉크 프린터인 모양이었다. 그 시간이 견딜 수 없이 지루했다. 영원히 다다를 수 없는 시간의 적층이 조여오는 것 같았다.

조서를 작성한 경찰은 방금 들어온 사람들 틈에 서서 큰 소리로 이야기를 나누었다. 응급실로 옮겨진 그가 아직은 죽지 않았다는 것, 하지만 피를 너무 많이 흘려 소생의 가능성이 없다는 얘기가 들려왔다. 신원 확인은 된 거냐고 누군가 물었고 주민등록증이나 운전면허증도 없을 뿐 아니라 하다못해 지문까지 다 닳은 터라 아무래도 행려 처리를 해야 할 것 같다는 대답이 들려왔다. 검은 피를 흘리며 도로에 누워 있던 그를, 나는 떠올렸다. 그러나 곧 고개를 흔들었다. 내 안에서 그는 이미 오래전에 죽은 사람이었다. 불과 조금 전만 해도 그를 향한 지독한 살의에 몸을 떨지 않았던가. 함부로 뒤섞인 퍼즐 조각처럼 요동을 치는 가슴을 다잡기 위해 나는 깊은 숨을 들이마셨다.

무작정 거리를 달릴 때만 해도 그날 내내 사라지지 않는 불안감에서 벗어날 수만 있다면 아무것도 바랄 것이 없다고 생각했었다. 평소 자주 가던 국도로 이동하기 위해 나는 천천히 핸들을 움직였고, 좌회전 방향 지시등을 켜기 직전, 방향을 바꿀 때 주위를 살펴보는 평소의 습관대로 왼쪽을 바라보았다. 그가 보인 건 그때였다.

처음에는 그저 거기를 지나는 행인인 줄 알았다. 어두운 거리에 소소하게 서 있는 물체의 정체를 알아보기까지에는 어느 정도의 시간이 필요하기 때문이었다. 나는 그가 먼저 길을 건널 수 있도록 브레이크에 발을 올렸다. 그와 동시에 가슴 한쪽에서 통증이 밀려왔다. 횡단보도의 한쪽 끝에 서 있는 사람이 바로 그라는 것을 알았던 것이었다. 우려했던 일이 현실로 벌어지고 있었다. 내 집을 향하는 게 분명한 몸짓으로 담배를 피우고 있는 그의 표정을 상상하는 일은 어렵지 않았다. 이 낯선 곳까지 찾아오기 위해 지난 몇 달을 그가 어떤 심정으로 헤매고 다녔을지도 짐작이 갔다.

차 안에 있는 나를 그가 알아볼 리 없다고 생각하는데도 고개가 저절로 숙여졌다. 두서없는 생각들이 머릿속을 어지럽혔다. 도망쳐야 한다는 위기감이, 결국은 그에게 잡히고 말 거라는 절망감이 함부로 뒤엉켰다. 이번에는 결코 가만히 당하지만은 않을 거라는 오기가, 그러나 엄마가 그랬듯이 결국은 그의 올무에서 절대로 벗어나지 못할 거라는 체념이 나를 괴롭혔다. 그러다 문득, 떠오른 생각에 나는 고개를 들었다.

쾌감에 결박당하는 느낌이었다. 온몸의 기관들이 일제히 멈춘 것처럼 숨조차 쉴 수가 없었다. 의식하지 못하는 사이에, 오른발이 액셀러레이터 위에 올라갔다. 죄책감 같은 건 들지 않았다. 대신 헬륨가스가 들어간 것처럼 심장이 맹렬한 속도로 부풀어 올랐을 뿐이었다. 그러나 그가 고개를 드는 순간 나는 두려움에 눈을 감았다. 자연스럽게 오른쪽으로 핸들이 꺾였다. 중심을 잃은 차가 함부로 흔들렸고, 기다렸다는 듯이 어지럼증이 몰려왔다. 두 손으로 핸들을 꽉 잡은 채 나는 할 수 있는 한 그곳을 빨리 벗어나기 위해 가속페달을 밟았다.

얼마 가지 않아 결국 급브레이크를 밟은 채 길가에 차를 대야 했다. 왜 그랬을까. 갑작스레 달려드는 차를 보고 당황하던 그의 눈빛이 선명했다. 야생동물의 그것과도 같던 비틀린 안광은 온데간데없이 중심을 잃고 흔들리는 그의 모습은 뜻밖에도 날카로운 이빨의 기억은 다 잊어버린, 누런 진물을 매달고 다니는 개처럼 볼품없고 추레했다. 혼란스러웠다.

소리가 들려왔다. 지나치게 선명하고 단정적인 소리였다. 나는 창밖을 바라보았다. 대기와 섞인 짙은 어둠이 가득 차 있었다. 이상하게 마음이 차분해졌다. 예감 같은 것은 들지 않았다. 어둠 속에서 날아든, 난데없는 소리에 끌리듯 차에서 내리는 것에 대해 의구심을 느낄 수조차 없었다. 나는 천천히 소리가 난 지점을 향해 걷기 시작했다.

자, 다 나왔습니다. 자세히 읽어보시고 사실과 다른 점이 있으면 말씀을 해주십시오. 경찰이 내민 조서를 나는 천천히 읽었다. 한 편의 짧은 희곡 같았다. 사건 담당자와 이은수라는 두 인물을 교차적으로 내세우며 사고의 모든 정황을 한꺼번에 떠올릴 수 있도록 해놓은 그것을 보자 조금 전의 일이 무대에서의 한 장면처럼 비현실적으로 여겨졌다. 나는 용지를 책상 위에 올려놓았다.

조서의 내용이 사실과 같다고 인정하십니까. 경찰이 물었다. 나는 아무 말도 하지 않았다. 딱히 대답을 기다린 게 아니라는 것은 성급하게 내 앞으로 인주를 내미는 그의 몸짓을 보면 알 수 있는 일이었다. 자 여기에 지장 찍으시고요. 그가 가리키는 곳을 물끄러미 바라보았다. 단정한 사각형의 선이 뜻하지 않은 사고를 마무리하기 위해 기다리고 있었다. 나는 마른침을 삼켰다. 그런 뒤 천천히 엄지손가락을 대었다. 붉은 소용돌이가 흰 용지에 뚜렷하게 드러났다.

자, 이제 가셔도 좋습니다. 조서의 양쪽 끝을 맞추며 경찰이 말했다. 나는 자리에서 일어났다. 그럼 조심히 가세요. 문을 열자 그가 말했다. 이제까지의 까다로움과는 달리 그는 어느새 선량하고 친절한 경찰이 되어 있었다. 나는 아무 대답도 하지 않았다. 대신 고개를 들어 사무실 안을 한 번 돌아보았을 뿐이었다. 그때 사무실 저쪽에서 다시 청년의 들뜬 목소리가 들려왔다. 지금 가시는 거예요? 차 조심하세요. 새벽엔 안개가 많이 끼니까요. 나는 서둘러 고개를 돌렸다. 그럴 리가 없는데도 눈동자 안쪽에 깊은 상처가 팬 것처럼 눈물이 났다. 왜 그러세요, 어디 불편하십니까. 아뇨, 아니에요. 손을 내저으면서 나는 서둘러 문을 나섰다. 출입문 앞은 늦은 시간임에도 수선스러웠다. 사고처리반에 있는 몇 명과 관련이 있을 사람들이 한결같이 피곤한 표정으로 한숨을 쉬거나 담배를 피우며 웅성거렸다. 어쩐지 낯익은 얼굴들이었다. 내 안에 있던, 내가 품었던 슬픔들을 무심히 드러내고 있는.

선홍색 피를 흘리며 허공을 응시하던 그의 눈이 떠올랐다. 잠깐 습한 기운을 띠며 흔들리던 눈빛이. 까무룩 꺼져가는 그의 영혼을 바라보던 내 안에서 요동치던 당혹감이 아직까지 내 안 어딘가에서 떠도는 게 느껴졌다. 자꾸 뿜어져 나오려 하는 눈물까지도. 만약 그를 발견하지 못했다면 그래서 방향을 틀지 않고 그대로 도로를 달렸더라면, 그는 무사히 횡단보도를 건널 수 있었을까. 횡단보도를 건너 내 집까지 찾아왔을까. 짐작이 되지 않았다. 그를 보는 순간 돌연 끓기 시작한, 나 자신도 감당 못 할 맹렬한 적의는 어디에서 떠돌던 슬픔이었을까. 자동차 불빛에 놀라던 그의 검은 얼굴, 허공에서 잠깐 빛나던 담배의 불빛은 혹시 꿈이 아니었을까. 나는 고개를 흔들었다. 기다렸다는 듯 반짝 투명한 알갱이 하나가 볼에 와 부딪혔다. 비인 것 같았다.

홍시

노인이 원명학교 담 밑에서 발견된 건 오후 두 시였다. 발견되었을 때 노인은 거의 사망 직전에까지 도달해 있었다. 출혈량으로 보아 족히 한 시간은 그렇게 누워 있었던 것 같다 하니 발견되기 전까지 노인은 자신을 옥죄는 두려움과 사투를 벌였을 터였다. 노인의 손엔 감나무 가지가 쥐어져 있었다고 했다.

영우는 자신의 고시원 방에서 스프를 뿌린 생라면을 오독오독 씹으며 노트북으로 ebs 「세계테마기행」을 보고 있었다. 어떤 남자가 카자흐스탄을 여행하는 내용이었다. 알틴 에멜 국립공원, 일리 강, 악타우 산맥 따위의 남자가 걷는 이국의 땅을 영우는 하염없이 바라보았다. 중앙아시아에 있다는 유목민의 나라. 100미터가 넘는다는 모래언덕 위에 앉아서 남자는 어디에선가 들려올지도 모를 휘파람 소리를 기다렸다. 영우도 행여 노랫소리를 놓칠까 화면에서 눈을 떼지 못했다.

프로그램이 끝난 뒤에는 여행사 홈페이지에 들어가 카자흐스탄에 대해 알아보았다. 끝도 없는 땅과 땅이 이어지는, 세계에서 아홉 번째로 큰 나라. 칭기즈칸의 후예가 사는 나라. 직항이 없어서 그곳으로 가려면 모스크바에서 알마티까지 기차를 타고 가야 한다고 했다. 모스크바까지의 운임은 가장 싼 게 162만 원이었지만 영우의 수중에는 16만 원도 없었다. 당장 일거리를 구하지 않으면 다음 달에는 고시원에서도 쫓겨날 거라는 생각에 영우는 쓴 입맛을 다셨다. 그때 주머니 안에 있던 휴대폰이 맹렬히 울리기 시작했다. 낯선 번호였지만 벨이 두 번 울리기도 전에 영우는 서둘러 전화를 받았다. 수없이 보냈던 이력서에 대한 답변일지도 모르기 때문이었다.

"김팔복 씨 아시죠."

영우는 잠시 어리둥절했다. 낯선 사람을 통해 듣는 노인의 이름은 생경했다. 그도 그럴 것이 지난 7년 동안 영우는 노인을 본 적이 없었다. 영우가 마지막으로 노인을 찾은 건 2009년 여름이었지만 그때도 만나지는 못했다. 그해 여름을 영우는 양평에서 지낼 예정이었다. 그즈음 하던 편의점 알바 일이 영 돈도 안 되어 다른 일을 찾아보는 참에 동창한테서 전화가 왔다. 자기가 일하는 곳에서 두 달만 일해보지 않겠냐는 것이었다. 동창은 고민해보라고 했지만 영우는 당장 그러겠다고 했다. 고민할 필요가 없었다. 편의점에서 하루 열 시간씩 일을 해봤자 하루에 3만 5천 원, 한 달을 일해도 100만 원이 조금 넘었다. 그것도 점주가 별 까탈을 부리지 않을 때나 받을 수 있는 돈이었다. 조그만 핑곗거리가 생겨도 점주는 알바비를 깎으려 했다. 삼각김밥이나 유통기한이 임박한 우유 따위가 많이 남는 날에는 그것으로 알바비를 대신하기도 했다. 그 돈으로 고시원비에 통신비, 이런저런 돈을 쓰고 나면 금방 잔고가 바닥을 드러냈다. 그러던 차였으니 일당을 5만 원이나 주고 숙식도 해결해준다는데 고민할 이유가 없었다.

청량리역에서 기차를 탔을 때 영우는 문득 외로워졌다. 토요일 오후라서 그런지 기차엔 엠티를 가는 대학생들이나 가족 여행을 떠나는 사람들뿐이었다. 쉴 새 없이 웃고 떠드는 그들 사이에서 마땅히 시선 둘 곳을 찾지 못한 영우는 하릴없이 창밖을 바라보았다. 깊은 강이 창을 가득 메우고 있었다. 그 강 한가운데로 보이는 한 점 섬은 수채화처럼 평온하면서도 외로워 보였다.

영우가 일하게 된 곳은 양평역에서 30분 이상을 차로 달려야 하는 산음리라는 곳이었다. 동창의 봉고에서 내리자마자 영우는 탄성을 내뱉었다. 처음 보는 모양의 집들, 잔디 위의 목조 테이블. 그것들을 둘러싼 산, 산. 날씨가 흐린 탓에 산을 감싸고 있는 안개마저 신비로웠다. 최근에 핀란드산 목재로 지었다는 펜션에선 향기로운 나무 냄새가 났다. 가본 적은 없지만 외국이 꼭 이럴 것 같았다. 이런 곳에서라면 두 달이 아니라 2년이라도 지낼 수 있을 것 같았다. 그러나 영우가 그곳에서 머물렀던 시간은 고작 이틀이었다.

그곳에 도착한 다음 날이었다. 갑자기 거센 비가 쏟아지기 시작했다. 그날, 영우는 일찍 잠자리에 누웠다. 펜션에서 일한 지 단 이틀

만에 영우는 녹초가 되었다. 늘 같은 자리에 앉아 거스름돈을 내어주고 바닥 청소나 하는 편의점 일과 달리 펜션 일은 잠시도 몸을 가만히 둘 틈이 없었다. 캠프파이어를 위한 장작을 패고, 야외 수영장을 청소하고, 바비큐 파티 준비에다 침구 정리까지, 일거리가 끝도 없었다. 그런 데다 비까지 내리니 몸 여기저기가 더욱 쑤시는 것 같았다. 다음 날 아침엔 마당도 쓸어야 할 터였다.

혼곤한 잠 속에서 영우는 언뜻 무슨 소리를 들은 것 같았다. 수백 마리의 뱀이 일제히 산을 타고 내려오는 듯한 기분 나쁜 느낌. 영우는 꿈이라고 생각했다. 그러나 무언가를 끊임없이 두드려대는 소리는 불길했다. 그 순간 거대한 흙더미가 영우의 온몸을 옥죄었다. 몸이 한없이 땅속으로 빠르게 빨려 들어갔다. 움직이려 했지만 몸이 말을 듣지 않았다.

의사는 그만하길 다행이라고 했다. 다리에 금이 가고 어깨가 부서진 것 정도는 다친 것도 아니라고 했다. 기침을 할 때마다 목구멍에서 당분간 흙냄새가 맡아지겠지만 곧 괜찮아질 거라고 했다. 그래도 살아남았으니까. 그날 무슨 일이 일어났는가를 영우는 텔레비전을 보고 알았다. 갑작스러운 폭우, 난개발로 지반이 약해진 산, 토사유출. 20초 만에 모든 것이 끝났다고 아나운서는 심각한 어조로 말했다. 그날, 그렇게 펜션에 사람이 많았던가. 사망자 명단이 끝도 없이 이어졌다. 동창의 이름도 그중에 있었다. 영우는 이틀 전 이곳에 도착했을 때 동창이 자신에게 보여준 적금 통장을 떠올렸다. 이놈이 그렇게 성실했었나? 동창의 통장을 보며 영우는 그런 생각을 했었다. 만기가 돼서 적금을 타면 동창은 배전 전공 자격증을 딸 거라고 했다. 이것저것 일을 하다 보니 그게 제일 노임이 세더라고. 하늘 높은 곳에 올라가 일을 하는 것도 짜릿할 거라고. 그러나 동창이 공중에서 전기선을 매다는 일은 이제 영원히 없을 터였다.

잠깐 감상적이 되었던 건지도 몰랐다. 느닷없는 죽음들을 목격하고 나니. 그랬어도 그 순간 불쑥 노인이 보고 싶어진 건 지금 생각해도 우스웠다. 영우는 다시는 노인을 보지 않으리라 결심했었다. 2년 전 전문대학 졸업을 한 학기 앞둔 어느 날 노인은 영우에게 부삽을 휘둘렀다. 익숙한 일이었지만 어쩐지 그날은 견디기 힘들었던 영우는 부삽을 빼앗아 며칠 전 노인이 보수해놓은 담벼락을 자루가 부러지도록 사정없이 내리쳤다. 제 안에서 끓어오르는 돌연한 살의를 감당하기 힘들었다. 그리고 그날 밤 집을 나왔다. 노인의 퉁명함, 악착스러움, 영우 자신에 대한 증오를 더 이상 마주하고 싶지 않았고, 무엇보다도 영우는 자신의 혈기가 두려웠다. 노인의 전대에서 100원짜리 동전까지 긁어가지고 집을 나서며 영우는 질긴 악연을 끊으리라 마음먹었다.

소읍의 작은 병원은 사람들로 넘쳐났다. 죽은 사람들과 다친 사람들, 통곡하는 가족들과 안도하는 가족들, 취재하는 사람들과 취재를 구경하는 사람들이 번갈아 병실을 들락거렸다. 눈을 감고 있다가도 누군가 와서 말을 걸 때마다 영우는 깜짝깜짝 놀랐다가 실소하기를 몇 번씩 되풀이했다. 분명 간호사는 보호자의 전화번호를 적어 갔지만 입원한 지 일주일이 지나도록 영우를 찾는 건 보험회사 직원과 사고 경위를 조사하는 경찰뿐이었다. 복잡한 병실 안에서 오직 영우만이 망망대해를 표류하는 배처럼 혼자였다. 영우는 비로소 노인이 자신을 완전히 버렸다는 사실을 깨달았다.

"빨리 좀 오셔야겠는데요, 김팔복 씨가 위독합니다."

일방적으로 병원 이름을 말한 뒤 발신인은 대답도 듣지 않고 전화를 끊어버렸다. 집 근처 정류장 앞에 있는 그 병원은 눈을 감고도 찾아갈 수 있는 곳이었다. 영우는 봉지에 남은 생라면 부스러기를 입에 털어 넣고 컴퓨터 앞에 앉았다. 여행사 창을 닫고 바탕화면에서 리크루트 폴더를 클릭했다. 기다렸다는 듯 이력서 파일이 쏟아졌다. 그중 가장 최근의 것을 눌러보았다. 피시방 총무, 패스트푸드 프랜차이즈 매장의 매니저와 최근에 일했던 휴대폰 매장의 영업직원까지, 이력서를 가득 메운 영우의 이력은 몸만 있으면 누구나 할 수 있는 일들뿐이었다. 그건 특별히 영우를 뽑아야 할 이유가 없다는 뜻이기도 했다. 게다가 가장 오래 일했던 패스트푸드 매장을 제외하곤 1년을 넘겨 일한 곳도 없었다. 그도 그럴 것이 어느 정도의 돈만 모아지면 영우는 미련 없이 하던 일을 그만두고 인터넷으로 할인 항공권을 검색한 뒤 그곳으로 날아갔다. 꼭 가고 싶은 곳이 있는 건 아니었기에 같은 곳을 연속해서 간 적도 있었다. 그리고 돈이 떨어질 때까지 낯선 도시를 무작정 걸어 다녔다. 날씨가 추우면 가장 싼 게스트 하우스를 찾았고 날이 좋으면 공원 벤치에서 잠깐 눈을 붙이기도 했다. 잠을 제대로 자지 못해 온몸이 결리고, 때론 배가 고파도 그러고 있으면 이상하게 마음이 편안해졌다. 영우는 흐흐, 웃었다. 자기가 사장이라도 불성실함이 한눈에 드러나는 이력서를 보고 연락을 하지는 않을 것 같았다.

그런데 병원에서 전화번호는 어떻게 안 것일까. 그동안 몇 번이나 번호를 바꾸었는데. 라면 봉지 끄트머리에 깔린 스프를 손끝으로 찍어 먹으며 영우는 생각했다. 대체 어디가 안 좋은 것일까. 물을 마시면서도 영우는 생각했다. 영우가 기억하는 노인은 환갑이 넘었지만 젊은이보다도 기력이 센 일급 도배사였다. 그는 한 롤에 5킬로그램이 넘는 벽지를 열 개씩 번쩍번쩍 들어서 젊은 사람들도 혀를 내두르게 했다. 커버링 테이프를 두를 때는 너무 빨라서 손이 보이지 않을 정도였다. 그런 노인이 병원에 누워 있다는 게 실감이 나지 않았다. 하긴, 라면 봉지를 구기며 영우는 생각했다, 그건 7년 전의 노인이었다고. 스물둘의 애였던 자신이 스물아홉의 청년이 되었다는 건 노인도 올해로 일흔둘이 되었다는 거고, 그건 노인이 위독, 할 수도 있을 만큼 늙었다는 뜻이었다. 그건 전혀 예상치 못한 일이었다.

영우는 한숨을 내쉬었다. 예상하지 못했다는 게 지금 자신의 안에서 느껴지는 이 미묘한 파장을 합리화할 수는 없는 노릇이었다. 그런데도 일흔둘, 위독, 병원이라는 말들을 곱씹고 있는 자신이 우스웠다. 그때 그 시골 병원에 누워 있었을 때 느꼈던 상실감을 기억해내면서까지 가지 않을 이유를 찾는 자신이 한심했다. 영우는 지갑을 열어 보았다. 3만 6천 원, 무궁화호를 타면 갔다 올 수도 있는 돈이었다. 시계를 보았다. 네 시가 넘어가고 있었다. 서두르면 다섯 시에는 대전으로 가는 기차를 탈 수 있을 터였다.

막상 응급실 문을 열려 하자 공연한 짓을 했다는 후회가 몰려왔다. 뭘 어떻게 할 수 있는 것도 아닌데, 어쩌자고 여기까지 왔는지 영우는 자신이 이해되지 않았다. 내일 새벽에도 용역 사무소에는 나가봐야 할 터였다. 이력서를 낸 어느 한 군데에서 연락이 오기만을 무작정 기다릴 수는 없는 노릇이어서 영우는 일주일째 새벽마다 용역 사무소에 나가고 있었다. 지난주 이후로, 아무 일도 못 받는 영우가 안쓰러웠던지 사무소 남자가 내일쯤 일이 생길 수도 있으니 일찍 와서 대기하라고 귀띔까지 해주었는데 자칫 여기서 발이 묶이면 그나마도 하지 못할 터였다. 그렇다고 다시 돌아설 수도 없는 노릇이었다.

그때 응급실 문이 열리고 사람들이 쏟아져 나왔다. 영우는 주머니에서 손을 빼고 끌리듯 안으로 들어갔다. 술 냄새와 상한 음식 냄새가 한꺼번에 영우에게로 쏟아졌다. 의사와 간호사 들이 얼이 빠진 모습으로 분주하게 돌아다녔고 보호자로 보이는 몇 명이 그들을 쫓아다니며 말을 걸었다. 울고 있는 여자도 있었다. 어디로 가야 할지 엄두가 나지 않아 영우는 그대로 섰다. 그때 누군가 뒤에서 그를 쳤다.

"씨발, 문은 딱 가로막고 뭐하는 거야."

갑작스러운 충격에 영우는 중심을 잃고 휘청거렸다. 주사와 약품이 담긴 쟁반을 들고 가다 부딪칠 뻔한 간호사가 짜증스러운 표정으로 영우를 흘겨보았다. 무방비 상태였던 탓에 맞은 곳이 욱신거렸다. 영우는 왼쪽 어깨를 만져보았다. 끈적한 물기가 손에서 느껴졌다. 언뜻 보니 피였다. 영우는 그제야 자신을 가격한 남자를 바라보았다. 얼굴이며 손이 온통 피투성이였다.

"어쭈 이 새끼가 야리네. 왜 붙어보자고?"

남자가 다시 욕을 뱉었다. 그는 잔뜩 취해 있었다. 영우는 어찌해야 할지 난감했다.

"김홍수 씨 여기서 이러고 계시면 어떡해요. 치료해야 하는데."

그 순간 간호사가 남자를 제지했다. 남자를 한참 찾았던 듯 얼굴에 짜증이 가득했다. 그러나 남자는 꼭 영우가 아니더라도 시비를 걸 만한 누군가가 필요했던 듯했다. 남자는 이제 간호사에게 거친 욕설을 뱉으며 난폭하게 굴었다. 불시에 뺨을 맞은 간호사는 그 자리에 주저앉았다. 흐느끼는 간호사의 얼굴에 당혹감과 수치심이 가득했다. 응급실이 순식간에 조용해졌다. 분주히 오가던 의사들과 보호자들과 신음 소리를 내며 앓던 환자들의 관심이 이 난데없는 상황으로 모아졌다.

남자는 옆에 놓여 있던 침대를 발로 찼다. 철제 침대가 요란한 소리를 내며 응급실을 가로질러 굴러갔다. 우는 간호사를 달래던 여자들이 귀를 막으며 소리를 질렀다. 남자의 횡포는 경비원들이 달려온 뒤에야 끝이 났다. 남자의 머리에서는 계속 피가 흘렀다.

두 손을 포박당한 채 현행범처럼 끌려 나가면서도 남자는 발길질을 멈추지 않았다.

"뭘 봐, 씨발 것들이. 니들이 뭔데 날 무시해. 왜 무시하냐고."

누구에게라고 할 것 없이 끊임없이 해대는 욕설은 문이 닫힐 때까지도 끝나지 않았다. 정지된 화면 같던 응급실이 남자의 퇴장과 함께 다시 소란스러워졌다.

"혹시 팔복이 손자 아녀?"

누군가 팔을 잡아당겨서 보니 웬 노인이 영우를 바라보고 서 있었다.

"맞구먼. 어렸을 때 모습이 있네. 나 몰러? 자네 집 앞에 있는 미니 슈퍼 사장."

위를 향해 뻗은 그의 눈썹을 보는 순간 어린 그를 보고 혀를 차던 얼굴 하나가 떠올랐다. 어머니가 마당 배추밭에 뿌릴 농약을 박카스로 착각해 마신 뒤 끝도 없이 침을 흘리며 119 구급차에 실려 간 날이었다. 동네 아이들에게 인심 사납기로 소문났던 슈퍼 주인은 그날, 담배 연기를 내뿜으며 어린 그의 손에 브라보콘 하나를 쥐여 주었었다. 영우는 엉거주춤 고개를 숙였다.

"영락없이 외탁을 했구먼. 팔복이를 빼다 박아서 금방 알아보겠어. 그래, 그동안 어째 그렇게 안 보였던겨. 노인네만 혼자 두고 그동안엔 뭘 하다가……."

변한 건 외모만이 아니었다. 사납던 슈퍼 주인은 수선스러운 노인으로 변해 있었다. 슈퍼 주인을 외면한 채 영우는 짐짓 응급실 안을 둘러보았다.

"아이고 내 정신 좀 봐. 어여 팔복이 봐야지, 저쪽이여, 저쪽."

슈퍼 주인이 응급실 한쪽을 가리켰다.

눈을 감은 노인은 알지 못하는 사람 같았다. 염색도 하지 않고 이발조차 하지 않은 머리카락이 귀를 덮어서인지 하관이 유달리 옴폭해 보였다. 전에 없던 검버섯이 한쪽 볼에 퍼진 건 그렇다 하더라도 광대뼈에 깊이 박힌 흉터가 유난히 추레해 보였다.

"담벼락에서 떨어졌어. 영감탱이가 죽으려고 환장을 했지. 다 늙어서 욕심은 또 왜 그렇게 부리고. 죽어가면서도 감나무 가지는 왜 꼭 잡고. 암튼 별일이여. 매일 똥도 안 나와서 죽겠다더니 웬 욕심은 또."

"……."

"피를 엄청나게 흘렸어. 내가 안 봤다면 꼼짝없이 죽었다니께. 지금도 살지 죽을지 모른다더만. 아, 그러니까 멀쩡하게 집에 들어가선 거기엔 뭐더러 올라갔냔 말여. 주워 간 고물 정리나 할 것이지."

"고물요?"

영우는 슈퍼 주인에게 되물었다. 노인이 고물을 주우러 다녔단 말인가.

"그려, 고물. 아, 자네는 잘 모르겠구먼. 이 영감 아무래도 살날이 얼마 안 남은 것 같어. 그러니께 그렇게 안 하던 짓을 허고 자꾸 사고를 치지. 아무나 붙잡고 싸우질 않나. 갑자기 고물을 주우러 다니질 않나. 허긴 더한 것도 있었지. 뭐냐, 몇 년 전에는, 그러니께 거 자네 안 보이고 한 2, 3년 지났을 땐가 보다. 여름이었지 아마. 죽으려고 약도 먹었다니께."

슈퍼 주인이 전하는 이야기는 영우가 기억하는 노인의 모습과는 많이 달랐다. 악착같고 다혈질적인 기질이 있긴 했지만 그건 영우를 대할 때의 모습이었다. 다른 사람을 대할 때는 심하다 싶을 정도로 소심하고 조심스러웠다. 말도 없는 편이었고 목소리도 크지 않았다. 남에게 베풀 줄은 몰랐어도 피해를 끼칠 만한 배짱은 없던 위인이었다. 어렸을 때 힘들었던 것 중 하나도 남한테는 비굴할 정도로 소심한 노인이 집에서는 지나치게 독선적인 게 위선으로 느껴졌던 거였는데, 그런 노인이 이유도 없이 아무나 붙잡고 싸웠다는 게 이해가 가지 않았다.

그런데 고물이라니. 그렇게 지독하게 굴었으면서 고물을 주우러 다닐 정도로 형편이 어려웠다는 말인가. 영우는 노인의 방 서랍 한쪽에 들어 있던 통장을 떠올렸다. 노인의 평생 목표는 수중에 1억을 갖는 것이었다. 1억을 모으기 위해 노인은 정말 악착같이 살았다. 평범한 생활을 모두 포기했다. 노인은 술도 마시지 않고 담배도 피우지 않았다. 밥 외에는 어떤 것도 먹지 않았고 웬만한 거리가 아니면 버스도 타지 않았다. 일요일 점심을 준다는 말에 동네 사람을 따라 교회에 갔다가 헌금을 내야 한다는 걸 알고는 두 번 다시 나가지 않았다. 전기세를 아끼기 위해 세탁기도 되도록 사용하지 않았고, 영우에게도 그걸 강요했다. 씻기 위해 수도를 틀어놓는 걸 못 견뎌해서 세수를 하거나 머리를 감을 때도 대야에 물을 받아 하게 했다. 언젠가는 한창 멋을 부리던 영우가 그즈음 유행하던 왁스를 샀다는 이유로 바리깡으로 머리카락을 밀어버리기도 했다. 영우가 노인에게 들었던 마지막 말도 써먹지도 못할 웬수 같은 새끼 때문에 피같은 돈만 줄줄 흘렸단 한탄이었다. 그렇게 악착을 떨었는데, 고물을 주우러 다녔다는 말이 영우는 믿기지 않았다.

"암튼 자네도 이제 어디 가지 말고 팔복이 옆에 붙어 있어야 하지 않겠어. 내가 볼 땐 아무래도 이 영감이 제정신이 아녀. 아니라니께."

슈퍼 주인은 들려주고 싶은 이야기가 많은 것 같았지만 영우는 모르는 체했다. 쓸데없는 소리를 듣고 난 뒤 공연한 감상에 휘말리고 싶지 않았다. 여기에 온 것만으로도 이미 충분했다.

"그나저나 자네도 왔으니 나는 이제 가봐야 쓰것는디, 자네 할아비 땜시 아직 저녁도 못 먹고. 어이쿠, 뱃가죽이 아주 등딱지에 붙어버린 것 같네."

배를 쓸어내리며 슈퍼 주인이 비굴하게 웃었다. 시계를 보니 여덟 시가 가까워지고 있었다. 신호처럼 그의 배 속에서도 허기가 느껴졌다. 생라면 하나 부숴 먹은 것 외에 오늘 하루 아무것도 먹지 않았다는 사실이 그제야 떠올랐다. 그는 지갑을 꺼냈다. 남은 돈 2만 3천 원 중에서 돌아갈 차비를 빼고 남은 만 원을 슈퍼 주인에게 건네주었다.

"고생 많으셨습니다, 어르신. 얼마 안 되지만 식사라도."

"아녀 아녀. 밥값은 무슨. 집이 코앞인디 가서 먹으면 되지."

슈퍼 주인은 과장스럽게 손사래를 쳤다.

"아닙니다. 제가 모셔야 하는데……."

만 원을 손에 쥐어 주자 슈퍼 주인은 못 이기는 척 그것을 받아들었다.

"암튼 반듯하기는. 그려, 그럼 조금만 기다리라고. 내 언능 먹고 올 테니께."

그러지 않아도 된다고 하려다가 문득 든 생각에 영우는 아무 말도 하지 않았다. 내일 새벽에 일어나 용역 사무소에 가려면 늦어도 여기서 아홉 시에는 출발해야 했다. 잠도 자지 않은 상태에서 일을 할 수는 없는 노릇이었다. 슈퍼 주인이 돌아오는 대로 출발하리라고, 영우는 마음먹었다.

영우는 노인을 바라보았다. 피를 많이 흘렸다더니 얼굴이 지나치게 창백했다. 머리와 어깨를 감싼 붕대 때문인지 박제된 미라처럼 보이기도 했다. 이불을 덮은 채 누워 있는 체구가 발육이 덜 된 어린아이처럼 작고 초라했다. 노인이 이렇게 작았었나, 영우는 의아했다.

아직까지 노인은 눈도 뜨지 않고 있었다. 눈꺼풀조차 움직이지 않았다. 끊임없이 움직이는 산소호흡기의 바늘만이 노인이 살아 있다는 걸 증명할 뿐이었다. 지금 이 순간 노인이 눈을 뜨길 바라는 건지, 뜨지 않기를 바라는 건지 영우는 제 마음을 가늠하기가 어려웠다.

"김팔복 씨 보호자세요?"

링거 줄을 만지던 간호사가 물었다. 영우는 자리에서 일어났다. 아까 술에 취한 남자에게 뺨을 맞았던 간호사였다.

"여기에서 이러고 계시면 어떻게 해요. 보호자가 오기를 얼마나 기다렸는데. 선생님, 여기 김팔복 씨 보호자 왔어요."

울었던 흔적이 아직 부은 눈 주변에 남아 있을 뿐 간호사의 표정은 아무렇지 않다 못해 건조하기까지 했다. 곧 한쪽에서 커피를 마시며 피곤을 달래던 젊은 의사가 영우에게 다가왔다. 밀려드는 응급 환자들 때문인지 의사의 얼굴에도 피곤기와 짜증이 가득했다.

"김팔복 씨 보호자세요?"

의사가 물었다. 영우는 아무 말도 하지 않았다. 보호자, 라는 말이 불편하고 어색했다. 생각해보면 영우의 보호자는 늘 노인이었지, 영우가 노인의 보호자였던 적은 없었다. 딱히 대답을 듣기 위한 질문이 아니었던 듯 의사는 들고 있던 차트를 들여다보며 사무적으로 말을 이었다.

"우선 수혈은 하고 있는데요, 조금 일찍 오셨으면 좋았을 텐데, 너무 늦어서. 출혈량도 너무 많고 워낙 노인이라서 반응도 어떨지 모르겠고요. 영양 상태도, 너무 부실하고요. 갈비뼈며 다리며 관절도 여기저기 너무 많이 부러져서……. 급한 건 처리하긴 했는데, 고관절은 완전히 와해 수준이에요. 여기에다 폐렴까지 겹치면 큰일인데……."

"수술은 안 합니까?"

전혀 예상치 못했던 말이 영우의 입에서 튀어나왔다. 의사가 그제야 영우를 바라보았다. 그는 대답 대신 들고 있던 커피 잔을 입에 댔다. 느끼지 못했던 커피 향이 영우에게로 몰려왔다. 그 순간 참을 수 없는 허기가 영우의 목구멍에서 올라왔다. 창자가 뒤틀리는 듯했다. 마른침을 영우는, 삼켰다. 시계는 여덟 시 사십 분을 가리키고 있었다. 슈퍼 주인은 좀처럼 돌아오지 않았다. 어쩌자고, 이곳에 와 있는 건지……. 슈퍼 주인이 저녁을 먹고 오는 대로 떠나야겠다고 영우는 다시 한 번 생각했다.

"상태가 너무 안 좋습니다. 급한 부위는 처치를 했구요, 갈비뼈는 수술할 수 있는 부위가 아니고요. 고관절도 부러진 정도가 완전히, 어쨌거나 사실 지금 살아 계신 것도 기적입니다. 일단 병실로 옮기시고 상태를 지켜본 다음에…… 그럼."

다 마신 커피 잔을 휴지통에 집어 던진 뒤 의사는 영우를 그대로

둔 채 다른 곳을 향해 걸어갔다. 영우를 데리고 왔던 간호사가 그의 뒤를 따라가며 빠르게 말했다.

"보호자분, 우선 수납해주시고요. 병실 배정은 오늘은 힘들고 내일 아침에나 되실 거예요. 수술 여부는 내일까지 우선 지켜보신 다음에 결정할 거고요."

영우는 노인을 바라보았다. 그가, 미웠다.

자리에 앉아 있다가, 영우는 밖으로 나왔다. 횡단보도를 건너 벤치가 놓여 있는 곳으로 걸어갔다. 여러 명의 남자가 웅성거리며 담배를 피우고 있었다. 영우는 주머니에서 담배를 꺼내 입에 물었다.

"거 한 개비만 빌립시다."

막 불을 붙이려는데 누군가 손을 내밀었다. 고개를 들어 보니 술에 취해 횡포를 부리던 남자였다. 그새 치료를 받았는지 머리와 오른손을 붕대로 감고 있었다. 영우는 담배를 뽑아 남자에게 건넸다. 담배 연기를 들이마신 남자가 깊게 한숨을 토해내며 다시 말을 걸어왔다.

"지금 몇 시나 됐소?"

영우는 휴대폰을 들여다보았다. 아홉 시 오 분이었다.

시간이 정지된 곳 같았다, 아침의 마을은. 부동산 중개업소와 프랜차이즈 세탁소가 들어선 걸 빼면 분식집과 방앗간, 미용실과 쌀집이 길목마다에 낡은 그림처럼 그대로 박혀 있었다. 미니 슈퍼에 잔뜩 진열된 불량식품들도 여전했다. 녹슨 초록 대문까지.

영우는 대문을 밀었다. 그리고 발을 들여놓는 순간 영우는 자신도 모르게 얼굴을 찌푸렸다. 고물을 주우러 다녔다더니, 쓸모없는 가방이며, 옷가지, 바람 빠진 공 따위 들이 마당에 가득했다. 어디에 발을 디뎌야 할지 몰라 영우는 주위를 살폈다. 그때 왼쪽으로, 감나무가 눈에 들어왔다. 담이 아니었다면 소유를 구분할 수 없을 만큼 가지들이 이쪽으로 잔뜩 휘어져 있었다.

"자네였나, 누군가 했더니. 내 어제 하두 피곤해서 저녁 먹고 기냥 쓰러졌다가 이제 아침 먹고 가보려던 참인데. 팔복 영감은 어뗘. 눈은 뜬겨?"

어느새 슈퍼 주인이 곁에 와서 어제 오지 않은 것에 대한 변명을 늘어놓다가 영우의 시선이 왼쪽 담벼락에 가 있는 것을 보곤 다시 떠들어댔다.

"저기여 저기. 저기서 떨어졌구먼. 가뜩이나 부실해서 조금만 기대도 부서지게 생긴 저 담벼락에 올라가서 홍시를 땄다니께. 당최 알 수 없는 노릇이여. 아 고물 더미를 주워 왔으면 그거나 내려놓고 쉴 일이지. 왜 들어가자마자 저건 올라가느냔 말여, 올라가길. 내가 장기나 한 판 두려고 들어왔길 망정이지, 안 그랬으면 어휴……."

영우는 담 쪽으로 걸어갔다. 노인이 떨어졌다던 곳을 바라보았다. 땅이 까맣게 죽은 건 피 때문일 터였다. 그 옆으로 플라스틱 소쿠리에 수북하게 담긴 홍시가 보였다.

"하이고 홍시 좀 봐라. 내다 팔 작정이었나, 많이도 땄네, 제길. 여름 내내 감꽃 땜시 지저분해서 살 수가 없다고 원명학교에 쫓아가서 그렇게 뭐랬쌌더니 아, 막상 홍시가 열리니께 먼 걸신들린 사람처럼 따대더라니께."

영우는 담 건너편을 바라보았다. 운동장에 아이들이 가득했다. 아이들은 우우우 뛰어가거나 떼를 지어 걸어갔다. 손을 부지런히 움직이는 것으로 보아 분명 지난 저녁에 있었던 일들을 떠들어대고 있을 터였지만 늘 그랬듯 원명학교의 운동장은 정적에 싸여 있었다. 의미를 알 수 없는 소리만 가끔 들려올 뿐이었다. 왜 그랬던 것일까, 영우는 생각했다. 슈퍼 주인에 의하면 노인은 몇 년 전 약을 먹었다. 응급실에서 위세척을 하고 며칠을 입원한 끝에야 겨우 살 수 있었다. 퇴원을 한 뒤로는 그렇잖아도 잘 열리지 않던 말문을 아예 닫아버리고 말았다. 슈퍼 주인의 계속된 성화에나 겨우 고개를 끄덕일 정도였다. 대신 노인은 눈만 뜨면 밖으로 나가 고물을 주워댔다. 파는 것 같지는 않더라고 했다. 아무리 고물이라지만 사실 팔 만한 것도 없어 보였다고 했다. 노인이 주워대는 건 종이박스나 병, 고철 따위가 아닌 가방이며 신발, 바람 빠진 공 따위뿐이었으니까.

"어떻게 보면 이 홍시가 일등 공신일지도 몰러. 올여름에 감꽃이 떨어지면서 갑자기 영감 말문이 트였으니께. 허긴 트였으면 또 뭣혀. 입만 열면 원명학교에 쫓아가 시비를 거니 골치도 아주 그런 골치가 읎었다니께. 이제 자네가 왔으니 좀 나질랑가 모르것지만서두.

다 아는 처지에 거기서 뭐라 할 수도 없고, 골치 아팠을 것이구먼. 에쿠, 내 정신 좀 봐. 밥 차리는 것 보고 나왔는데. 암튼 이따 병원에서 보자고."

슈퍼 주인이 가버린 뒤, 영우는 시멘트가 떨어져 나간 담벼락을 만져보았다. 영우가 부삽 자루를 부러뜨렸던 곳이었다. 그때, 집을 나가지 않았더라면 노인과 잘 지낼 수도 있었을까, 뜬금없는 생각이 떠올랐지만 영우는 이내 고개를 저었다.

오히려 더 빨리 집을 나왔어야 했을지도 몰랐다. 생각해보면 노인은 영우의 존재 자체를 힘들어했고, 영우가 세상에 태어난 순간부터 할 수만 있다면 누구에게라도 주어버리고 싶어 했다. 영우가 자신의 혈육이라는 사실을 노인은 인정하고 싶어 하지 않았다. 노인에게 영우는 하나뿐인 딸의 신세를 망쳐버리고 도망간 놈의 씨앗 그 이상도 이하도 아니었다. 세상에 결코 나오지 말았어야 했을 더러운 생명체였다. 그날, 말도 하지 못하는 데다 지능까지 떨어지는 딸이 낯선 사내에게 포박된 채 두려움에 떨며 소리도 내지 못하고 있을 때 고작 텔레비전이나 틀어놓고 낄낄댔던 자신을 노인은 용서하지 못했다. 딸의 몸이 변해가는 것도 모르고 그저 살이 쪘다고만 생각했던 자신의 무지를 노인은 자책했었다.

꼬물거리는 영우를 자신의 딸이 신기해하는 것만큼 노인은 영우를 혐오스러워했다. 기분 나쁜 일이 있거나, 동네 사람들이 수군거리는 소리를 들을 때마다 영우를 두들겨 패고 내쫓아버리겠다고 엄포를 놓았다. 어머니가 울며 매달리고, 무릎을 꿇고 손이 발이 되도록 빌면 그녀까지 때리고 난 뒤에야 겨우 끝을 냈다. 밥을 많이 먹으면 노인은 추접하다고 했고, 장난을 치면 그악스럽다고 했다. 가만히 있으면 눈치 보는 게 꼴사납다고 했다. 밖으로 나돌기를 좋아하는 건 더러운 피가 섞여 있기 때문이라고 했다.

그러던 노인은 그날, 농약을 박카스로 착각한 어머니가 그것을 마시고 허망하게 죽어버린 뒤, 변하기 시작했다. 노인은 그간의 양육에 대한 권리를 주장하며 영우를 구속하려 했다. 노인은 영우가 공무원이 되기를 바라고 정확하고 반듯한 생활들과 내핍에 가까운 절약을 생활화할 것을 강요했다. 그러나 영우는 노인이 원하는 것은 절대 하고 싶지 않았다. 새삼 할아버지 노릇을 하려 드는 노인이 가소로웠다. 영우는 공무원만은 절대로 되고 싶지 않았고 낮에 자고 밤에 깨어 움직였다. 간혹 아르바이트를 했지만 그 돈으로 노인이 기뻐할 만한 일은 결코 하지 않았다. 돈이 생기면 역이나 터미널로 달려갔다. 집에 있으면 숨이 막혀 견딜 수가 없었지만 집을 빠져나가면 온몸의 세포가 살아 움직이는 것 같았다. 그런 영우를 노인은 몸서리치며 혐오했다.

무겁게 달라붙는 기억들을 떼어내며 영우는 다소 과장스럽게 현관문을 열었다. 병원비 치를 돈이나 통장을 찾으면 슈퍼 주인에게 부탁을 한 뒤 빨리 떠날 생각이었다. 이곳까지 온 것도 조금이나마

시간 여유가 있었기 때문이라고 영우는 생각했다.

아침이 될 때까지도 의식이 없는 노인을 바라보고 있다가, 영우는 이력서를 냈던 곳 중 한 곳에서 면접을 보러 오라는 전화를 받았다. 주방기구를 만드는 회사의 영업직이었다. 면접 시간이 오전이기를 바랐지만 담당자는 오후 두 시에 면접이 시작되니 늦지 말라고 했다. 응급실을 나와 집으로 향하면서, 영우는 생각했다. 면접 시간이 오전이었다면 미련도 없이 이곳을 떠났을 거라고. 노인의 일 같은 건 신경 쓰지 않았을 거라고.

현관문을 열자, 하루 종일 갇혀 있던 먼지 입자들이 창에서 비치는 빛에 의해 흔들리는 것을 보자, 그 향기롭지 못한, 간장 같기도 하고 발효된 김치 같기도 한 냄새들을 맡자 돌연, 가슴이 울렁거리는 것을 영우는 느꼈다. 친숙하면서도 불편한 느낌이었다. 영우는 신발을 벗고 들어가 다소 어두운 집의 내부를 낯선 방문객처럼 살펴보았다. 모든 것이, 그대로였다. 서로 다르게 이어 붙인 벽지는 10년 전, 노인이 일하고 남은 거로 바른 것이었다. 그 밑에 나란히 놓인 촌스러운 과실주 단지는, 더 오래전 영우의 어머니가 설탕과 소주를 아무렇게나 섞어 만들어놓은 것이었다. 시간의 더께가 내려앉은 그 유리단지를 천천히 만져보다 영우는 벌떡 자리에서 일어났다. 이러고 있을 때가 아니었다.

영우는 노인의 방문을 밀었다. 돈이든 통장이든 그 안에 있을 것이었다. 그러나 방 안쪽 무언가에 막혀 문이 제대로 열리지 않았다. 방문에 어깨를 대고 힘껏 밀자 허물어지는 소리와 함께 겨우 몸을 들이밀 수 있을 정도의 틈이 벌어졌다. 그 틈으로 영우는 몸을 욱여넣었다. 그러나 다시 나와야 했다. 그곳은 더 이상 방이 아니었다. 온갖 물건들이, 천장에 닿을 정도로 쌓인 창고였다. 어찌해야 할지 영우는 막막했다. 설상가상으로 잊고 있던 허기가 다시 몰려왔다.

부엌은 썰렁하기만 했다. 노인이 오랫동안 밥을 해 먹지 않았다는 것을, 영우는 부엌 한쪽에 아무렇게나 놓인 전기밥솥을 보고 알았다. 가스레인지에도 주전자만 달랑 올려져 있을 뿐 고춧가루 하나 묻어 있지 않았다. 냉장고 안에는 노인이 유일하게 챙겨 먹던 달걀조차 없었다. 냉장고 옆에 수북하게 쌓인 컵라면만이 노인이 무엇을 먹고 연명했는가를 드러내줄 뿐이었다. 영우는 가스레인지의 불을 켜고 컵라면 하나를 뜯었다. 컵라면을 먹는 즉시 떠날 생각이었다. 생각해보면 자신이 없어도 모든 일은 해결될 수 있었다. 전에도 병원에 실려 간 일이 있었다고 하니 이번에도 누구든지 알아서 할 터였다. 영우는 컵라면에 물을 부었다.

컵라면이 익기를 기다리다 영우는 냉장고 쪽으로 다가갔다. 혹시 신김치라도 있을까 해서였지만 문을 연 순간 영우는 자신도 모르게 탄식했다. 냉장고 가득 홍시뿐이었다. 한 치의 틈도 없이 욱여넣은 탓에 함부로 으깨진 채로였다. 영우는 서둘러 냉동실 문을 열었다. 기다렸다는 듯이 딱딱하게 언 홍시들이 쏟아졌다. 영우는 황망한 표정으로 바닥에 굴러다니는 그것들을 바라보았다. 그때 냉장고 위에 있던 무언가가 툭, 떨어졌다. 비스듬하게 놓여 있다 문이 열리는 바람에 밀린 모양이었다. 영우는 그것을 집어 들었다. 오래된 바둑 잡지였다. 노인이 바둑에 관심이 있다는 건 금시초문이었다. 무심코 펼치려 하자 두툼한 무엇인가가, 느껴졌다. 통장이었다. 영우는 서둘러 통장을 펼쳤다. 노인의 도장 위로 찍힌 통장번호 28번이라는 숫자가 눈에 들어왔다. 영우는 천천히 페이지를 넘겼다.

2009년 7월 17일이었다. 노인이 마지막으로 은행에 들른 것은. 2009년 7월까지 노인은 돈이 생기는 대로 은행으로 달려갔다. 한 달 만에 가기도 했고 3일 만에 가기도 했다. 입출금이 자유로운 통장이었지만 출금의 흔적은 없었다. 아마 27번까지의 통장도 그러했을 터였다. 그러나 2009년 7월 17일, 통장에 그렇게 소원하던 숫자가 찍힌 것을 끝으로 노인은 은행에 가지 않았다. 노인은 더 이상 저금을 하지 않았고, 그렇다고 돈을 찾지도 않았다. 어떤 경우라도 자연스러운 일은 아니었다. 차라리 계속 저금을 하거나 아니면 찾아 쓰는 게 나았다. 1억에서 멈추어버린 숫자는 노인의 삶이 더 이상 진행되지 못했다는 의미이기도 했다. 자네가 떠나고 아마 한 2, 3년 뒤였지, 글쎄, 약을 먹었다니께. 슈퍼 주인의 말이 떠올랐다. 갑작스럽게 삶의 목적을 잃어버린 뒤 당황했을 노인의 표정이 보지 않았어도 눈에 선했다. 노인을, 영우는 떠올렸다. 아침까지도 그는 깨어나지 못하고 있었다. 어제와 다른 점이 있다면 악몽이라도 꾸는지 이따금 인상을 찌푸리며 어깨를 움직인 것뿐이었다. 앞에 놓인 감을 영우는 바라보았다. 품고 있던 냉기를 토해내느라 감 표면으로 하얗게 서리가 끼고 있었다.

현관을 나서는데 전에는 없던 액자가 눈에 들어왔다. 노인이 주워 왔을 것이 분명한, 이가 빠진 오크 액자 안에 노인과 어머니와 자신의 사진이 끼워져 있었다. 원명학교에서 고등학교를 졸업할 때였던가 보았다. 노인이 그토록 환하게 웃는 모습을 영우는 처음 보았다. 꽃다발을 든 스무 살의 어머니는 꽃 같았다. 실제로 어머니는 잘 웃던 여자였다. 영우가 짜증을 내도, 밥을 먹다가 젓가락을 집어 던져도 그녀는 웃기만 했다. 왼손으로 주먹을 쥐고 쫙 펼친 오른손으로 커다란 원을 그려 보이곤 했다, 사랑한다고. 그 사진 옆으로, 마당에 주저앉은 어린 자신의 모습이 보였다. 전혀, 기억에 없는 사진이었다. 뭐가 그리 좋은지 어린 그가 얼굴이 잔뜩 더러워진 채로 헤벌쭉 웃고 있었다. 제 손보다도 큰 홍시를 양손에 든 채였다. 그 뒤로 배경처럼 뒷짐을 지고 이쪽을 바라보고 있는 노인의 모습이 보였다.

그때, 주머니의 휴대폰이 울렸다. 병원이었다. 순간, 드는 불길한 생각에 영우는 한참 동안 휴대폰을 들여다보았다. 전화벨은 그악스럽게 울렸다. 기어코 통화를 하겠다는 집요함이 전화기 저쪽의 누군가에게서 느껴졌다. 영우는 조심스럽게 휴대폰을 귀에 댔다.

"……"

"김팔복 씨 보호자시죠. 이때까지 수납을 안 하시면 어떻게 해요. 베드도 치워야 하고, 병실도 옮겨야 하는데요."

전화를 받자마자 여자가 빠르게 떠들었다. 알 수 없는 안도감이 가슴을 타고 내려갔다. 왼손에 들린 홍시를 영우는 바라보았다. 그 새 서리가 사라지고 투명한 주홍빛 살을 드러내고 있었다. 곧 가겠다고 대답을 한 뒤 영우는 전화를 끊었다.

어디를
달리고 있을까,
해피는

예상대로였다. 사슬을 풀기가 무섭게 해피는 튕기듯 대문을 향해 달렸다. 아주 잠깐 동안 내 쪽을 바라보는 듯했지만 착각일 가능성이 컸다. 급작스럽게 달린 탓에 마당 한쪽에 세워져 있는 침목 더미를 피하다 균형을 잃는 바람에 잠깐 서서 고개를 흔들었을 거였다. 벌써 한 달여가 지났지만 왼쪽 뒷다리 상처가 완치되지 않아 오랫동안 고생을 해왔고 지난밤에는 그 부위를 또 호되게 걷어차이기까지 한 터였다. 푸석푸석한 털이며 불안하게 흔들리는 눈이 그동안의 마음고생이 어떠했는지를 충분히 알게 하고도 남음이 있었다. 개라고 해서 왜 생각이 없겠는가. 더군다나 해피는 영특하기로 소문난 족보까지 있는 순종 진돗개였다.

그나마 개였기에 아버지의 고문에 가까운 폭력을 참아왔는지도 몰랐다. 개가 아닌 사람이라면 벌써부터 인권단체에 도움을 청했거나 정신병원에 요양을 갔거나 투신을 했거나 극단적인 경우에는 칼부림이 났을지도 모를 일이었다.

차라리 반항을 했다면 좀 나았을까. 컹컹 짖어대거나 날뛰거나 물어뜯기라도 했다면 말이다. 그랬다면 그 핑계로 팔아 치워버렸을 지도 모를 일이건만 어찌된 일인지 해피는 미련할 정도로 아버지의 횡포를 감내했다. 짖지도 않았고 물지도 않았다. 아주 가끔씩 참을 수 없을 지경이면 낑낑거리며 아버지의 손이나 눈을 피하기 위해 애 쓸 뿐이었다.

휘휘, 이미 어디론가 사라져 보이지도 않건만 문밖까지 나가 몇 번씩 손을 젓다 말고 나는 그만 실소를 금치 못했다. 6개월 전 내 집에 발을 들여놓은 순간부터 온갖 핍박과 고난을 당해온 해피에 게서 주인을 찾기 위해서는 100리 길도 마다하지 않는다는 진돗개 를 잠깐이나마 떠올린 내 이기심이 어처구니없게 느껴져서였다.

뒤돌아서는데 작은 개집이 눈에 들어왔다. 아버지가 불편한 팔과 다리를 흔들며 딴에는 한껏 솜씨를 부려 보라색으로 지붕도 칠하고 혹시라도 드나들며 다치는 일이 없도록 아치형 입구도 부드러운 스 펀지로 마감을 한 해피의 집이었다. 그토록 핍박을 해댈 거면서도 저렇게 호사스러운 집을 선물하는 아버지의 속내는 지금 생각해도 이해가 되지 않았다.

차에 올라 시동을 걸었다. 배달할 곳이 많아 부지런히 움직여야 했다. 미리 떼어놓은 물건도 없으니 이천 공장까지 갔다가 이곳저 곳을 다니려면 지금부터 서두른다 해도 시간이 모자랄지도 몰랐다. 게다가 이천으로 가는 길에는 구부러진 구간이 많았다. 지난겨울엔

눈도 녹지 않은 길을 달리다 사고까지 낸 적도 있어 지금도 그곳을 지나려면 아찔했던 그 순간이 떠올라 이래저래 조심스러웠다. 막 골목을 벗어나려는데 먹물을 뿌린 것처럼 별안간 주위가 어두워졌다. 가까이 보이던 산과 밭이 어느 순간 시야에서 사라지더니 대신 코발트 빛 구름만 연기처럼 몰려오는 게 느껴졌다.

꿉꿉한 기분을 달래려고 카오디오 버튼을 눌렀다. 그런데 웬걸. 기대했던 김광석은 나오지 않고 나훈아의 쇳소리가 차 안을 휘감았다. 언제 나훈아를 정식으로 들어본 적도 없건만 소절과 소절 사이 잠깐 숨을 고를 때면 억지스럽게 흰 이를 드러내던 그의 표정이 거짓말처럼 생생하게 떠올랐다. 유난히 흰자위가 넓던 눈매까지도. 동시에 이틀 전 술에 취해 읍내에서 헤매던 아버지를 끌고 온 생각이 났다.

아버지가 보도와 차도를 위태롭게 오가고 있다고 말해준 건 읍내에서 식당을 하고 있는 동네 여자였다. 주문한 간장 15킬로그램짜리 통을 들고 혼자 다니기에도 좁은 계단을 이를 악물고 올라갔을 때 여자는 거드는 시늉도 하지 않고 졸졸 따라오며 아버지가 농협 사거리의 신화부동산 앞을 지나가는 것을 보았노라고, 어찌나 취했던지 자칫하면 길바닥에 엎어져서 작년 풍을 맞았을 때 겨우 피가 통한 오른쪽 팔과 다리마저 마비가 되는 것은 아닌가 걱정이 된다며 쉴 새 없이 떠들어댔다. 걸리적대는 여자를 피해 간신히 주방 바닥에 간장 통을 내려놓고 보니 검지와 소지 사이로 구리선 같은 줄이 사슬 모양으로 깊이 패 있었다.

장부에 여자의 외상 금액을 적고 계단을 다시 내려올 때만 해도 아버지가 있는 곳으로 갈 생각은 전혀 없었다. 아버지가 술에 취해 읍내를 헤매는 일은 자주 있는 일이었고 술만 취했달 뿐, 그래서 지나가는 사람들의 조소를 받는달 뿐, 누구에게 시비를 건 일도 없고 어디서 실수를 한 일도 없었다. 물론 몸의 중심을 잃고 길바닥에 넘어지거나 하는 사고는 있을 수도 있었다. 여자의 말마따나 술에 취해 넘어져서 머리에 충격이라도 받으면 이번에는 꼼짝없이 방에만 누워 있어야 할지도 몰랐다. 그런 건 아무래도 상관이 없었다. 혼자 술을 마시고 절뚝거리며 읍내를 헤매거나 아무 운신도 하지 못하고 집에만 누워 있거나 내게는 크게 다른 일이 아니었다. 그러나 다음 배달 집을 향해 가는 길에 농협 사거리에서 신호를 기다리며 서 있었을 때 위태롭게 몸을 흔들며 지나가는 아버지를 더 이상 모른 체할 수가 없었다. 나는 갓길에 차를 댔고 아버지를 불렀다.

뒷문이 열리고 아버지가 올라타자 술 냄새가 확 풍겼다. 뒷좌석으로 이어지는 간이 트렁크에 가득 쌓인 된장과 간장 냄새 때문에 가뜩이나 맵짠 공기 속으로 섞이는 희석식 화학주의 냄새는 생각보다 많이 고약했다. 나는 미간을 찌푸리며 네 개의 창문을 신경질적으로 내렸다.

"나훈아 좀 틀어봐라."

내 심정엔 아랑곳하지 않고 가쁜 숨을 내쉬며 아버지가 말했다.

어눌하기 짝이 없는 음성으로였다.

집으로 가는 내내 아버지는 나훈아의 노래를 흥얼거렸다. 테이프가 아니었다면 노래를 부르고 있다고는 믿을 수 없을 정도로 음정과 발음이 제멋대로여서 어찌 들으면 해피가 술에 취해 다가오는 아버지를 잔뜩 경계했을 때 으르렁대는 소리 같기도 했다. 그 으르렁 소리를 지치지도 않고 뱉어낸 뒤 아버지는 내가 당신을 내려놓은 다음 집 앞 골목을 미처 나가기도 전에 해피의 배를 냅다 걷어찼다. 그 소리를 뒤로하며 오디오를 껐는데 그 후로 음악을 듣지 않은 모양이었다.

해피는 지금쯤 어디를 향해 달리고 있을까. 한쪽 귀가 기형인 채 태어났다는 이유로 고약한 늙은이한테 자기를 분양해버린 옛 주인을 찾아가고 있지는 않을까. 가끔씩 몇백 리를 달려 옛 주인을 찾아간다는 진돗개의 이야기를 떠올리며 나는 불편한 뒷다리를 절뚝이는 해피를 상상했다.

오디오에서 나훈아의 테이프를 뺀 뒤 습관적으로 집 전화번호 버튼을 눌렀다. 식사를 걱정하거나 안부가 궁금해서는 아니었다. 숙취가 덜 풀린 상태에서 걷다 좁은 거실과 화장실의 경계에서 넘어져 쓰러진 아버지가 다시는 일어나지 못하는 상상을 나는 자주 했다. 그건 아주 어렸을 때부터 바라던 바였다. 그러나 그건 아버지가 풍을 맞기 전의 꿈이었다. 7년 전 엄마의 상을 끝내기가 무섭게 잠을 자다 풍을 맞은 뒤로부터 아버지는 내게 더 이상 두려움의 대상이 되지 못했다.

아버지는 역시 전화를 받지 않았다. 짐작했던 일이었다. 그러나 짐작했던 일이라고 해서 이해할 수 있는 것은 아니었다. 밥을 먹듯 술을 마시고 똥을 싸고 하루건너 하루씩 겨우 세면을 하고 꾀죄죄한 옷 따위를 장롱 틈으로 말아 넣는 것 외에는 아무것도 신경을 쓰지 않고 몸도 움직이지 않는 아버지를 보면 불쑥불쑥 가슴에서 시커먼 멍울이 솟아오르는 느낌이었다. 대체 그런 아버지를 이해할 수가 없었다. 잔뜩 얹힌 것처럼 가슴 가운데가 조이는 기분으로 살아온 건 난데 어째서 당신이 세상과의 인연을 끊을 듯 행동하는 건지, 가끔 생각해보면 기가 막히다 못해 뻔뻔스럽다는 생각마저 들었다.

나는 전화를 끊었다. 어쨌거나 벨소리는 아버지에게 하루를 시작하는 알람이 되었을 터였다. 저녁 내내 해피와 씨름을 하다 새벽에야 겨우 잠이 들었으니 벨소리를 듣고 자리에서 천천히 일어나 쩍쩍 달라붙은 입술을 왼손으로 비벼대며 수돗물을 한 그릇 가득 마시거나 화장실 변기에 쪼그리고 앉을 것이었다. 아버지의 살비듬이 모래처럼 깔린 이불은 내가 들어갈 때까지 창살 사이에 그대로 노출되어 있을 것이고 아버지가 움직인 흔적은 집 안 곳곳에 떨어진 담뱃재로 확인할 수 있을 터였다.

모든 일을 끝낸 뒤 싱크대 아래쪽에 쌓아놓은 소주병을 하나 뽑아 해장을 하고 술기운이 코끝으로 전해올 때쯤 간밤 횡포에 대한 미안함을 담은 눈길로 슬며시 해피의 집을 들여다볼 아버지를 나는 떠올렸다. 해피가 사라졌다는 것을 알면 과연 그가 어떤 표정을 지을까. 나는 그게 궁금했다.

전화기를 내려놓기도 전에 벨이 울렸다. 낯선 번호를 보니 반가웠다. 어렵다 어렵다 하지만 요즘 같기는 또 처음이었다. 처음 장류 영업을 하지 않겠느냐는 제의를 받았을 때만 해도 몇 년만 부지런히 움직이면 대리점은 못 되더라도 작은 가게 하나는 마련할 줄 알았다. 거래를 뚫기 위해 머뭇거리며 식당이며 대형 할인점에 가지고 들어간 간장이나 된장 맛에 대한 반응은 그런대로 괜찮았다. 모두들 선선히 거래를 터주었고 가끔씩은 아는 누군가를 소개시켜주어 일반 가정에까지도 배달을 하게 되었다. 다만 마진율이 너무 낮은 게 흠이었다. 거래 가게가 늘었지만 예상했던 것만큼 수입은 늘지 않았다. 그래도 괜찮았다, 어찌되었든 간에 조금씩이라도 움직이는 만큼 수입은 늘었고 작은 점포를 내어 본격적인 영업을 해보겠다는 꿈도 곧 실현될 것처럼 느껴졌다.

그리고 그만이었다. 거래처는 더 이상 늘지 않았다. 날짜를 맞추어 물품을 가져가면 거래하던 식당은 어느새 문을 닫았거나 전혀 새로운 업종으로 바뀌어 있었다. 그나마 남아 있던 거래처도 점점 주문량을 줄였다. 주문량을 줄이는 게 그들의 의사와 상관없다는 것을 알았으므로 나는 더 이상 채근하지 않았다. 공장에 전화를 걸어 주문 물량을 줄였을 뿐이었다. 그러던 참이었으니 잘못 걸려 온 전화라도 혹시나 하는 심정에 반갑지 않을 수가 없었다.

통화버튼을 누르자 낯선 여자의 목소리가 튀어나왔다. 아주 잠깐 전화기에서 귀를 떼며 습관적으로 볼펜을 잡았다. 일단은 잘못 걸려 온 전화는 아닌 게 확실했다. 요즘 들어 부쩍 기승을 부리는 부동산 업자나 보험 모집인, 경품 당첨을 빙자한 통신 판매원은 적어도 잔뜩 화가 난 사람처럼 투박한 목소리로 전화를 걸지는 않았다. 그러나 읍내에서 돼지 갈비집을 한다는, 언뜻 생각나지 않는 누군가의 소개를 받았다고 말한 뒤에 갑자기 조심스러워진 여자의 말에 나는 난감함을 감추지 못하고 머뭇거렸다. 머뭇거림은 곧바로 전화를 건 여자의 심경을 불편하게 했다.

"안 되면 관둬요."

나는 금방이라도 전화를 끊을 듯 표독스럽게 구는 여자의 말끝을 서둘러 잘랐다. 아뇨, 갖다 드릴게요. 위치를 말씀해주시겠어요. 전화를 끊은 뒤 한쪽에 차를 세우고 트렁크 안을 살펴보았다. 15킬로그램짜리 물건 사이로 백과사전 크기의 3리터 간장이 보였다.

조금 빠른 속도로 달린다면 10분 안에 도착할 수도 있다는 여자의 말이 거짓이라는 것은 처음부터 알고 있었다. 그 길은 굳이 설명을 듣지 않고도 단숨에 달려갈 수 있을 만큼 익숙한 길이기 때문이었다. 그러나 막상 20여 분이나 샛강처럼 구부러진 길을 올라가려니 한심한 생각이 들었다. 고작 간장 3리터를 팔러 가기에는 지나치게 먼 길이었다. 그러나 어쩔 수 없는 일이었다. 3리터 간장을 주문하는 여자가 곧 15킬로를 주문할 거라는 희망 따위는 갖지 않더라도 이 좁은 소읍에서 불친절하다는 평판이라도 나면 이 일마저 그만두어야 하는 불상사가 발생할지도 몰랐다.

도로는 한가했다. 드라이브를 하기에는 지독하게 더운 탓이리라. 10년 만의 무더위라고 했다. 귀가하지 않는 남편을 기다리던 노인이 살인적인 더위를 이기지 못하고 죽었다는 뉴스를 들으며 나는 에어컨디셔너의 세기를 최고도로 올려놓았다. 매캐한 냄새가 폭죽처럼 차 안에 퍼졌다.

전화 목소리와 달리 여자는 상냥했다. 간장을 배달해주지 않을까 봐 표독스럽던 목소리가, 적어도 잇몸을 드러내며 웃는 여자에게서는 발견되지 않았다. 때문에 서비스로 내놓은 인스턴트커피 안에 두 개나 떠 있는 고춧가루를 탓할 수가 없었다. 김치를 담그려던 모양이었다. 절여놓은 배추에 마늘과 파를 넣고 백색 조미료를 여자가 한껏 들이붓자 한쪽에서 담배를 피우던 여자의 남편이 어슬렁거리며 다가왔다. 콧잔등이 가려웠던지 코끝을 긁어대던 남자는 니코틴 냄새가 묻어 있는 손으로 썩썩 배추를 문질러댔다.

가만히 있는데도 땀이 배어 나왔다. 작은 벌레들이 온몸을 돌아다니는 것 같았다. 커피를 마시며 나는 신경질적으로 목과 팔 부분의 옷을 잡아당겼다. 당겨진 틈으로 뜨거운 바람이 들어왔다 사라졌다.

"근데 낯이 많이 익어요. 혹시 우리 가게에 왔던 적 없어요? 많이 본 인상인데."

남편의 손 모양을 해죽거리며 바라보던 여자가 물컵을 들고 와서 물었다. 나는 고개를 저었다. 여자의 관심은 먼지바람을 일으키며 멈춰 선 레저용 자동차에서 내린 젊은 연인이 천막 안으로 들어선 뒤에야 사라졌다. 고춧가루가 묻어 있을지도 모르는 컵을 양손에 들고 여자는 새로운 손님들을 향해 다시 웃었다.

한데 엉킨 젊은 연인의 몸은 탁자에 앉아서도 좀처럼 풀어지지 않았다. 끈끈한 살 냄새가 그들에게서 전해왔다. 저쪽에서 중턱을 넘어오기까지 그들은 얼마만큼의 사랑을 나누었을까. 중턱 너머로는 길을 따라 강이 흘렀다. 강기슭에는 중세의 성처럼 자리 잡은 모텔들이 있었다. 그곳들 중의 어느 한 곳, 담장을 둘러싼 붉은 벽돌이 유난히 강물에 반짝이던 작은 모텔이 꿈처럼 떠올랐다. 알전구들이 밤새도록 강물을 비추는, 커튼 사이로 보면 산호 떼가 밤바다를 휘저은 것처럼 보이던 작은 모텔의 2층 방에서 한 남자와 사랑을 나눌 뻔한 적도 있었다. 오늘처럼 더운 날이었다.

세 번째로 이 산 중턱의 작은 가게에 들렀을 때 그의 몸은 잔뜩 달아올라 있었다. 그는 집요했다. 흉터가 있어서 보여주고 싶지 않다는 내 몸에 환상마저 가지고 있는 것 같았다. 결국, 그를 따라 산을 넘었다.

편하지 못했던 긴 여행의 종착지가 될지도 모른다는 불안한 희망을 감추기에, 창밖으로 빛나는 알전구들이 지나치게 밝았다. 긴장으로 착각할 수도 있었던 그의 난폭한 손놀림에 함부로 벗겨 나간 옷가지들이 무색하게, 목덜미로부터 가슴으로 내려오는 내 몸의 곡선들은 시시각각으로 변하는 인조 빛 아래 무방비 상태로 놓인 고깃덩어리처럼 혐오스러웠다. 내 몸이, 생각했던 것보다도 훨씬 흉하다는 것을 그날 남자의 표정을 보고 알았다.

무얼 하려고 끓이던 물이었을까. 생각해보면 그다지 많은 양도 아니었건만 문설주에 숨어 부모의 싸움을 훔쳐보던 여자아이는 아버지가 던진 물을 온몸에 흠뻑 뒤집어씀으로써 그날, 삶을 송두리째 빼앗기고 말았다. 나이가 들어 한 남자와 몸을 섞고 봉긋한 배를 감싸 안고 시장에 나가 고등어나 취청 오이를 사고, 저녁 식사가 끝난 뒤에는 편하게 누워 시시껄렁한 이야기를 나눌 기회를 치명적인 상처와 바꾸어버린 것이다.

그날 이후 남자는 사라졌다. 2년 실패 끝에 들어간 9급 공무원 자리를 박차고 다른 도시로 떠났거나 계획에 없던 이민을 갔거나 지구 어느 한 부분 속으로 빨려 들어갔을지도 몰랐다. 그렇지 않고서야 20분만 돌아다니면 인연을 맺은 모든 사람을 만날 수도 있는 이 소읍에서 그렇게 오랫동안 그를 만나지 못할 수가 없었다.

"그러니까 이 뜨거운데 왜 그렇게 몸을 감추고 다녀요. 더워서 쪄 죽겠구만."

달아오른 선풍기 바람이 불어온다 싶더니 어느새 여자가 나를 내려다보고 있었다. 삼복더위에 폴라 셔츠를 껴입은 것에 대한 의구심을 노골적으로 드러낸 눈빛으로였다. 나는 앞에 보이는 달걀 하나를 집어 들었다. 껍질을 벗겨낸 뒤 입안에 욱여넣었다. 깊은 우물을 막은 듯 목울대부터 가슴까지 가느다란 바람 소리가 지나가는 게 느껴졌다. 여자가 가져다준 물을 단숨에 들이켰다. 밍밍했다.

산을 내려오다 몇 번이나 급브레이크를 밟았다. 추락하는 듯한 속도감이 싫지 않았다. 기어를 그대로 드라이브에 놓았더니 차체는 벼랑 끝에 닿았다. 앞에 펼쳐진 운무를 보니 멀미가 났다.

리조트의 24시 코너와 농민 후계자들이 운영하는 마트, 최근에 개점하여 아이스크림 50퍼센트 세일로 주민들을 불러들이는 대형할인점과 분식집, 산채비빔밥집과 포장마차를 운무 사이를 휘젓듯 돌아다녔다. 된장과 간장을 주문받았고 드물지 않게 거래정지 통고를 당했고 오랫동안 잘 알고 지내던 상인 몇과 외상 금액 때문에 표 나지 않는 신경전을 벌였다. 몸에선 쉴 새 없이 쉰내가 났다. 작은 온천이 안에서 흐르는 듯 몸이 뜨거웠다. 최고로 틀어놓은 에어컨디셔너도 도움이 되지 못했다. 바람의 세기보다 된장 냄새가 더 극성스럽게 차 안을 메우고 있었다.

마지막으로 보신탕집에 들러 주방 의자에 걸터앉아 주인이 내놓은 사이다를 마실 때에는 잠깐 해피 생각이 났다. 지금쯤 해피는 뭘 하고 있을까. 혹시 이 시간까지 아무것도 얻어먹지 못하고 비루 오른 개처럼 거리를 헤매고 있는 건 아닐까. 해피를 풀어준 게 오히려 나쁜 일일지도 모른다는 생각이 처음으로 났다. 그러나 뒤이어 광기 가득한 아버지의 눈빛이 떠오르자 함부로 섞어놓은 장류처럼 모든 게 엉망진창이 되는 것 같았다. 보신탕집 주인은 금방 잡아온 개를 곰 솥에 넣느라 아무 정신이 없어 보였다. 언뜻 보이는 대가리는 선사시대 박물관에나 있으면 어울릴 듯했다. 옥수수처럼 박혀 있는 이는 날카롭지만 않다면 사람의 것이라고 해도 될 성싶었다.

보신탕 가게를 끝으로 하루 일을 접기로 했다. 갑작스럽게 비가 쏟아지기 시작한 때문이었다. 피부를 파고들 듯 달라붙던 더위에 끈끈한 습기가 묻어 있던 것 같기도 했다. 햇빛을 보았는지 못 했는지는 기억나지 않았다. 맥주라도 한 잔 마시고 싶었다. 그러면 내 안에서 종일 쌓였던 더위들이 기화해버릴 것 같았다. 몇몇 전화번호들이 떠올랐지만 아무도 만나고 싶지 않았다.

아버지에게서 전화가 온 건 전혀 뜻밖의 일이었다. 물론 7년 전의 아버진 술에 취하면 늘 전화를 해댔다. 읍내에서부터 택시를 타고 달려와 귀찮은 표정을 감추지 않는 택시 운전사를 기어코 집 안에까지 들여 무엇이라도 먹이려 들었고, 조금이라도 대접이 소홀하다 여겨지면 그 자리에서 엄마에게 욕을 해댔다. 그러나 그건 7년 전의 일이었다. 엄마가 돌아가신 뒤로 아버지는 어느 누구에게도 전화를 걸지 않았다. 어쩌다 일이 생겨 집에 늦게 들어오게 되어 저녁을 거르는 일이 생겨도 그러려니 했다. 하긴 애초부터 곡기를 중요하게 여기는 사람은 아니었다. 술은 집 안 어디에든 있었기 때문에 그것만으로도 충분해했다. 그런 아버지가 전화를 한 것이다.

초저녁부터 내리기 시작한 비는 점점 더 사나워졌다. 거리의 포장마차들은 일찌감치 철수를 했고 빗줄기 사이로 옛날식 양주집이나 호프집의 전구들이 다소 육감적인 빛을 빗물에 반사시키며 손님들을 기다렸다. 비가 와서인지 한낮 더위에 노출되어 몰락해가는 소읍의 분위기를 적나라하게 보여주던 거리는 고스란히 안고 있는 습기만큼이나 끈적하게 바뀌어 있었다. 색을 바꾸어 밝혀지는 알전구들은 몽환적으로 보이기도 했다. 그 거리 한쪽에 차를 대고 아버지의 전화를 받았다.

뜻밖에도 목소리가 절박했다. 그의 목소리에 더 주의를 기울인 건 그래서였다. 대체 아버지가 절박할 일이 무엇인가 생각해보았지만 아무것도 떠오르지 않았다.

"네가 필요하다, 문자야."

아버지가 그렇게 말했을 때 내 귀를 의심하지 않을 수가 없었다. 아주 잠깐 아버지의 목소리가 지나치게 감상적으로 들려 픽, 웃음이 나왔다.

"네가 필요하다, 문자야."

대답이 들리지 않자 당신의 말을 듣지 못한 것으로 판단한 모양이었다. 두 번째 말을 할 때에는 전화기를 아주 바짝 댄 듯 목소리가 컸다.

어두웠고 미친 듯이 비가 쏟아졌지만, 길은 좁았고 수명이 다 된

전구는 제구실을 하지 못했지만 아버지는 쉽게 눈에 들어왔다. 정확하게 말하면 수상쩍은 짐승과 한데 엉킨 아버지의 실루엣이었다. 왜 그랬는지 모르지만 아버지가 말한 떡집이 있고, 순대집이 있고, 편편하지 못한 도로가 있는 골목의 입구에서 한데 뒤엉킨 시커먼 물체를 보는 순간 아버지라는 생각이 들었다. 그런 느낌은 더 이상 차가 들어갈 수 없는 지점에서 땅에 발을 딛는 순간 더욱 명확해졌다.

엄밀히 말해 한데 뒤엉킨 것은 아니었다. 뒤엉킨다는 것이 어떠한 이유에서든 두 물체의 의지에 의해 서로를 대하는 것이라면 그랬다. 적어도 내 눈에는 아버지가 매달리는 것처럼 보였고 상대는 그런 아버지에게서 벗어나려는 것처럼 느껴졌다. 게다가 가까이 다가갈수록 울음 섞인 아버지의 목소리가 들려왔는데 그건 애원에 가까운 것이었다. 나로선 한 번도 들어보지 못한 흐느낌이었다. 그 와중에도, 어두운 밤이었고 태풍이라도 몰려올 듯 비가 쏟아졌고 그 비를 고스란히 맞고 있는데도, 생각해보면 이 늦은 시간에 거리를 헤매고 있을 하등의 이유가 없는데도 불구하고 거리를 떠도는 개한테 매달리고 있는 아버지가 신기해서, 나는 한데 뒤엉켜 있는 그 둘을 물끄러미 바라보았다.

해피는 아니었다. 해피에 비하면 아버지를 애태우는 개는 그다지 신통해 보이지는 않았다. 지나치게 큰 몸집은 둔해 보였고 가까이 다가가서 본 털은 오랫동안 사람의 손길을 타지 않은 듯 매우 거칠었는데 설상가상으로 악취까지 풍겼다. 풍채와 어울리지 않게 아버지에게 허리를 잡힌 채 어쩔 줄 몰라 하며 주위를 살피는 눈이 순해 보였다. 부질없는 생각이 잠깐 떠올랐다가 사라졌다. 이를테면 아버지가 혹시 이 개를 해피로 착각하고 있는 것은 아닐까 하는, 자기의 학대를 견디지 못하고 탈출을 시도한 가련한 짐승에 대한 애증 같은 것 때문에 괴로워하는. 그러나 그럴 리가 없다는 것이 너무나 명백했으므로, 술에 취해 비가 쏟아지는 밤거리를 헤매는, 그것도 모자라 기이하기까지 한 행태를 벌이고 있는 아버지가 어이없게 느껴졌다. 당연히 아버지를 부르는 내 목소리가 고울 리 없었다.

"문자야, 빨리, 빨리, 차 문 좀 열어."

순간 귀를 의심하지 않을 수 없었다. 차 문부터 열라고 성화를 하는 아버지의 저의가 분명했기 때문이었다. 의심할 나위 없이 아버지는 정체불명의 그 커다랗고 더럽기 짝이 없는 짐승을 내 차에 태우려 하고 있었다. 가만히 서 있어도 더러운 구정물이 뚝뚝 떨어지는, 지금이라도 부르르 몸을 털면 온갖 벼룩이며 진드기 떼가 사방으로 튈 것 같은 꼬락서니의 개를 내 차에 태우려고 하다니.

간장이며 된장 따위가 뒷좌석에 함부로 쌓여 있어서가 아니었다. 최소한의 조심스러움도 없이 천연덕스럽다 못해 뻔뻔하기까지 한 아버지의 요구에 나는 노여움을 느꼈다. 노여움은 어느새 그 옛날, 아궁이에 올린 양은솥에서 펄펄 끓던 물이 쏟아진 뒤 살갗에 달라붙어버린 옷을 벗을 때마다 허물처럼 떨어져 나온 내 살점들에도 아랑곳하지 않고 흥흥거리던 아버지의 몽롱한 눈빛을 바라보는 어린 내 모습으로 바뀌었다.

타세요. 어차피 온몸이 비에 젖어 소용이 없었지만 나는 우산을 받치며 말했다. 깨문 아랫입술이 쓰라렸다.

"뒷문 좀 열어라 문자야."

아버지는 내 심정 따윈 아랑곳하지 않았다. 풍을 맞은 뒤로 그래왔던 것처럼 같은 말을 반복하는 것으로 당신의 요구를 관철시키려고만 했다. 나는 아무 말도 하지 않았다. 자리에 주저앉아 일어나려 하지 않는 아버지 위로 검은 우산만을 씌웠을 뿐이었다.

고집스럽도록 오랜 시간을 아버지는 버텼다. 개를 데려가지 않는다면 언제까지고 일어서지 않을 듯했다. 대체 이 시간에 아버지는 왜 거리를 헤매고 있었던 것일까. 영문도 모르고 아버지에게 포획된 채 두 눈만 끔벅거리고 있는 더러운 몰골의 개를 바라보며 나는 침을 뱉었다. 비는 점점 더 거세졌다.

아버지를 차에 태운 건 그로부터 한참 뒤였다. 정확하게 말하면 아버지와 개였다. 결국 그렇게 되고 말았다. 그사이 골목을 지나던 술 취한 남자 둘이 시비를 걸 듯 머뭇거리다 심상치 않은 분위기에 돌아섰고, 순찰을 돌던 경찰 하나가 가게에서 물 한 병을 사가지고 오다 몇 마디 말을 걸더니 지레짐작으로 빨리 집에 들어가라는 말을 성의 없이 내뱉고 사라졌다. 발등을 덮은 빗줄기에서 물안개가 어둠을 뚫고 퍼지기 시작했고 그 물안개 사이로 정체를 알 수 없는 바람 소리가 몰려왔다가 달아났다. 밤은 점점 더 미궁 속으로 빠져

들었다. 단속적으로 같은 말만 반복하던 아버지는 결국 탈진하여 바닥에 누울 듯 휘청거렸다. 더 이상 버틸 재간이 없었다.

개를 뒷좌석에 밀어 넣은 뒤에야 차에 올라탄 아버지는 이내 눈을 감았다. 흠뻑 젖은 몸을 그는 연신 떨었다. 주먹을 꽉 쥐고 있는 것으로 보아 훈훈한 차 안의 공기도 체온을 높이는 데는 별다른 효과를 발휘하지 못하는 모양이었다. 문득 차 안 어디에 수건이 있는 게 생각났다. 간장 통을 들 때마다 손이 팰 듯해 포장 끈을 감싸기 위해 가지고 다니는 수건이었다. 나는 몸을 돌려 차 안을 둘러보았다. 수건은 왼쪽 뒷좌석 위에 놓여 있었다. 손을 뻗어 그것을 집으려 하자 이제까지 이상하다 싶을 정도로 꿈쩍도 하지 않던 개가 갑자기 낮게 으르렁대며 나를 경계했다. 순간 소름이 돋았다.

더 큰 일은 그 뒤에 일어났다. 물론 나라고 해서 그 커다란 개를 해피의 집에 집어넣으려 했을 리는 없었다. 그것은 애당초 불가능한 일이었다. 때문에 마을 어귀로 들어서면서부터 개가 거처할 곳에 대해 궁리했다. 한편으로는 누구의 소유인지도 모를 개를 이렇게 덜컥 데리고 와버려도 되는가 하는, 다음 날 마을 주민들 중 누구라도 의혹을 품으면 어쩌나 하는, 혹시 있을지도 모를 불편한 일들에 대해 내심 걱정하던 참이기도 했다.

아버지는 달랐다. 백곰 같은 개를 해피의 집에 집어넣었다는 뜻이 아니다. 아버지의 행동은 상상을 전혀 빗나가서 화도 나지 않을 정도였다. 진작부터 그렇게 하기로 마음먹었던 듯 내 의향을 물어보는 일 따위는 하지도 않는 게 과연 아버지다웠다.

차 안에서 건네주었던 수건을 아버지는 개의 등에 덮어주었다. 딴에는 조금이라도 비를 피하게 해주고 싶었겠지만 이미 옴팡지게 젖은 개에게 작은 수건은 처음부터 효용가치가 없었다. 달라붙듯 올려놓은 수건이 안장처럼 보일 정도였다. 차라리 걸음걸이가 불편한 아버지가 그 위에 올라타는 게 어울릴 듯싶었다. 풋, 예상하지도 않았던 웃음이 나온 건 그래서였다. 털북숭이 개를 타고 가는 노인이라니.

개를 끌고 집 안으로 들어가려 하는 아버지의 뒤통수를 향해 나는 냅다 소리를 질렀다. 그런 뒤 재빠르게 달려가 현관을 막았다. 그런 내 모습을 물끄러미 바라보던 아버지가 말했다.

"그럼 나도 밖에서 잘란다."

타협의 여지가 전혀 느껴지지 않는 말투였다. 어찌나 화가 나던지 아버지가 아니라면 한 대 때리고 싶을 지경이었다. 그러곤 그만이었다. 아버지는 미련 없이 돌아섰고 정말로 처마 밑에 쪼그리고 앉았다. 개와 사이좋게 어깨를 맞댄 꼴이 영락없이 노숙자였다. 도저히 이해 못 할 사람이라고 나는 몇 번씩이나 속으로 욕을 했다. 결국 소리 나게 현관문을 닫은 후에 나는 집 안으로 들어와버렸다, 옷을 갈아입고 양치를 하고 몸에 밴 냄새를 닦아내면서부터는 안에서 소용돌이치는 욕들을 삼키지 않고 내뱉었다. 딱히 아버지에게로 향한 것만은 아니었다. 나는 어느새 해피를 풀어준 것을 후회하고 있었다.

샤워를 끝낼 때까지도 아버지는 돌아오지 않았다. 들어오리라고 기대한 것은 아니었지만 그 자리에서 움직이지 않는 아버지의 모습이 눈에 보이는 듯하자 당장이라도 맨발로 달려 나가 한바탕 소란을 피우고 싶은 충동을 참기 어려웠다. 그러나 막상 따뜻한 물 한 잔을 마시려니 여름비 같지 않게 살갗으로 파고들던 비의 촉감이 떠올랐다. 갓 쪄낸 찐빵처럼 잔뜩 부풀어 김을 피워 올리던 아버지의 눈 감은 모습까지도.

대체 개랑은 무슨 악연이 있기에 신경전을 매번 감내해야 하는가. 술에 취했을 때마다 해피를 걷어차고 밥그릇을 뒤엎고 집어 던지던 건 지금에 비하면 차라리 나았다. 만만한 데가 없으니까. 옛날처럼 패악을 부릴 힘도 상대도 없으니까 그런 거라고 생각하면 이해 못 할 것도 없었다. 그렇다면 지금의 저 행동은 또 무어란 말인가. 개에 대한 애틋한 추억이라도 있다면 모를까. 적어도 내가 아는 한 그런 이야기 따윈 없었다.

결국 현관 밖으로 나가 아버지를 불렀다. 그렇게 할 수밖에 없었다. 아버지가 오래 살기를 바라는 것은 아니지만 내 집 처마 밑에서 쓰러지게 할 수도 없는 노릇이었다. 들어가서 주무세요. 개는 처마 밑에 묶어두시고요. 하나 마나 한 소리란 걸 물론 처음부터 알고 있었다. 그런 말에 따를 아버지라면 애당초 이런 고집 따위는 부리지 않았을 거라는 것도. 그럼 어떻게 하려고요. 어느새 내 말투는 애원조로 변했다.

"오늘 밤만 재우마. 내일 아침엔 집을 지을 수 있을 거야."

방문 틈으로 보이는 아버지와 개의 모습이 평화로워 보였다. 당혹스러웠지만 부인할 수 없는 사실이었다. 어디선가 얻어 장롱 깊은 곳에 묻어두었던 병원용 담요를 용케도 기억해내고 꺼내서 거실 바닥에 펼쳐놓는 아버지의 움직임은 풍을 맞았다는 사실도 잠시 잊을 만큼 산드러졌다. 꼬리를 흔드는 털북숭이 개마저도 아버지의 신호를 따르는 듯했다. 따뜻한 곳에 들어오니 새삼 한기가 드는지 온몸을 부르르 떨며 털끝에 매달린 물기를 털어낼 때는 그 안에 바글대던 벼룩이며 진드기 들이 집 안 곳곳에 박히겠지 싶었지만, 만사가 귀찮았다.

느낌이 그랬다 뿐이지 아버지의 몸짓은 여전히 어눌했다. 긴 겨울잠을 준비하는 짐승처럼 엇박자로 흔들리는 발을 허공에 내딛으며 오랫동안 움직였다. 그런 뒤 비로소 거실 한쪽에 자신의 이불을 펴고 자리에 누웠다.

아버지는 무섭게 코를 골아댔다. 하루 종일 비를 맞으며 헤맸으니 피곤도 했을 것이다. 맛있는 음식이라도 먹는 걸까. 가끔 입맛까지 다시며 몸을 뒤척이려 했지만 잘되지 않는지 이내 얼굴을 찌푸렸다. 한쪽으로 누운 볼에 짙게 드리워진 음영을 나는 물끄러미 바라보았다. 손바닥엔 거실 탁자로 이어놓은 개 줄이 잔뜩 휘감겨 있었다. 혹시라도 자기가 잠든 뒤에 내가 개를 내칠 것을 염려한 때문인 것 같았다. 디근 자로 쪼그린 몸은 너무 작아서 아기 같아 보였다. 정말로 저 사람이 내 아버지가 맞나 싶었다.

녀석은 잠든 아버지의 주위를 서성였다. 짧은 줄 때문에 어쩌지도 못하고 끙끙대는 폼이 불안한 듯했다. 저를 어떻게라도 할까 경계하는 빛이 역력했다. 새삼스레 그 옆에 쪼그리고 앉아 녀석을 바라보았다. 잔뜩 주눅 들어 있는 눈동자가 까맸다. 문득 떠오르는 생각에 주방으로 갔다. 역시나 한 번도 열리지 않은 전기밥솥 안의 밥이 잔뜩 말라 있었다. 그 밥을 바가지에 털어놓고 냄비에 있던 된장국을 부었다. 음식 냄새를 맡은 녀석이 거실 저쪽에서 처량하게 흐느꼈다.

족히 3인분은 될 법한 밥을 숨도 쉬지 않고 먹고 나서도 녀석은 연신 입맛을 다셨다. 잔뜩 주눅 들어 있던 눈빛이 반짝였다. 솜사탕처럼 부푼 꼬리까지 쩔렁쩔렁 흔드는 걸 보니 거리를 헤매는 동안 어지간히도 사람 눈치를 본 모양이었다. 조심스럽게 녀석의 등을 쓰다듬어주었다. 땟국이 가득한 털이 수세미처럼 거칠었다. 어쩔 수 없이 한동안은 녀석과 지내야 할 것 같았다. 그럴 리야 없겠지만 주인이 찾아온다 해도 녀석을 당장 떠나보내지는 못할 거라는 생각이 들었다. 나는 혹시라도 녀석의 분뇨가 거실로 퍼질까 싶어 닳아서 쓸 수 없는 수건들을 잔뜩 거실에 깔았다. 그런 뒤 자리에서 일어나 불을 껐다. 방으로 들어와 누우려는데 문득 해피 생각이 났다. 해피는 어디를 달리고 있을까.

퀼트, 퀼트

자다가 벼락을 맞는다는 게 이런 경우를 두고 하는 말인가, 갑작스러운 충격에 벌떡 일어나 주위를 살핀다. 방바닥 한쪽에 정사각형의 초록색 케이스가 책장처럼 펼쳐져 있다. 그 옆으로 몇 번 구르다 결국 잠잠해지는 시디 한 장은 케이스에서 떨어져 나온 것이 분명해 보인다. 방바닥에 납작하게 엎드린 시디를 들어 본다. 아무것도 적혀 있지 않다. 대체 왜 이런 게 내 가방 안에 들어 있던 것일까, 짐작해보지만 전혀 알 수가 없다. 혹 다른 데서 떨어진 건 아닐까 주위를 둘러본다. 하지만 삼복더위에 지쳐 혀를 내민 토종개처럼 쫘악 지퍼가 열린 채로 아슬하게 걸쳐 있는 가방 말고는 출처를 짐작할 데가 없다.

혹시 멍이라도 든 건 아닌가 싶어 어기적어기적 화장대 쪽으로 엉덩이를 쓸며 간다. 다행히 모서리에 맞지는 않았어도 불에 덴 것처럼 이마가 욱신거린다. 그런데 이게 웬일, 화장대는 있는데 거울이 없는 게 아닌가. 혹 먼지를 닦다 엄마가 깨뜨렸나? 그랬다면 소리가 요란했을 텐데 방에 누워 있었으면서 그 소리를 못 들었을 리가 없다. 며칠 전부터 너무 오래돼서 신물이 난다고 하더니 혹시 버린 건 아닐까. 그것도 이상하긴 마찬가지다. 버리려면 화장대를 버릴 것이지 애꿎은 거울만 버렸을 리도 없고.

"엄마 거울 어데 뒀어?"

문 쪽을 향해 냅다 소리를 질러보지만 대답이 없다. 하긴 이 시간에 엄마가 있을 턱이 없다. 금요일 오후면 교인들과 함께 예배를 보고 삶은 달걀이나 미숫가루를 먹으며 한가로운 오후를 즐기는 것이 인생의 즐거움인 양반이니까. 하는 수 없이 아픈 이마를 손바닥으로 쓱쓱 문지른다. 볼록 튀어나온 게 없는 걸 보니 혹은 안 난 모양이다. 나는 다시 자리에 눕는다.

화장대 위로 나란히 줄을 맞추어 걸려 있는 사진 두 장이 눈에 들어온다. 엄마와 작년에 돌아가신 할머니다. 항상 느끼는 거지만 돌아가신 분의 모습을 보는 일은 유쾌한 일이 아니다. 와이어처럼 둥글게 말려 올라간 입술 때문에 언뜻 온화하게 보이기도 하지만 가볍게 물결치는 두 눈썹엔 필시 사진사의 마음에 드는 표정을 연출하기 위해 평소 쓰지 않는 안면근육을 혹사시켰을 할머니의 짜증이 그대로 드러나 있다. 엄마와 사진관에 가면서도 설마 그날 찍은 사진을 그토록 빨리 써먹게 될 줄 할머니는 전혀 예상하지 못했을 터였다. 크게 쓸 일도 없는데 웬 놈의 사진이냐고, 하얀 모시옷을 챙겨주는 엄마의 뒤꼭지에 대고 할머닌 그날 무던히도 불평을 늘어놓았다. 청상과부인 며느리에게 20여 년을 얹혀살면서도 기가 죽기는커녕 당신의 아들들이 제 엄마를 모시기 싫어 십시일반으로 모아 사 준 슬레이트집에 어지간히 공치사도 늘어놓던 할머니의 당당함이 그날만큼 꼬집고 싶을 정도로 얄미웠던 적도 없는 것 같다. 그러거나 말거나 엄마는 언제 준비해놓았는지 모를 모시옷을 정성껏 챙겨주었고 파운데이션까지 살짝 발라주며 우리 어머니, 이렇게 차려입으니 새댁 같다는 입에 발린 거짓말까지 늘어놓았다. 사이좋은 모녀처럼 두 여자는 다정하게 손을 잡고 대문을 나섰다. 기름칠한 지 오래된 대문에서는 약간 쇳소리가 났고 대문을 넘겨 매달려 있던 나무수국이 홀쭉하게 마른 할머니의 등에 쓸려 살짝 흔들렸다.

기억이라는 게 참 간사하다는 생각을 가끔 해본다. 그날 대문을 나시던 할머니의 뒷모습이 어제 일인 듯 생생해서 금방이라도 돌아와 동네 노인들과 있었던 사소한 언쟁에 대해 구시렁거리며 마루에 걸터앉을 것만 같다. 반면 사진관에서 찾아다 놓은 사진을 채 챙기기도 전에 경로당에서 넘어진 뒤로 시위하듯 곡기를 끊어버리고 시름시름 앓던 모습은 또 먼 옛날의 일인 듯 아득하기만 하다.

그나저나 엄만 왜 할머니 사진 옆에 자기 사진을 걸어놓은 걸까. 아무 생각 없이 한 일이라고 해도 돌아가신 분과 나란히 사진을 걸어놓는 건 어쩐지 찜찜하다. 나는 자리에서 일어나 엄마 사진을 떼어 방 한쪽에 내려놓는다.

두 팔을 귀 뒤에 대고 힘껏 기지개를 펴며 오늘 할 일을 가늠해본다. 기말고사가 얼마 남지 않았으니 고대소설론과 비평론 정도는 책을 읽어둬야 한다. 저녁 여덟 시엔 아르바이트가 있으니 그 전에 할 일을 다 한 뒤에 일찌감치 주헌을 만나 햄버거라도 먹어야지. 짧은 시간에 식사와 데이트를 해결할 수 있는 건 뭐니 뭐니 해도 패스트푸드가 제일이다. 그런데 이미 홀쭉하게 들어간 배가 저녁시간까지 기다려줄 것 같지가 않다. 낮잠이 곤했던지 물 끓이는 소리를 요란하게 내며 어서 음식을 들여보내달라고 아우성을 친다. 아무래도 라면이라도 끓여 먹어야겠다.

주헌은 더 이상 아무 말도 하지 않았다. 식사도 하지 않고 샤워를 한 뒤에는 아예 드러누워 방 안에서 나오지 않았다. 축구라면 새벽에라도 일어나 보는 통에 혹 일에 지장이 있진 않을까 걱정 끼치기를 한두 번이 아닌 사람이, 월드컵 생각만 하면 사는 맛이 저절로 난다고 아이처럼 흥분하던 그가 그렇게 기다리던 토고전이 시작되어 전반전에 선제골을 빼앗겼는데도 아무 반응이 없었다. 혹시 라디오 중계 듣듯 문 쪽에 귀를 대고 있는 건 아닐까 싶어 일부러 소리를 제거해보았다. 소리가 제거된 텔레비전 속의 운동장이 갑자기 비현실적으로 느껴졌다. 토고라는, 생전 처음 듣는 나라의 선수들이 경중거리는 모습은 춤을 추는 듯 현란했다. 그중 사납게 눈을 부라리는 선수의 표정이 험상궂어 당장 거리에 나서면 흉악범으로 오인받을 것 같다는 생각을 하다 픽 웃었다. 아무래도 할리우드 영화에 너무 익숙해진 모양이었다.

일 대 영으로 지는 상황에서 전반전이 끝날 때까지도 주헌은 안방에서 나오지 않았다. 내일 병원에 가보자는 말만 불쑥 내뱉고 들어간 뒤로 벌써 세 시간째였다. 물론 내 실수는 나도 인정한다. 그 광고기획서를 만들기 위해 주헌이 한 달 내내 백화점이며 대형마트를 얼마나 정신없이 뛰어다녔는지 모르는 바도 아니다. 이번 기획서가 꼭 채택되어야만 회사에서의 입지가 공고해진다는 것도 이미 여러 차례 들어서 알고 있는 터다. 그런데 그걸 가지고 가지 않았으니 브리핑을 불과 한 시간 앞두고 그 사실을 알았을 주헌의 심정이 어떠했을지는 불을 보듯 훤하다. 그나저나 용량이 너무 커서 시디로 구웠으면 즉각 챙겨둘 일이지 어쩌자고 따로 빼났다가 이런 낭패를 겪느냔 말이다. 애초에 잘 챙겼더라면 내 탓을 할 일도 없었을 텐데…… 뭐 난들 일부러 그랬나. 분명 전화를 받자마자 옷을 챙겨 입고 시디를 챙겼건만 정신이 없어서 깜박 잊고 만 걸 어쩌란 말인가.

사실 모터 달린 거품기처럼 속이 부글부글 끓어오르는 건 나도 마찬가지다. 생각할수록 귀신에게 홀린 것 같아 이건 기분이 나쁘다 못해 배신감까지 든다. 집안의 대소사까지 의논하는 건 바라지도 않는다. 그래도 최소한 가전제품 정도는 같이 의논해서 장만하는 게 좋지 않은가. 꼭 내 맘에 드는 물건을 사겠다기보다는 같이 쇼핑하면서 얘기도 나누고 아이스크림도 먹으면 사는 게 얼마나 재미있겠느냔 말이다. 그런데 대형 텔레비전을 떡하니 들여놓고 최소한의 변명조차 하지 않는 건 도대체 이해가 되지 않는다. 그뿐이 아니다. 결혼할 때 친구한테 받은 뻐꾸기시계가 촌스럽다고 그렇게 투덜대더니 어느 틈에 모던한 사각으로 바꿔놓기까지 했다. 그래놓고 병원에 가자고 냅다 소리를 지르다니. 정신 한 번 깜빡한 것 때문에 병원에 가야 한다면 대한민국에 정신병자 아닌 사람이 과연 몇이나 될까. 텔레비전을 보면 어떤 여자는 부엌칼을 냉동실에다 두었다고 하고 또 어떤 여자는 무선전화기를 장롱에 두고 한참을 찾았다고 했다. 손에 들고 있는 지갑을 찾느라 온 방 안을 뒤졌다 하고 끄지 않은 가스 불 때문에 외출에서 돌아온 건 헤아릴 수조차 없다고 했다. 그럼 그런 여자들은 정신병원에 입원이라도 해야 한단 말인가.

　결국 나는 안방으로 들어가기로 마음먹었다. 벽을 보고 누워 있을 주헌에게 따질 일이 있다고 짐짓 목소리를 낮추며 얘기해야겠다. 목소리가 가라앉고 음성이 경직되는 건 내 기분이 최악의 상태에 이르렀다는 표시이고 주헌 또한 그걸 모를 리 없을 것이다.

　주헌은 밝다. 환하다. 올챙이 꼬리 같은 잔주름들을 눈가에 매달고 다니며 언제나 웃을 준비를 하고 있다. 그게 내가 기억하고 있는 주헌이다. 그러나 요즘은 아니다. 터무니없이 예민해지고 자주 우울해진다. 아무것도 아닌 일에 화를 냈다가 금세 표정을 누그러뜨리며 말을 걸어온다. 지금만 해도 그렇다. 석고상처럼 무뚝뚝하고 창백해서 다른 사람을 대하고 있는 것처럼 낯설고 불편하다. 조울증의 증상이 그렇다고 하던데 병원에 가서 치료를 받아야 할 사람은 내가 아니라 주헌인 것 같다는 생각이 드는 건 그래서이다.

혹 회사에서 안 좋은 일이 있는 건 아닐까 추측해봐도 마땅히 떠오르는 게 없다. 사교적인 성격 덕분에 주헌의 사회생활은 비교적 원만한 편에 속해 있다. 승진도 적당한 때에 되었고 얼마 전엔 스카우트 제의까지 받아서 나름대로 실력 있는 기획자라는 자부심에 우쭐하기도 했다. 오늘 깜박 잊고 시디를 가져가지 않아 조금 낭패를 겪었겠지만 그의 성실함과 실력을 높이 산 관리자가 날짜를 연기해주었다니 이렇게 오랫동안 화를 낼 이유가 없는 것이다.

"대체 왜 그래."

최대한 음성을 낮추며 나는 그에게 물었다, 당신의 행동을 전혀 이해할 수 없다는 몸짓을 양념처럼 뿌리면서.

"정말 모르겠니."

주헌은 쓴 오이 꼭지를 씹은 것처럼 인상을 썼다. 모르겠냐니 뭘 모른다는 말인가. 이쯤 되면 나도 더 이상은 참기 힘들다.

"나야말로 할 말이 많아."

언뜻 그의 눈이 가느다랗게 흔들렸다.

"얘기해봐, 뭐든."

그가 한숨을 내쉬었다. 나는 바싹 그의 앞으로 다가앉았다.

"언제야 정말 감쪽같아. 대체 어느 틈에 갔다 논 거야."

"뭘를."

"진짜 몰라?"

증거가 코앞에 있는데도 능청을 떠는 주헌을 참을 수가 없어 나는 그의 손을 잡아끌고 거실로 엎어질 듯 달려갔다. 토고전은 이제 후반전에 들어서 있었다.

"봐, 웬 와이드, 분명 전세 탈출하기 전까지는 아무것도 장만하지 않기로 했잖아. 대체 얼마나 주고 산 거야. 어떻게 이런 걸 사면서 나한텐 한 마디도 안 할 수가 있어? 이까짓 축구나 보려고 의논도 하지 않고 들여놓은 거야? 그럼 자 봐 보라고."

신경질적으로 나는 텔레비전의 볼륨을 높였다. 그때였다. 이천수가 모처럼 찾아온 프리킥의 행운을 보기 좋게 자기 것으로 만들어 버렸다. 기다렸다는 듯 아파트 창문으로 함성과 발 구르는 소리가 일제히 깨져 나왔다. 득점 장면을 다시 한 번 보느라 신경전은 잠시 정지 모드 상태에 놓였다.

다시 경기가 진행됨과 동시에 주헌이 내 앞에 다가와 우뚝 섰다.

"자, 말해보라니까 어찌된 일인지. 이왕이면 뻐꾸기가 사라진 사연까지도 좀 알려주면 고맙겠어."

"정말 몰라서 묻는 거야?"

티눈이라도 들어갔나. 주헌의 눈 밑이 돌연 촉촉해졌다. 당장 눈꺼풀을 들고 입김을 불어주고 싶지만 모르는 체했다.

"난 정말 모르겠어. 자기가 왜 이런 일들을 의논도 하지 않고 함부로 저지르는지."

"왜 그날 우리 백화점에 갔다가 지하에 들러서 중국식 만두도 먹었잖아. 만두가 아니라 찐빵처럼 뻑뻑하다고 속만 발라 먹고 나머지 것들은 버렸다가 눈총 받았던 거 그거 생각 안 나?"

만두는커녕 근래 들어 밀가루로 만든 거라곤 도통 먹은 기억이 없었다. 옛날엔 빵이 나오는 시간을 기억했다가 가끔 제과점에 들러 식빵이나 베이글 따위를 사 오기도 했지만 요즘은 어찌된 셈인지 꼼짝도 하기가 싫어 미역이나 우유 따위도 배달을 시켜 먹고 있구만 웬 백화점이며, 중국식 만두⋯⋯.

"제발 말도 안 되는 얘기 좀 하지 마. 정말이지, 난 자기가 그럴 때마다⋯⋯."

나머지 말들은 그의 어깨에 부딪혀 그대로 떨어지고 말았다. 그가 갑자기 나를 끌어안았기 때문이었다. 난데없는 포옹에 숨이 턱 막혔다. 팔을 들어 그를 밀어내려다 다시 슬그머니 내려놓았다. 그가 흐느끼고 있었다. 철이 없는 건지 비겁한 건지 종잡을 수가 없었다. 그깟 텔레비전 때문에 말도 안 되는 핑계나 늘어놓다가 결국 마누라나 껴안고 흐느끼다니. 그의 등을 다독이며 나는 가볍게 한숨을 내쉬었다. 흠, 하는 수 없지. 아기 같은 남자랑 사는 내가 참아야지. 까짓것 우리라고 엑스캔버스 보지 말라는 법 있나. 나는 다소 누그러진 시선으로 텔레비전을 바라보았다. 그러고 보니 티타늄 컬러가 고급스러웠다. 화질도 선명해서 운동장에 깔린 잔디가 고리처럼 누워 있는 모습이 금방이라도 손에 잡힐 듯했다.

주헌이 오랫동안 잠을 이루지 못했다. 딴엔 숨도 죽이고 뒤척임도 조심하느라 애썼겠지만 어쩔 수 없이 삐져나오는 가는 한숨은 이내 실뱀처럼 내 뒷덜미를 휘어 감았다. 흐느낌 뒤끝이라 목이 잠겼던지 가끔씩 큼큼거릴 때마다 목구멍에 달가닥달가닥 자갈 부딪는 소리가 음표처럼 귓가에서 울렸다.

그를 사로잡고 있는 불안감과 초조함의 정체가 궁금했다. 부쩍 잦아진 한숨과 불면의 시간들, 예전엔 전혀 찾아볼 수 없었던 즉흥적인 결단들과 무분별한 쇼핑들에 대해서도 묻고 싶은 말이 많았지만 나는 모르는 체했다.

"자니."

꿈을 꾸듯 그가 물었다. 나는 아무 말도 하지 않았다.

"생각의 단면들을 퍼즐 조각처럼 아주 잘게 자를 수 있었으면 좋겠어."

"……"

"파인 홈이 맞닿을 때마다 전혀 다른 생각들이 가지를 뻗어나가면 참 재미있을 거야. 퀼트처럼 말이야."

"가끔 말이 안 되는 일들이 생길지도 몰라."

"말이 안 되면 어때. 또 그냥 그대로 사는 거지. 왜 계획 없는 여행처럼 말이야. 그때그때 닥치는 상황에 따라 움직이는 거야. 버스를 타고 가는데 펑크가 났어. 그럼 걷는 거야. 걷다가 지치면 길바닥에 주저앉아 있고. 그러다 힘이 나면 다시 걸어. 배가 고프면 아무

데나 들어가서 눈에 띄는 걸 먹고. 재수 없어서 배탈이 나면 병원에 갈 수도 있고, 가게 한쪽에 쪼그리고 앉아 배를 움켜잡고 한없이 앉아 있을 수도 있겠지. 그러다 심심하면 다시 걸어. 걷는데 저쪽에서 버스가 오면 올라타. 올라탔는데 아까 탔던 버스의 승객들이 이번에는 다 이 버스에 있는 거야. 분명히 행선지가 다른데. 그런데 또 펑크가 나. 문득 시계를 봤는데 아까 펑크가 났던 시간에서 멈추어 있는 거야. 그럼 생각하겠지. 어떤 시간이 진짜이고 어떤 시간이 가짜일까. 하지만 그게 뭐가 중요하겠어."

어이가 없어 하품이 날 지경이었다. 이따위 생각들을 하느라 잠도 못 자고 바닥이 꺼지도록 한숨을 푹푹 내쉬고 있었단 말인가.

"나, 오늘 병원에 갈 건데, 자기도 같이 갈래?"

요즘은 청룡열차를 탄 것처럼 정신이 없다. 오전 중에 문화센터에서 독서지도사 강좌를 듣는 것 말고는 별다르게 하는 일도 없는데 하루걸러 한 번씩 밖에 나갔다 오면 간장 게장에 비벼 먹는 흰밥처럼 금세 시간이 바닥나버렸다. 하긴 책이라곤 학교 다닐 때 과제를 하느라 김동인의 『감자』 따위밖에 읽은 기억이 없는 내가, 배워서 자격증이라도 따놓으면 어디 쓸데가 있지 않을까 싶어 강좌를 듣다 보니 그럴 만도 했다. 정규 강의 이외에 읽어야 할 책도 많고 틈틈이 독후감까지 내야 해서 학교에 다닐 때도 이렇게 열심히 공부했던 적이 없는 나로서는 시곗바늘이라도 붙들어 매고 싶은 심정이었다.

뜬금없이 병원에 가겠다고 말을 해버린 것도 실은 오늘은 무슨 일이 있어도 병원에 들러야겠다는 다짐에 다름 아니었다.

갑작스러운 산기에 주헌의 동생이 출산을 한 게 벌써 3일 전의 일이었다. 예정대로라면 다음 주 말일에 세상의 빛을 보기로 한 아이가 거꾸로 있는 것으로도 모자라 굳게 닫혀 있는 제 어미의 자궁을 멋대로 열어버렸던 것이다. 그런데도 다음 달 있는 자격증 시험을 준비한다는 핑계로 아직까지 병원에 들르지 않았으니 잔뜩 화가 나 있을 게 분명했다.

"그렇지 않아도 오늘 가는 날인데, 너도 기억하고 있었구나."

주헌 역시 내 말을 기다렸던지 금세 얼굴이 환해졌다.

"가는 날이라니, 뭐 꼭 시간이 정해져 있남. 어쨌거나 오늘 가려고 하는데, 자긴 어때."

먼저 가자고 말을 꺼내놓고도 공연히 심술이 났다. 요 며칠 독후감이다 시험공부다 엄살을 떨어도 들은 척도 하지 않더니 제 동생한테 가자는 말에는 그렇게 반색을 한단 말이지.

"당연히 같이 가야지. 이따 내가 데리러 올 테니까 준비하고 있어."

그런 내 심정을 아는지 모르는지 주헌은 한술 더 떠 집으로 데리러 오겠다고까지 했다. 어디고 외출을 할 때 한 번도 데리러 온 적이 없었는데 어이가 없어 웃음이 나왔다.

그가 탄 엘리베이터의 숫자가 내려가는 것을 보며 오늘 할 일을 가늠해보았다. 문화센터에 가지 않으니 밀린 책도 읽고 빨래도 해야 한다. 오랜만에 선영이 년과 전화로 수다도 떨어야겠고, 아참참 깜박 잊을 뻔했다. 오전에 반상회가 있으니 열 시까지 307호로 오라고 했는데……. 병원에 가기 전까지 이 모든 일을 다 하려면 몸이 열 개라도 모자라겠다. 갑자기 맘이 바빠진 나는 현관을 향해 빠르게 걷기 시작했다.

하지만 미처 1미터도 움직이지 못하고 그만 그 자리에 주저앉아야 했다. 일곱 채가 사이좋게 나누어 쓰고 있는 복도의 끝에서부터 네발자전거를 탄 남자아이가 곧장 내게로 돌진해왔기 때문이었다. 자전거에 정면으로 부딪힌 정강이를 붙들고 엉덩이의 살과 뼈를 통과한 냉기가 허리로 올라올 때까지도 나는 한참이나 자리에서 일어나지 못했다. 부지불식간에 당한 일이어서인지 좀처럼 정신이 나지 않았다.

아무래도 자전거 바퀴가 뼈에 호되게 가 닿은 모양이었다. 상처가 나지 않아 겉으로는 멀쩡해 보이는데도 한참을 앉아 있다 겨우 일어나 걸으려고 하자 왼쪽 무릎에 좀처럼 힘이 가지 않았다. 새삼 조심성 없게 달려온 아이한테 역정이 났다. 그런데 미안한 기색을 보이기는커녕 나를 바라보며 배시시 웃고 있는 것이 아닌가.

"어머 얘 좀 봐. 뭘 잘했다고 웃는 거야. 어이없게."

한쪽 벽에 몸을 기대고 서서 나는 아이를 질책했다. 그러나 약간

멈칫하는 기색을 보일 뿐 아이는 풀이 죽는 기미도 보이지 않았다. 오히려 자신을 향한 노여움을 이해할 수 없다는 듯한 표정을 지으며 뚫어지게 나를 바라볼 뿐이었다.

"뭐라고 말 좀 해봐. 이럴 때는 사과를 하는 거야. 잘못했습니다, 하고. 아니 뭐 이런 애가 다 있어. 애!"

아침이었고 아직은 복도의 정적이 채 깨어나지 않았기 때문이었을 것이다. 그다지 크게 말을 한 것 같지 않은데도 스프링에 튕긴 것처럼 내 목소리가 여기저기에 울려 퍼졌다. 나는 오른손으로 입을 막고 집을 향해 절뚝거렸다. 말도 통하지 않는 아이와 상대하느니 빨리 집에 들어가서 파스라도 바르는 게 나을 것 같았다. 그러나 결국 멈추어야 했다. 뭐가 그리 서러운지 아이가 숨넘어가는 소리를 반주처럼 내뱉으며 큰 소리로 울어댔기 때문이었다.

"아니 얘가 뭘 잘했다고 이렇게 울어대는 거야. 울고 싶은 사람이 누군데."

일곱 개의 현관 중 하나가 금방이라도 열릴까 당황한 탓에 나도 모르게 주위를 살폈다. 잘못한 게 있다고 생각되진 않았지만 이른 아침부터 남의 애나 울리는 한심한 여자 취급은 받고 싶지 않았다.

결국은 한 집의 문이 열리고 말았다. 비상계단을 옆에 둔 복도 끝의 집이었다. 나는 다시 아이를 바라보았다. 한 번도 본 적이 없는데 옆집에 살고 있다는 사실이 새삼 의아했다. 언제 이사를 왔나 생각해봤지만 근래 들어 이삿짐이 들고 나가는 걸 본 적이 없는 것 같았다. 제 엄마가 자신이 보내는 구조 신호를 알아들은 것을 확인한 아이는 이제 아예 바닥에 주저앉아 발까지 구르며 악을 쓰기 시작했다.

처음에 여자는 별로 문밖으로 나올 의향이 없는 것처럼 보였다. 현관문을 연 채로 짧은 시간 아이와 나를 번갈아 보는 듯하더니 부드러운 음성으로 아이를 불렀을 뿐이었다. 그러나 구원군을 얻은 아이는 더욱 맹렬하게 울어댔고 결국 아이 엄마는 손에서 고무장갑을 빼며 아이와 내 쪽으로 다가왔다. 기다렸다는 듯 아이가 오뚝이처럼 일어나 제 엄마에게로 달려갔다.

뭐가 그리 서러운지 숨을 헐떡이면서도 아이는 울음을 멈추지 않았다. 가끔씩 나를 가리키는 폼이 전후사정을 설명하는 것 같았지만 울음과 서러움으로 한데 뭉쳐진 아이의 혀 짧은 소리를 알아듣는 것은 엄마가 아니고서는 도저히 불가능한 일이었다.

"아니 언니는 왜 공연히 아이를 울리고 그래요."

그때까지도 시큰대는 무릎을 살피고 있던 나는 깜짝 놀라 아이의 엄마를 바라보았다. 혹 나 아닌 누군가가 복도를 지나가고 있는 것이 아닌가 주위를 둘러보았지만 아무도 보이지 않았다.

"지금 나한테 그러는 거예요?"

"아이가 많이 놀랐잖아요. 모르는 체를 하니까."

어찌된 일인지 정신을 차릴 수가 없었다. 아이의 실수를 가지고 뭘 그렇게 화를 내느냐고 따졌다면 내게도 얼마든지 대꾸할 말이 있었다. 그런데 그게 아니었다. 여자는 분명 나를 언니라 불렀고 아이가 울고 있는 이유도 내가 아는 체를 하지 않았기 때문이라고 하고 있었다.

"지금 무슨 말씀 하시는 거예요. 언니라니요. 댁이 언제 나를 봤다고."

아는 얼굴들을 떠올리며 여자의 모습을 슬라이드처럼 머릿속을 지나가는 그것들에 맞추어 보았다. 그리고 보니 아주 낯설진 않았다. 반원처럼 시원하게 드러난 이마며 목탄처럼 까만 눈썹은 언뜻 친숙한 느낌을 불러일으키기도 했다. 그러나 그뿐이었다. 자주 만나는 친구뿐만 아니라 오래된 동창들, 잠깐씩 스쳐 갔던, 크고 작은 모임에서 만났던 사람들까지 생각해봐도 일치하는 얼굴이 없었다. 아무래도 비교적 흔한 얼굴이라 친숙한 느낌을 준 모양이었다.

"사람 잘못 보신 모양인데요, 전 댁을 모르거든요."

"언니! 자꾸 왜 그래요."

순간 왈칵 두려움이 몰려왔다. 겉보기와 달리 어쩌면 여자가 정상이 아닐지도 모른다는 생각이 들었다. 나는 서둘러 집을 향해 걷기 시작했다. 그러나 여자가 나를 놔주지 않았다.

"언니 너무 심한 거 아니에요? 아이가 놀라서 울음을 안 그치잖아요."

바짝 뒤를 따라오며 여자는 같은 소리만을 되풀이했다. 엄마의 손에 잡힌 아이도 엎어질 듯 뛰어오며 여전히 울어댔다.

"왜 그래요. 난 당신을 모른다니까요. 정말 이상한 여자 다 보겠네."

여자를 떼어내려 했지만 걷잡을 수 없이 가슴이 두방망이질을 했다. 설마 무슨 일이야 있겠느냐고 자위를 하면서도 기세로 봐서는 여자가 집 안에까지 따라와 자기를 모르냐고 따져댈 것 같았다. 아이와 부딪혔어도 처음부터 혼을 내는 게 아니었는데, 공연히 야단을 쳤다는 후회가 들었다. 어쩌면 이런 식으로 자기 아이가 놀란 것에 대한 분풀이를 하고 있는 것은 아닐까, 하는 의심마저 들 지경이었다.

나는 서둘러 현관문을 열었다. 주헌을 배웅하러 나올 때 현관문을 잠그지 않은 게 그나마 다행이었다.

"언니, 언니 문 좀 열어봐요."

여자가 거칠게 초인종을 눌렀다. 대꾸를 하지 않자 아예 현관문까지 두드리며 문을 열라고 소리를 질러댔다. 아이의 울음소리가 점점 커졌다.

"정말, 왜 그러는 거예요. 빨리 안 가면 경비를 부르겠어요."

귀를 틀어막은 채 나는 현관을 향해 소리를 질렀다. 빨리 가지 않는다면 정말로 경비를 부를 참이었다. 그 말이 효과가 있었던지 여자는 더 이상 문을 두드리지 않았다. 문의 렌즈를 통해 보니 그때까지 훌쩍이는 아이를 품에 안고 달래고 있었다. 그제야 거실 벽에 등을 대고 바닥에 앉았다. 전력 질주를 한 것처럼 다리의 맥이 풀려서 있을 수가 없었다.

"한 번만 더 전화하면 그땐 위치 추적해서 고소할 테니까 그리 아세요!"

마지막으로 쐐기를 박은 뒤 나는 사납게 수화기를 내려놓았다. 만약 이번에도 또 전화를 한다면 정말로 전화국에라도 쫓아갈 셈이었다. 하루에도 몇 번씩 별놈의 전화가 다 오지만 이런 경우는 또 처음이다. 아니 멀쩡히 잘 살고 있는 엄마의 집을 내가 언제 내놨다고 말도 되지 않는 트집을 잡는지 어처구니가 없다. 적반하장도 유분수지 전화 속의 남자는 오히려 화를 내며 길길이 뛰기까지 했다. 기획부동산이라는 말을 가끔 들어본 적이 있긴 하다. 무작위로 아무 집에나 전화를 걸어 가치가 전혀 없거나 상승 요인이 없는 땅들을 비싼 값에 분양하는 일종의 사기꾼이나 다름없는 사람들이라고 했다. 그런데 땅을 사라는 것도 아니고 팔라고 생떼를 부리는 건 또 무슨 경우인지 모르겠다. 이 소릴 엄마가 듣는다면 하나밖에 없는 당신의 재산을 탐내는 천하에 불효막심한 딸년으로 나를 몰아세울 터였다.

현관에서 기다리고 있던 주헌이 무슨 일이냐고 물었다. 버블인지 거품인지 부동산 경기가 침체된다니까 다들 발악을 한다고 나는 구두를 신으며 심드렁하게 대답했다.

"혹시 부동산에서 전화 온 거 아냐?"

"그렇다니까. 용운동 엄마 집 살 사람이 나섰으니까 계약하자고. 나 원 참 누가 판댔나. 아니 멀쩡하게 잘 살고 있는 집을 왜 팔라고 그래. 팔아도 그렇지. 내 집도 아닌데 연락은 왜 또 나한테 하는 건데. 집을 팔게 하고 싶으면 집주인인 엄마한테 전화를 해야지. 안 그래?"

관심을 가질 땐 언제고 주헌은 또 아무 대답도 하지 않았다. 말을 하다가도 문득문득 입을 다물어버리는 건 주헌이 가진 못된 버릇 중의 하나다. 결혼 전에도 자기 기분이 내키면 귀가 따가울 정도로 이 말 저 말을 늘어놓았지만 혹여 언짢은 일이 있으면 몇백 년이고 문이 열리지 않는 지하 감옥처럼 꿈쩍도 하지 않아 답답할 때가 한두 번이 아니었다. 하긴 언젠가는 무려 일주일이나 입을 열지 않는 통에 속이 터져 죽을 뻔한 일도 있었다. 말을 안 하려면 차라리 만나지나 않았으면 좋으련만 같은 학교에 같은 과였으니 굳이 약속을 하지 않아도 눈만 뜨면 어느새 그와 함께 있게 되었다. 말을 하지 않는 동안에도 우리는 나란히 앉아 강의를 듣고 영화도 보고 식사도 같이했는데 그 지옥 같은 일주일을 무사히 넘길 수 있었던 건 아마도 쉴 새 없이 재재거리기 좋아하는 내 천성 덕분이었을 것이다.

하지만 요즘 들어서 이렇게 불쑥 입을 다물어버리면, 뭐가 그리 언짢은지 미간이며 입술 주위가 억지로 밀폐된 비닐 봉투처럼 사납게 일그러지기까지 해서 선뜻 말을 걸기가 조심스러웠다. 영문도 모른 채 그의 등에 묻은 먼지를 털어내며 너스레를 떨었지만 아무 소용이 없었다. 화가 잔뜩 난 사람처럼 주헌은 앞장서서 현관과 엘리베이터에 이르는 긴 복도를 묵묵히 걸어갔다. 정적 속에 늘어져 있던 한낮의 햇빛들이 주헌이 움직일 때마다 화르르 흩어져 날아갔다.

"자기 그거 기억나? 대학 졸업하고 취직이 안 돼서 잠깐 놀았을 때 말이야. 자기가 카키색 재킷을 입고 있었으니까 아마 10월이었을 거야. 자기 돌아가신 아버님이랑 진로 문제로 다투고 난 뒤에 사는 의미를 모르겠다면서 일주일이나 말 안 했었잖아."

역시 오래된 이야기만큼 향수를 자극하는 것은 없는 모양이었다. 꿈쩍도 않고 앞만 향하던 주헌이 문득 서서 나를 바라보며 말하는 것이었다.

"그게 기억나니?"

"그럼 기억이 안 나? 그때 자기가 무슨 테 안경을 썼었는지도 다 선명한데. 아휴 이제 말이지만 그때 내가 얼마나 힘들었는지 알아? 자기 입 열게 하려고 별 수다를 다 떨고 말이야. 꼭 일주일 지난 뒤에 그때 자기가 처음 뱉은 말이 뭔 줄 알아? 바로 고맙다는 말이었어."

"정말 그게 기억나?"

"나 기억력 좋은 거 몰라서 그래? 그때 본 영화도 기억나는데. 「쉘위 댄스」였잖아. 일본 영화. 거기서 야쿠쇼 코지 춤 솜씨가 아주 끝내줬는데. 그런 뒤 신포만두에 가서 만두랑 김밥 먹었던 것도 기억나고……"

의외로 쉽게 표정을 푼 주헌에게 신이 난 나는 아이처럼 손가락을 꼽으며 오래전의 추억 속으로 달려 들어갔다.

"그래, 그랬었지."

새삼 시간 속에 접어두었던 기억을 떠올리며 주헌이 다시 물었다.

"근데 혹시 아침에 무슨 일 있었어? 나 출근한 뒤에?"

"아니 아무 일도 없었는데, 왜?"

"혹시 누구랑 싸우거나 하지 않았어?"

어이없는 물음에 픽 웃음이 나왔다. 아이도 아니고, 누군가와 싸울 일이 어디 있단 말인가. 더군다나 오늘은 밀린 책을 읽느라 하루 종일 꼼짝도 못 한 터였다.

"내가 앤가. 싸움이나 하게. 자기도 웃기네. 쓸데없는 소리 말고 빨리 가기나 해. 아가씨가 화 많이 났을 거야. 너무 늦게 가서. 근데 아들이라고 했나 딸이라고 했나."

주헌의 팔짱을 끼며 나는 서둘렀다. 그러다 갑자기 그가 서는 바람에 걸음을 멈추어야 했다.

"왜 그래. 깜짝 놀랐잖아. 뭐 잊은 거 있어?"

주헌은 묻는 말엔 대답도 하지 않고 물끄러미 나를 바라보았다. 그러더니 낮게 물었다. 미세한 초음파가 흔들리는 듯한 조심스러운 음성이었다.

"아가씨라니? 주연이 말이야?"

"응. 자기 동생이 주연이 아가씨 말고 또 있어? 지금 그 병원 가는 거 아니야?"

참 별일이었다. 묻는 말엔 대답도 하지 않더니 주헌은 또 잔뜩 화
가 난 것처럼 앞장서서 걷기 시작했다. 어찌나 빨리 걷던지 모르는
누군가가 본다면 나를 피하고 있는 것처럼 보일 정도였다. 자리에
서서 그런 그를 한참 바라보았다. 유일한 피붙이인 동생을 그가 얼
마나 애틋해하는지 모르는 바는 아니었지만 아무리 늦은 방문이라
고 하더라도 이건 좀 지나치다는 생각이 들었다. 기분 같아서는 병
원이고 뭐고 당장 집으로 돌아가고 싶었다.

오십 대 초반에나 들어섰을까. 귀밑부터 자라기 시작한 흰머리가
잘 어울리는 중년의 의사는 인상도 서글서글해서 마주하는 순간 기
분 좋은 편안함을 느끼게 했다. 별다른 거부감 없이 대뜸 그의 인사
에 반응을 보인 것도 그래서였다.

"예, 안녕하세요. 선생님 우리 아가씨는 좀 어떤가요. 아기는 건강
하구요?"

"이번에도 아가씨 안부부터 묻네요, 시누이 되는 분은 참 좋겠어
요. 올케언니가 그렇게 신경을 쓰니까요."

"무슨 말씀을요. 바쁘다는 핑계로 이제야 왔는걸요. 그런데 이번
에도라는 건 무슨 말씀이시죠."

"지난달에 방문했을 때도 아가씨 얘기를 먼저 꺼냈었거든요. 기억
안 나세요?"

"농담도 잘하시네요, 선생님. 전 이 병원이 처음인데요. 더군다나 아가씬 3일 전에 아기를 낳았는데 어떻게 지난달에 물어볼 수가 있겠어요. 주헌 씨는 어디에 있죠. 선생님과 먼저 의논할 게 있다고 했는데."

언제 이곳에 들른 적이 있었나 잠시 생각해보았다. 그러나 아니었다. 평소에 건망증이 심한 편이긴 해도 가벼운 물건을 잃어버리거나 약속을 잊는 것도 아니고 병원에 온 것조차 잊을 리가 만무했다. 더군다나 의사는 지난번에도 내가 주헌의 동생에 대해 물었다고 하질 않는가.

"요즘은 어때요. 혹시 어지럽거나 열이 오른다거나 하진 않았나요?"

컴퓨터 화면을 들여다보며 다시 의사가 물었다. 잔뜩 미간을 좁힌 탓인지 뜻밖에도 표정이 진지해 보였다. 나는 상담용 의자에 앉아 주위를 살펴보았다. 진료실이라면 어디에나 있을 침상 하나와 파티션, 전문서적들과 차트들이 단정하게 놓여 있는데, 산부인과 진료실이라면 당연히 비치되어 있는 초음파기계가 보이지 않았다. 문득 이곳이 산부인과가 아닌 다른 병을 진료하는 곳일지도 모른다는 생각이 든 건 그래서였다. 나는 반사적으로 의사가 입고 있는 가운의 이름표를 바라보았다.

"신경정신과 선생님이시군요."

"맞아요, 운혜 씨."

의사가 반색을 하며 바싹 다가앉았다.

"저한테 무슨 문제가 있나요."

무심을 가장하며 물었지만 내심은 이미 잘못을 저지르고 난 뒤처럼 요동치기 시작했다. 긴장을 하거나 이해할 수 없는 일에 맞닥뜨리게 되면 나타나는 증상이었다.

"아뇨, 아무 문제도요. 단지 사소한 일이 하나 발생했을 뿐이에요."

"저한테 말인가요."

"네. 하지만 이건 누구에게나 생길 수 있는 일이죠. 진행성 마비라는 증상인데, 너무 심각해하진 말아요. 정도의 차이는 있지만 지나간 시간을 잊는 건 다들 경험하는 일이거든요."

"제가 건망증이 심하긴 해요. 하지만 상담을 받을 정도는 아니에요. 더군다나 오늘은 다른 일로 병원에 들렀구요. 저희 아가씨가 아기를 낳았거든요."

나는 가슴을 쓸었다. 그러면 그렇지. 나도 알지 못하는 병이 내 안에서 자라고 있을 리가 없었다.

"그럼 혹시 이 여자가 누군지는 알겠어요?"

의사가 건네준 사진을 유심히 바라보았다. 반원처럼 시원하게 드러난 이마와 목탄처럼 까만 눈썹이 왠지 눈에 익었지만 기억이 나지 않았다.

"글쎄요. 어디서 본 것도 같고. 하지만 정확하겐 잘 모르겠어요.

근데 이 여자가 누구죠?"

"남편분 말로는 운혜 씨가 오늘 아침에 이분이랑 싸웠다던데……."

"제가요? 아닌데요."

"그럼 혹시 시누이랑 닮은 거 같지는 않나요?"

다시 한 번 사진을 바라보았다. 그러다 아, 하며 가벼운 탄성을 내뱉었다. 그러고 보니 주헌의 동생과 많이 비슷한 것 같았다. 자매도 아니고 전혀 다른 사람이 이렇게 닮을 수 있다니 새삼 놀라웠다.

"정말 그래요. 여기 이 이마랑 눈썹이랑 정말 닮았어요. 표정도 조금 비슷한 거 같고."

"자세히 봐요. 혹시 시누이가 아닌지."

"무슨 말씀을요. 우리 아가씬 이제서 겨우 스물일곱인데요. 이 여잔 적어도 삼십 대 중반으로 보이구요. 그리구 우리 아가씬 이렇게 뚱뚱하지가 않아요. 임신 말기에도 배만 나왔을 뿐 뒤에서 보면 얼마나 호리호리했는데요. 아무리 건망증이 심해도 아무렴 제가 이런 것까지 헷갈리겠어요. 선생님이 저를 놀리시는군요."

슬그머니 기분이 언짢아졌다. 의사가 농담을 하고 있다는 생각이 들긴 했지만 농담이라는 것 자체가 최소한의 안면을 전제로 하는 것으로 볼 때 그의 말엔 분명 지나치게 성급하거나 무례한 데가 있었다. 처음 진료실에 들어섰을 때 느꼈던 편안함이 이제는 부담스러워 자리에서 일어나 서성댔다. 주헌이 오면 당장 나가자고 할 생각이었다.

"아뇨. 그런 건 아니에요. 그냥 잠깐 궁금했을 뿐이에요. 기분이 상했다면 사과할게요."

"아뇨, 선생님. 그럴 수도 있죠. 혹시 더 하실 말씀이 있나요. 그만 가보고 싶어서요. 말씀드렸듯이 아가씨한테도 가봐야 하고 할 일이 많거든요."

나는 가방을 들고 자리에서 일어났다. 주헌이 오길 기다리느니 차라리 주헌의 동생이 있는 병실에 가보는 게 낫다는 생각이 들어서였다. 그러나 의사가 다시 불렀기 때문에 자리에 선 채로 그를 바라보아야 했다.

사람을 불러놓고 의사는 아무 말도 하지 않았다. 뒷짐을 지고 한동안을 제자리에서 서성거릴 뿐이었다. 가끔씩 손가락 끝을 턱에 대고 흠흠, 의미 없는 소리를 내뱉기도 했는데 그런 모습들은 드라마에서 늘 그렇듯 의사가 뭔가 할 얘기가 있을 때면 전형적으로 취하는 포즈와 비슷한 데가 있었다. 나는 가만히 그의 말을 기다렸다. 특별한 얘기를 기대한 건 아니었다. 지금까지 그의 태도로 보아선 그다지 중요하지도 심각하지도 않을 이야기일 확률이 컸다. 그의 말에 의하면 나는 조금 심한 건망증에 시달리는 상태이고 건망증은 누구든 경험할 수 있는 사소한 질병 중의 하나일 뿐이었다.

"운혜 씨의 정확한 병명은 코르사코프 증후군이에요."

키읔 발음이 여러 개 겹친 탓일까, 의사가 내뱉은 코르사코프라는 말은 매우 경쾌한 느낌을 주었고 병명에 사용되기에는 조금 어울리지 않다는 생각이 들었다. 낱말과 함께 금방이라도 짙은 향이나 몇 장의 꽃잎이 뚝뚝 떨어질 것 같다는 느낌, 그래서 더욱 비현실적으로 느껴지는 병명이었다.

"진행성 마비라고 표현하기도 해요. 아까 말했듯 건망증의 일종인데 증상이 심한 편이에요. 뇌의 해마가 계속해서 시간을 잃어버린다고 할까요."

의사가 말을 마치기도 전에 나는 깔깔대기 시작했다. 어이가 없었다. 과연 그런 일이 가능하기는 한 걸까. 식물인간이 되거나 치매에 걸려 살아온 모든 기억들을 잊는다는 얘기는 가끔 들어본 적이 있다. 그러나 그건 특수한 경우의 것이었다. 사고로 뇌를 다치거나 뇌의 신경세포들이 제구실을 하지 못하는 노인성 치매의 경우에나 해당되는 일들이었다. 내 증상이 그와 흡사하다는 의사의 말은 전혀 이치에 닿지 않았다. 나는 한 번도 뇌에 손상을 입을 만큼 충격을 받은 일이 없었다. 술을 마시지도 않고 생활이 불편할 정도로 무언가를 잊어본 기억도 없고 무엇보다 젊었다. 그러다 농담처럼 물어본 말에 대한 그의 대답을 들었을 때는 더 이상 웃을 수가 없었다.

"그러니까, 우리 아가씨가 이미 6년 전에 출산을 했고 제 엄마도 돌아가셨다는 거예요?"

의사는 천천히 고개를 끄덕였다. 선생님 말대로라면 머지않아 방금 나온 내 집을 찾지 못할 수도 있겠네요. 나는 앞에 놓인 책꽂이를 톡톡 건드리며 물었고 의사는 그럴 수도 있다고 했다. 의사를 바라보았다. 표정이 지나치게 진지해서 울상을 짓는 것처럼 보이기도 했다. 그렇다면 언젠가는 아가씨의 출산이나 엄마의 죽음을 잊은 것처럼 주헌 씨를 잊을 수도 있다는 말이네요. 나는 어깃장을 부리는 심정으로 다시 물었다. 의사는 또 그렇다고 했다. 어쩌면 예상하는 것 이상으로 그 시기가 앞당겨질 수도 있다고 덧붙였다.

모욕감이 느껴졌다, 그가 나를 놀리는 것 같았다. 당장이라도 의사를 잡아끌고 나가 모든 것을 확인하고 싶었다. 그러나 그뿐이었다. 거품처럼 부풀어 오르는 의혹과 달리 몸은 그 자리에 붙어버린 것 같았다.

나는 벽에 기대고 섰다. 현기증에 눈을 뜨기가 힘들었다. 믿을 수 없다고 중얼거렸다. 그러나 말의 존재감이 나를 짓누르는 것까지는 부인할 수가 없었다. 내 안의 무언가가 손끝으로 모두 빠져나가는 것이 느껴졌다. 혈관을 통과한 그것들이 먼지처럼 잘게 부서져 허공으로 일제히 흩어졌다. 몸이, 밑으로 가라앉았다. 남김없이 짜버린 치약 같았다.

엄마는 자질구레한 살림 따위에 애착을 갖는 편은 아니다. 무엇에 쓰이는 것이든 물건은 꼭 필요한 만큼만 거느리고 살면 된다는 것이 엄마의 신조다. 할머니가 돌아가시고 난 뒤에는 더욱 심해져서 사용한 지가 조금 오래됐다 싶은 거는 기어코 찾아서 밖에 내다 버리는 통에 어떨 때는 쓰레기 더미에서 물건을 찾아내느라 곤혹을 치러야 할 때도 있다. 아무리 그래도 그렇지. 어떻게 거울까지 내다 버릴 수가 있을까. 그럼 엄마는 외출을 할 때마다 욕실에 들어가 머리를 빗고 화장을 한단 말인가. 그러나 이 정도는 평소 엄마의 생활 신조에 비추어 볼 때 차라리 일맥상통하는 부분이 있다.

아무리 봐도 생뚱맞은 건 화장대가 위태롭게 받치고 있는 와이드 텔레비전이다. 평소 통화만 조금 오래 해도 잔소리를 해대는 엄마가 마련한 살림이라기에는 지나치게 크고 화려해서 집을 잘못 찾은 불편한 손님처럼 보인다. 그뿐만이 아니다. 양문형 냉장고에 소파, 금방이라도 빵이 튀어나올 것 같은 블루블랙 톤의 토스터까지 하루아침에 바뀌어버린 집 내부에 나는 눈이 휘둥그레진다. 요술램프 속의 지니가 도와주지 않은 이상 도대체 납득할 수 없는 대변화다.

가구전시 매장에 들른 손님처럼 나는 집 안의 살림들을 둘러본다. 한결같이 깔끔하면서도 세련된 디자인에 저절로 입이 벌어진다. 한편으론 그동안 알지 못했던 엄마의 안목이 새삼 놀랍기도 하다. 그러다 문득 교묘하게 떨어져 나간 식탁 모서리 부분의 흠집을 발견하고 풋, 웃는다. 뭔가 집히는 게 있어서다.

처음부터 다시 살림들을 둘러본다. 이번엔 사건의 단서를 찾는 형사처럼 꼼꼼하게 살펴본다. 중고의 혐의를 불러일으키는 요소들은 이내 곳곳에서 발견된다. 깨끗하게 닦긴 했지만 텔레비전에는 수많은 지문들이 문양처럼 박혀 있다. 양문형 냉장고의 바퀴엔 먼지들이 톱니처럼 촘촘하게 맞물려 있다. 토스터 밑바닥에는 식빵의

잔해들이 낭자하고 인조가죽임이 틀림없는 소파에는 여기저기에 손톱자국이 그어져 있다. 그러면 그렇지. 틀림없다. 누군가에게 헐값에 사들였거나 그도 아니면 운 좋게 얻었을 가능성이 크다. 이 모든 것을 들여놓고 아이처럼 좋아했을 엄마가 눈에 선하다.

그나저나 엄마는 또 어딜 나간 걸까. 월요일이니 구역 예배는 아닐 테고 동네 어느 집에서 점 백짜리 고스톱을 치고 있을지도 모르겠다. 도무지 혼자서는 지내질 못하는 분이니까.

그나저나 대체 뭐부터 시작해야 효율적으로 시간을 관리할 수 있을까. 눈앞에 쌓여 있는 일들을 생각하면 서 있는 시간마저 아깝게 느껴진다. 기말고사는 얼마 남지 않았는데 아직 아무것도 해놓은 것이 없어 걱정이다. 저녁엔 아르바이트도 해야 하고 그 전에 잠깐이라도 주헌을 만나야 한다. 몸이 열 개라도 모자랄 지경이다.

엎친 데 덮친다고 아까부터 배까지 살살 아프다. 화장실을 벌써 백 번도 더 들락거린 것 같은데 배꼽 아래부터 짜르르하며 또 신호가 온다. 아무래도 아까 먹은 라면이 탈이 난 모양이다. 우선 화장실로 향하기로 한다. 변기 위에 앉아서 차근차근 할 일을 순서대로 계획해야겠다. 이게 웬일, 초인종까지 울린다. 배를 움켜쥔 채 대문으로 통하는 모니터를 들여다본다. 낯선 남자가 대문 밖에서 모니터를 들여다보고 있다. 모니터 안에 꽉 찬 남자의 눈동자를 보니 겁이 덜컥 난다. 아무 대꾸도 하지 않고 조심조심 다시 화장실로 향한다. 남자는 계속 초인종을 눌러댄다. 경찰에 신고라도 해야 하나 고민이 된다. 어쩌면 빈집 털이범일지도 모르는 일인 것이다. 나는 걸음을 멈추고 모니터를 주시한다. 왜인지 모니터 속의 남자의 얼굴이 잔뜩 구겨졌다. 울먹이는 것 같기도 하다. 그 모습이 왜인지 낯설지가 않다. 다시 모니터로 다가가 남자의 얼굴을 뜯어본다. 그러고 보니 익숙하다. 분명 내가 잘 아는 사람이다. 순간 나는 깜짝 놀란다. 주헌과 너무 닮았다. 그에게 여동생 말고 형이 있다는 소릴 들었던가 못 들었던가. 가물가물하다. 하지만 주헌의 형이 분명하다. 저 이마며 눈매, 누군가를 기다릴 때면 잘근잘근 입술을 깨무는 습관까지. 앞이마가 약간 벗어지지 않았다면 영락없이 약간 노숙한 주헌이라고 해도 믿겠다. 그나저나 그가 왜 여길 온 걸까, 알 수 없는 일이다. 혹 주헌에게 무슨 일이 생긴 것은 아닐까, 문을 열고 뭐라고 인사를 해야 하나? 여전히 아픈 배를 감싼 채 나는 고민한다.

내 사촌 동생의
결혼식

차 안으로 쏟아지는 햇볕이 따뜻하다고 느낀 건 착각이었을까, 선뜻한 기운에 저절로 어깨가 움츠러들었다. 이럴 줄 알았다면 울목도리라도 하고 올걸 싶었다. 아이는 억지로 따라나선 것에 대한 불만을 두 볼에 가득 담은 채 차가운 마키아토를 호로록호로록 마시고 있다. 하긴 호법에서부터 꼬박 두 시간이나 차 안에 있었으니 화가 날 만도 할 것이다. 원하는 대로 치킨이나 시켜주고 게임이나 실컷 하게 할걸 싶었지만 어쩔 수 없는 일이다.

사실 아이를 데려오고 싶지는 않았다. 결혼식이 세 시에 시작되니 서둘러 다녀올 생각이었다. 핑계 김에 회도 먹고 바다가 보이는 펜션에서 잔 뒤 양떼목장에도 들르는 게 어떠냐고 남편이 말했을 때에도, 그럴 정도로 한가하지도 않을뿐더러 친척들을 만나고 난 뒤에는 기분이 어떨지 모르겠다고 했던 터였다. 풍차라는 말에 아이가 반응만 보이지 않았어도 나와 남편은 강릉의 낯선 결혼식장에서 늙은 사촌의 결혼식을 지켜보고, 아이는 거실에서 한 손으로는 치킨을 들고, 한 손으로는 컴퓨터 자판을 두드렸을 터였다. 말 그대로 풍차? 하며 단순히 반문했을 뿐인데도 남편은 그것을 가겠다는 신호로 받아들이고 열심히 계획을 짰다. 강릉에 있는 펜션 몇 군데에 전화를 걸어 창밖으로 바다가 보이는지 안 보이는지, 그곳에서 수산물시장까지의 거리는 얼마나 되는지를 물어보았다. 어느 식당 회가 싱싱하고 가격이 적당한지를 알아보는 것도 잊지 않았다. 마침내 완벽한 1박 2일의 여정이 단정하게 프린트된 채로 앞에 놓였을 때 나는 한숨을 내쉬었고 아이는 모처럼의 휴일 일정을 아빠가 마음대로 정해버린 데 항변했다.

밀려 있는 일거리가 맘에 걸리기는 했지만 제 속도로 달리는 차 안에서 따사로운 봄의 기운이 느껴지자 갑작스러운 일정도 그다지 나쁘지 않다는 생각이 들었다. 장담할 수는 없지만 결혼식의 여흥 같은 건 느끼기 어려울 가능성이 컸다. 엄마의 재혼은 친척들에겐 아무리 오래 씹어도 단물이 빠지지 않는 추잉껌 같은 이야깃거리였으니까. 결혼식에 참석하는 게 공연한 짓은 아닐까 하는 생각이 든 것도 그래서였다. 그렇게 가슴 한쪽에 얹혀 있던 우려가 한결 가벼워지는 느낌이었다.

문제는 영동고속도로에 들어서면서부터 생겼다. 갑자기 속도가 느려지더니 끝도 없는 정체가 계속되었다. 휴대폰 앱으로 본 고속도로 교통상황표는 정체를 알리는 빨간 글씨로 가득했다. 아이는 화장실에 가고 싶다며 연신 우는 소리를 냈다. 결국 월정사 관람은 포기하고 휴게소에서 간단하게 점심을 때우기로 했다.

마키아토를 끝까지 마신 뒤에야 주문한 김밥을 집던 아이가 문득, 오늘 결혼을 하는 사람은 누구냐고 물었다. 사촌 동생이라고 하자 대번 눈이 휘둥그레졌다. 다시 나이 차이가 많이 나느냐고 묻기에 동갑이라고 대답하자 막 입에 넣던 김밥까지 도로 빼내며 소리를 질렀다.

"헐, 대박. 그럼 그 사람은 오늘 처음으로 결혼하는 거야?"

"그 사람이라니. 엄마 동생인데. 삼촌이라고 해야지. 아니지 오촌이니까 아저씨라고 해야 하나."

"한 번도 못 봤는데 삼촌은 무슨. 엄마 사촌 동생이 있다는 것도 처음 들었는데. 어쨌든 그 삼촌인지 아저씬지는 왜 이렇게 늦게 결혼을 하는데? 엄마랑 나이가 똑같으면 마흔도 훨씬 넘은 거잖아. 그런데 이때까지 총각이었어?"

이상한 연상 작용이었다. 아이의 질문에 엉뚱하게도 사촌의 아기가 떠올랐다. 사촌을 닮아 이마가 동그랗고 눈이 까만 콩알처럼 윤이 나던, 살아 있었다면 지금쯤은 훤칠한 청년이 되었을 수도 있는.

사촌이 사고를 친 건 고등학교 3학년 때였다. 영 맘을 잡지 못하고 집 밖을 떠돌더니 결국 어떤 여자에게 임신을 시켰다. 엄마에게 그 말을 전하며 작은엄마는 사촌을 썩을 놈, 사촌의 어린 애인을 노랑머리 미친년이라 욕하며 씩씩댔다. 그 노랑머리 미친년이 방문하기로 한 날 나는 심부름꾼을 자청해 작은집에 가서 어슬렁거렸다. 이제 열일곱밖에 되지 않은, 엄마도 아버지도 없는, 학교도 다니지 않는, 우리 또래 아이들이 고작 보건시간에 성교육을 받으며 남자의 해부도조차 똑바로 바라보지 못하고 키득대고 있을 때 벌써 남자의 그것을 실제로 보았을 뿐 아니라 그 숨 가쁜 경험까지 해버린 여자아이가 궁금해서였다.

두 사람은 마루에 올라 나란히 무릎을 꿇었다. 유난히 피부가 하얀 여자아이는 바비 인형처럼 짙은 쌍꺼풀과 긴 눈썹을 가지고 있었다. 가뜩이나 작은 몸이 어찌나 지독하게 말랐던지 임신을 했다는 게 불가사의하게 느껴질 정도였다. 봄 햇살이 부채 모양으로 마루를 덮긴 했지만 아직 쌀쌀할 때였다. 얇은 옷 탓인지 두려움 때문인지 여자아이가 가끔씩 어깨를 움찔댔다. 작은 발가락도 쉴 새 없이 꼼지락거렸다. 고개를 푹 숙인 사촌의 얼굴은 너무 빨개서 잘 익은 감처럼 보였다. 나는 할 일 없이 어슬렁대며 노랑머리의 배와 사촌의 사타구니를 번갈아 흘깃대다 지레 얼굴을 붉혔다. 그 둘이 했을 짓을 상상하는 것만으로도 숨이 찼다.

할 수 있는 모든 독설과 저주를 내뱉은 뒤 작은엄마가 선언했다. 낳아서 너희가 키워라. 혹시 잘못 들은 건 아닌지 의심할 필요는 없었다. 사촌과 여자아이의 얼굴이 창백하다 못해 파랗게 질려가고 있었으니까. 엄마! 사촌은 소리쳤고 여자아이는 단정하게 무릎 꿇었던 자세를 해제시키며 흐느꼈다. 사고는 쳤지만 책임질 준비는 전혀 되지 않은 어린 연인은 처절하게 그리고 끈질기게 매달렸다. 은혜가 베풀어지기를 기대하면서. 그러나 그날의 선언은 결코 충격요법이 아니었다. 여자아이의 배가 볼록해질 때까지도 작은엄마는 마음을 바꾸지 않았다.

사촌이 아버지를 찾은 건 더 이상 미룰 수 없는 지경이 되었을 때였다. 늘 그랬다. 곤란한 일이 생길 때마다 사촌은 우리 집을 찾아와 호소했고 그때마다 아버지는 사촌의 곤경을 모른 체하지 않았다. 어렸을 때 사촌은 낚시를 좋아했는데 떡밥이나 구더기, 낚싯줄, 강으로 갈 차비 등을 작은엄마는 충당해주지 않았다. 남편 없이 사촌들을 키우는 작은엄마는 생존과 관련되지 않은 것은 일체 사치로 치부했다. 당신도 빈한하기는 마찬가지였지만 어린 조카의 청을 모른 척할 수 없었던 아버지는 기꺼이 주머니를 털었고 그것도 여의치 않을 때면 엄마에게서 그날의 생활비라도 받았다. 패싸움을 해서 학생과나 동네 파출소에 끌려갔을 때도 사촌은 신세 한탄을 하며 욕을 해댈 작은엄마 대신 아버지에게 도움을 요청했고 그럴 때마다 아버지는 음료수를 사 들고 학교와 파출소를 방문했다. 그러나 이번 경우는 달랐다. 아무리 아버지라고 해도 사촌과 여자애를 데리고 산부인과로 갈 수는 없는 일이었다. 아버지는 두어 번 헛기침을 했고 물을 마셨고 연달아 담배를 피웠다.

결국은 엄마가 특사로 나섰다. 아버지의 명령을 받은 엄마는 내키

지 않아 하다가 어쩔 수 없이 작은엄마가 생선 장사를 마치고 돌아
올 때쯤 작은집으로 건너갔다. 사촌과 여자아이는 그때까지 우리
집에 머무르다 저녁까지 먹었는데 엄마가 특별히 만들어준 돼지고
기 김치찌개를 여자애가 어찌나 게걸스럽게 먹어대던지 나 역시 오
랜만에 맛보는 고기였음에도 불구하고 찌개에서 고기를 건져 먹을
수가 없었다. 쓰린 맘을 감추고 김치나 찢어 먹을 수밖에.

"돈 들여서 애 떼봤자 또 배가지고 올 거니까 신경 쓰지 말고 그
냥 두래요. 차라리 이번 기회에 정신 차리는 것도 괜찮다고요. 암튼,
그럴 때 보면 혀가 내둘러져요. 아무리 그래도 그렇지 애들 인생인
데. 나더러도 딴 생각 하지 말라고 못까지 박더만요. 애들은 갔나 봐
요. 아이고 그 철없는 것들. 아까 개 밥 먹는 거 봤죠. 세상에 어려
운 줄도 모르고."

엄마는 마루에 걸터앉아 양말을 벗으며 작은엄마와 여자애에 대
한 못마땅함을 동시에 토해냈다.

그해 겨울의 끝 날에 사촌은 아버지가 되었다.

"생각할수록 개재밌는데. 마흔 살도 넘은 사람이 이제서 뭐하러
결혼을 하냐. 그럼 결혼하는 아줌마도 엄마랑 나이가 비슷할 텐데
애기는 어떻게 낳으려고. 나 같으면 괜히 개고생 하느니 혼자 살겠
다."

핸드폰에 눈을 박은 채 아이가 중얼거렸다. 그런 아이를 남편은

어이없어하는 눈으로 바라보다 시동을 걸었다. 휴게소에 들어가기 전보다 조금 줄어든 것 같긴 했지만 고속도로는 여전히 차량들로 가득했다. 이러다가는 결혼식에 늦을지도 모를 일이었다.

"근데 당신, 그 사람, 아니 사촌 처남하고는 많이 친했나 보지. 결혼식엘 다 참석하려고 하니 말이야."

남편이 백미러를 조절하며 물었다. 무심한 표정이었지만 은근히 궁금해하는 눈치였다. 그럴 만도 했다. 결혼한 지 15년이 지났지만 그가 내 주변에 대해 아는 건 많지 않았다. 아버지는 돌아가셨고 엄마는 재혼해서, 하나뿐인 사위인 자기가 지어야 할 부담이 많지 않아 다행스럽다는 게 다였다. 사정이 그렇다 보니 친척들에 대해 그가 아무것도 모르는 건 당연했다. 결혼한 뒤로는 친척들이 모이는 자리에 간 적이 없었다. 엄마의 재혼을 친척들은 배신으로 받아들였다. 그러다 보니 대소사와 관계된 일에 대해서도 일관성 없는 태도를 보였다. 어떤 친척은 결혼식에 참석해달라며 직접 전화를 걸었고 어떤 친척은 불쑥 청첩장만 보내왔다. 누군가는 아무 연락도 하지 않았다. 아무 연락도 없는 건 거의가 남자 친척이었고 어떤 식으로든 연락의 형태를 취한 건 아무래도 소녀 시절의 추억을 공유한 여자 친척들이었다. 어찌되었든 간에 나는 그들 모두의 결혼식에 불참했다.

그랬는데 며칠 전 엄마에게서 전화가 걸려 왔다. 사촌이 결혼 날짜를 잡았다는 것이었다. 다른 사람이라면 몰라도 사촌의 결혼 소

식은 뜻밖이었다. 너무 늦어서가 아니었다. 내가 아는 그는 결혼과
는 그다지 인연이 없는 사람이었다. 그는 늘 어딘가를 떠도는 사람
이었다. 그런 그가 완전히 다른 사람이 되었고 술을 끊고 교회에 다
닌다고 했다. 요즘은 건설 노동자로 일하는데 일급 미장이라고 했다.
새마을금고에 일수를 찍어서 작은 연립도 마련했다고 전하는 작은
엄마의 입이 귀에 걸리더라며, 엄마는 웃었다. 그랬는데 참한 과부
를 만나 이번에 결혼까지 하게 됐다는 것이었다. 게다가 색시 될 여
자가 보통 억척이가 아닌 데다 도배 기술까지 있다 하니, 살다 보니
별난 소식도 듣게 된다며 엄마는 새삼 감회에 젖었다.

"글쎄 친했겠지. 어렸을 땐 내내 이웃해서 살았고 나이도 같으니
까."

"이러다 결혼식 전에 도착하기 힘들 수도 있겠는걸, 정체가 장난
이 아니야."

시원치 않게 대답했으나 남편은 더 이상 묻지 않았다. 그는 그런
사람이었다. 아무리 궁금한 일이라도 말하지 않는 걸 굳이 캐묻지
않았다. 배려심이 깊어서일 수도 있고 유쾌하지 못한 사연에 휘말리
고 싶지 않아서일 수도 있었다.

남편이 궁금해하는 대로 사촌과 나는 친했었나? 그랬던 것 같기
도 하고 아니었던 것 같기도 하다. 사촌을 떠올리면 어렸을 때 밥을
얻으러 다녔던 기억이 난다. 아마 보름이었을 게다. 동네 아이들과
어울려 알루미늄 양푼을 들고 집집마다 오곡밥을 얻으러 다녔다. 축

제를 즐기는 것처럼 아이들은 들떴다. 평소에 하기 힘든 밤 외출이 었던 데다 아무 집에나 들어가 밥을 달라고 떼를 써도 어른들이 너 그렇게 웃으며 밥과 나물을 양푼 가득 퍼 주었기 때문에 우리는 흡사 축제라도 즐기는 것처럼 환호했다. 그렇게 얻은 밥을 들고 아무 곳에나 들어가 고추장에 썩썩 비벼 먹었다. 그때 사촌이라는 이유로 누군가 집에서 훔쳐 온 들기름을 서로의 밥에 더 듬뿍 뿌려줘서 오히려 느끼했던 기억이 새롭다. 사촌을 떠올리면 그런 소소한 일들이 떠오르지만 정작 둘이서 뭘 한 기억이 없는 것을 보면 그건 친해서라기보다는 이웃해 살아서 가능한 추억인지도 모르겠다.

그리고 사촌과 함께 저절로 떠오르는 음식들, 추어탕과 어죽. 중학생이 된 뒤로 동네 아이들은 보름달이 떠도 더 이상 집집마다 오곡밥을 얻으러 다니는 유치한 일들은 하지 않았다. 대신 자신들만의 세계로 들어갔다. 여자아이들은 독서나 뜨개질 따위에 관심을 가졌다. 남자아이들은 주로 우표 수집이나 라디오 조립 등에 관심을 갖기 시작했는데 특이하게도 사촌을 사로잡은 건 낚시였다. 처음에 그는 동네 개울에서 투망을 가지고 송사리나 미꾸라지 따위를 잡았다. 작은엄마가 물고기를 먹지 않았으므로 사촌이 잡은 것들은 고스란히 우리 집으로 배달되었고 추어탕이나 어죽으로 거듭났다. 추어탕이나 어죽을 즐기지 않기는 나도 마찬가지여서 그 음식들은 자연 사촌과 아버지만 먹었고 그 와중에 두 사람은 조카와 큰아버지의 정을 쌓아갔다.

"뭐 하느라고 이때까지 결혼을 안 했을까."

아이를 힐끗 쳐다보며 남편이 말했다. 정규 교육을 받고 적당한 시기에 결혼을 하고 정기적으로 호봉이 오르는 직장에 다니는 그로서는 사촌과 같은 삶의 방식을 가진 사람들을 잘 이해하지 못할 때가 많다.

만약에 그것도 결혼식이라고 할 수 있다면 사촌은 오늘 두 번째 결혼을 하는 셈이다.

결국 사촌은 아이를 낳았다. 얼굴이 작고 완두 같은 발가락을 가진 아기였다. 작은 중국 식당에서 아이를 가운데에 두고 둘은 서로에게 한 돈짜리 금반지를 끼워주었다. 작은엄마는 사촌이 더 이상 사고를 치지 않는 것에 대해 만족한 표정이었고 사촌의 동생들은 앞에 놓인 탕수육을 정신없이 먹어댔다. 아버지가 덕담 몇 마디를 해주었다. 나는? 다소간의 경멸과 호기심이 뒤범벅된 표정으로 꼬물거리는 아기를 바라보았다.

사촌은 학교를 그만두고 용접을 배우기 시작했다. 여자아이는 아기를 기르며 작은엄마 대신 살림을 맡았다. 시간이 흘렀다. 간간이 작은엄마가 엄마에게 하는 흉에 의하면 여자아이는 게을러터지고, 멍청하고, 깔끔하지 못했다. 걸핏하면 앓아눕기까지 했다. 반면 사촌은 손끝이 여물어서 쉽게 용접을 배워 곧 기사 자격증까지 따면 꽤 돈벌이를 할 수 있을 거라고 했다. 또 시간이 흘렀다. 아기는 기기 시작했고 곧 걸었다. 첫 생일을 맞이했으나 생일상을 받지는 못했다. 아버지의 성화에 엄마가 하는 수 없이 아기의 돌 반지를 마련해 작은엄마에게 건네주었다. 돌 반지를 받으며 작은엄마는 사촌의 애인이 여전히 게으르고 깔끔하지 못한 데다 이제는 반항까지 하는 통에 오장육부가 다 뒤집어질 지경이라는 말을 전해주었다. 그나마 괜찮은 건 사촌의 용접 실력이 나날이 좋아지고 있다는 사실이었다. 그리고 또 시간이 흐르던 어느 날 작은엄마가 소식을 전해왔다. 여자애가, 집을, 나갔다고 했다.

살다 보면 정말로 비현실적인 일이 생기기도 한다. 드라마에서나 있을 법한 일들, 사건들, 병들은 오히려 현실에선 너무나 아무렇지 않게 생겨서 드라마를 볼 때보다 충격이 덜하기도 하다. 예컨대 사촌에게 벌어진 일들이 그렇다. 여자아이와 사는 2년여 동안 사촌은 나름 행복했을 거라고 추측해본다. 작은엄마에 의하면 게을러터지고 멍청한 그 계집애를 사촌은 무척 좋아했으니까. 하루 종일 용접 공장에서 시달렸을 텐데 늦게 돌아와서도 아기는 작은엄마에게 맡겨두고 기꺼이 여자애를 위해 밤 외출을 했다는 걸 보면. 비록 적은 월급이나마 돈을 벌고 난 뒤부터 둘은 제법 연애다운 연애도 했다. 호프집에서 생맥주도 마시고, 심야 극장에서 영화를 보고 들어와 작은엄마에게 창자 빠진 연놈들이라는 욕을 들으면서도 낄낄거렸다는 것을 보면. 물론 가끔 싸울 때도 있었지만 그건 어디까지나 신혼부부라면 누구나 경험할 만한 소소하고 유치한 것들이었다. 그랬는데 여자아이가 사라져버린 것이다.

필시 화냥기가 발동한 거라며 작은엄마는 노발대발했다. 어린 나이에 남자를 알아버렸으니 조신한 생활을 감당할 수 있겠느냐는 거였다. 사촌은 용접 일을 그만두었다. 그 와중에도 아기는 무럭무럭 컸다. 사촌은 여자아이를 찾아 나섰다. 자신들이 다니던 호프집과 극장 주변과 은행동의 뒷골목들을 뒤지고 다녔지만 여자아이를 찾지는 못했다. 여자아이의 친구들에게 전화를 걸어 있는 곳을 대라고 윽박질렀지만 역시 아무런 소득도 보지 못했다. 사촌은 자주 술을 먹었고, 자주 울었다.

지금에서야 고백하지만 딱 한 번 그녀를 본 적이 있다. 사촌이 괴로움을 이기지 못하고 술주정을 부리다 작은엄마에게 대야로 등을 맞았다는 소식을 들은 다음 날이었다. 은행동 성심당 앞 횡단보도 앞에 서 있는데 반대쪽에서 여자아이가 우울한 표정으로 횡단보도를 건너오고 있었다. 멀리서도 단번에 그녀를 알아볼 수 있었다. 그녀는 집을 나가기 전보다 더 창백해지고 더 말라서 걷는 게 아니라 미풍에 밀려오고 있는 것처럼 보였다. 그녀가 나를 바라보기 전까지 나는 그냥 횡단보도를 건너야 할지 사촌 시누이로서 그녀를 잡거나 아니면 따끔한 말이라도 해야 할지 판단을 못 내리고 허둥지둥했다. 그때 그녀가 나를 바라보는 게 느껴졌다. 횡단보도를 다 건넌 그녀는 한동안 그 자리에 서 있었다. 그녀 역시 나를 아는 체해야 할지 말아야 할지 고민하는 게 분명했다. 그러나 그녀는 곧 미련 없이 내게서 멀어져갔다.

　1년 뒤쯤 그녀가 죽기 직전 사촌의 곁으로 돌아왔을 때 떠오른 것도 풀잎처럼 흔들리며 사라지던 그녀의 마른 몸피였다. 그녀의 병명은 삼류 드라마에서나 자주 등장하던 급성 백혈병이었다. 드라마에서의 백혈병은 늘 환상을 품게 만들었다. 그것은 희디흰 침대 시트와 바스러질 듯 연약한 여자 주인공 때문에 늘 이국의 냄새를 풍겼다. 그러나 여자아이의 백혈병은 아름답지 못했다. 그녀는 참혹한 모습으로 돌아왔다. 염색하지 않은 검은 머리는 그녀의 잿빛 얼굴과 어우러져 죽음의 냄새를 풍겼다. 만성적인 열 때문에 몸은 늘 뜨거웠고 시도 때도 없이 터지는 코피가 그녀의 얼굴을 적셨다. 이미 엄마를 잊은 아기는 그녀를 무서워하며 제 할머니 품으로만 파고들었다.

　집으로 돌아온 지 한 달이 채 못 되어서 그녀는 죽었다. 유언 같은 건 남기지 않았다. 그냥 허공만 멍하니 바라보다가 돌연 눈을 감아버렸다고 했다. 그녀를 화장한 날 사촌은 어디론가 사라져버렸다. 이제 꼼짝없이 당신의 차지가 된 아이를 품에 안고 작은엄마는 한숨만 푹푹 내쉬었다. 그러기에 그때 아이를 지웠으면 오죽 좋았느냐고 엄마는 혀를 찼고 아버지는 쓸데없는 소리를 한다며 엄마를 윽박질렀다. 나는, 거리에서 보았던 그녀를 조용히 떠올렸다. 그때도 병을 앓고 있었던 것일까. 자신의 죽음을 예감하고 그녀는 마음껏 자유롭게 살아보고 싶었던 것일까. 아니면 그렇게 무서운 암세포가 자신을 갉아먹는 것도 모르고 철없이 거리를 떠돌아다녔던 것일까.

제 어미가 죽고 아비가 사라졌어도 사촌의 아기는 빠르게 자라 났다. 유치원에 다니는 대신 제 할머니를 따라 장터에 나갔고, 삼촌들의 심부름도 곧잘 했다. 사촌이 어렸을 때 그랬던 것처럼 투정을 잘 부리고, 기분이 좋지 않을 때는 벽에 머리를 꽝꽝 박았다. 사촌은 아이가 제 아비의 얼굴을 잊기 직전에야 집에 들른다고 했다. 사촌은 봉침을 놓는 일을 하기도 했고, 원양어선을 타기도 했고, 안마사가 되기도 했다. 봉침을 놓을 때는 도시락만 한 상자 가득 벌들을 가지고 와서 평생 시장 바닥을 떠돌아 허리 통증이 심한 작은엄마의 병을 감쪽같이 고쳐놓았고, 원양어선을 탈 때는 충청도에서는 잘 볼 수 없는 박대나 서대 따위의 생선들을 궤짝 가득 들고 와 아버지까지 덩달아 즐겁게 했다. 그리고 안마사가 되었을 때는 작은엄마의 등과 어깨의 뭉친 근육을 풀어놓기도 했다. 그럴 때마다 사촌은 어김없이 우리 집에도 들렀다. 사촌은 아버지에게도 봉침을 놓고 생선을 선물하고 뭉친 근육을 풀어주기도 했다.

엄마는 사촌을 반기지 않았다. 나도 그가 우리 집에 오는 게 싫었다. 사촌의 선물을 우리는 마음 편하게 받을 수 없었다. 그가 올 때마다 엄마는 그달의 생활비를, 곗돈을, 때로는 내 등록금의 일부를 내놓아야 했으므로. 사촌이 집에 다녀간 뒤엔 으레 엄마와 아버지 사이에 냉랭한 기류가 떠돌았다. 엄마는 푸념했고 아버지는 화를 냈다. 만약, 그 일이 아니었더라면 사촌의 반갑지 않은 방문은 이후로도 정기적으로 진행되었을 터였고 사촌의 방문으로 인한 두 분의 갈등도 더욱 깊어졌을 터였다.

어느 날 갑작스러운 그의 출현에 가족들은 어리둥절했다. 그는 무척 쾌활해 보였다. 그는, 언젠가 엄마가 끓여주었던 김치찌개가 먹고 싶었다며 가지고 온 돼지고기를 호기롭게 내놓았다. 막 저녁을 준비하던 참이었으므로 가족들은 오랜만에 고기가 듬뿍 들어간 김치찌개와 고추장 불고기까지 맛보는 호사를 누렸다. 사촌은 예전에 배웠던 용접 일을 다시 할 거라고 했다. 이제는 정착해야겠다고. 며칠 뒤면 초등학생이 될 아이에게 제대로 된 아빠 노릇을 하고 싶다며 그동안 모은 돈으로 작은 방까지 알아보았다고 말하는 사촌은 더 이상 지기만만한 청년이 아니었다. 갑자기 어른스러워지다 못해 늙어버린 것 같았다. 실제로 아버지의 잔에 술을 따르는 그의 까만 손톱과 손등은 아버지의 손보다도 훨씬 거칠었다.

그의 결정을 아버지는 크게 반겼다. 여러 조카 중 유일하게 자신을 따르는 사촌을 다시 곁에 둘 수 있다는 기쁨에 아버지는 연거푸 술잔을 들이켰다. 허허, 이제 다시 우리 병수가 잡아 오는 비린 것들로 매운탕도 끓여 먹을 수 있겠구만. 무심코 아버지가 한 그 말은 사촌으로 하여금 그리운 시간을 추억하는 계기를 마련해주었다. 그러고 보니 낚시를 한 지가 정말 오래되었다고, 강물도 다 풀려서 물이 한창 좋을 때니 말 나온 김에 금강에 가서 닐 낚시라도 해야겠다며 사촌은 환하게 웃었다. 엄마가 옆에서 사촌의 아이가 시계 방

향으로 물고기가 움직이는 초록색 낚시 장난감을 좋아한다더라고
했다. 흥을 돋우기 위한 별 뜻 없는 엄마의 말에 사촌은 크게 반응
했다. 아이가 커서 자신과 같은 취미를 가질 수도 있다는 가능성에
고무된 것 같았다. 사촌은 다음 날이 일요일이니 당장 낚시를 해야
겠다고 떠들었다.

내친 김에 사촌은 낚시 도구를 챙겨 들고 아이와 금강으로 가는
버스를 탔다. 아버지도 심심하던 참에 잘되었다며 사촌을 따라나섰
다. 집을 나서기 전에는 엄마와 한바탕 싸웠는데 돈 때문이었다. 조
카가 마음을 잡은 것 같으니 아무래도 조금은 신경을 써야 하지 않
겠느냐고 했기 때문이었다. 아버지가 요구하는 돈을 마련하기 위해
엄마는 이웃집에까지 가서 아쉬운 소리를 했고 아버지가 집을 나서
자마자 안방에 누워 앓는 소리를 냈다.

계획대로라면 아버지와 사촌과 아이는 금강 하구에서 닐 낚시를
하다 점심때 근처 식당에 들어가 닭백숙을 사이좋게 나눠 먹은 뒤
해 질 무렵에 물고기 몇 마리를 들고 돌아왔어야 했다. 그러나 셋은
너무 빨리 돌아왔다. 아버지와 사촌은 술에 취한 채였고 온몸이 젖
은 아이는 굳어진 채로였다.

아이의 장례식은 소박하고 초라하게 진행됐다. 그 무렵 작은엄마
가 다니기 시작한 교회의 전도사가 와서 기도를 해주었다. 아무도
찬송가를 알지 못했기 때문에 가족들은 전도사가 부르는 찬송을

침통한 표정으로 듣기만 해야 했다. 작은엄마만 흐느낌과 음이 맞지 않는 찬송가 부르기를 반복했다. 예배가 끝난 뒤에 시의 외곽에 있는 화장터로 갔고 순서가 밀려 오후 내내 기다렸다. 순서를 기다리며 가족들은 국밥을 먹고 설탕과 프림이 뒤엉킨 믹스 커피를 마셨다. 엄마가 틈틈이 집에 전화를 걸어 아버지의 상태를 확인했다. 집을 나오기 전부터 아버지는 이미 만취 상태에서 울고 있었다.

지루한 시간이 끝도 없이 흐른 뒤에야 우리의 대기 번호가 방송으로 나왔다. 모두들 들고 있던 종이컵을 휴지통에 버리고 화장장으로 몰려갔다. 생각보다 작은 창을 통해 아이의 관이 불속으로 들어가는 것을 지켜보았다. 곧이어 아이와 입학식 때 메고 가게 하려고 사두었던 책가방이 작은 항아리에 담겨 나왔다. 그 뒤로는 아무도 아이가 담긴 항아리의 행방을 알지 못했다. 사촌이 들고 어디론가 사라져버렸기 때문이었다. 둘이만 있고 싶을 거라고 엄마가 작은엄마를 위로했고 그녀는 방금 전까지 주를 찾던 성스러운 입술로 오살할 오살할을 연신 지껄였다.

사촌은 그렇게 또 사라졌다. 사촌이 일을 나가기로 한 가게에서 연신 전화를 걸어 사촌의 무책임함을 탓했다. 작은엄마는 수화기를 귀에 댄 채 머리를 조아렸다. 사촌이 미리 지급한 계약금을 돌려받기 위해서 며칠 동안 집주인을 쫓아다니다 결국 언성을 높이기도 했다.

"아이 씨 언제 도착하는 거예요. 짜증 나게."

핸드폰을 가지고 노는 데도 싫증이 난 아이가 버럭 소리를 질렀다. 뒤를 돌아보니 미간을 잔뜩 찌푸린 채 창밖을 노려보고 있었다. 나무라려는 나를 남편이 말렸다.

"내버려둬, 중2잖아. 우리나라 평화도 다 중2 덕분에 유지되는 거라고. 북에서 왜 못 쳐들어오는지 알아? 바로 중2가 무서워서라잖아."

딴에 우스운 말을 했다고 생각했는지 남편은 혼자서 낄낄댔다.

"조금만 기다려 아들, 많이 왔어. 곧 도착할 거야."

백미러로 아이를 바라보는 남편의 표정엔 지극히 모범적인 아버지의 자애로움이 가득했다.

"당신이 그 사촌 얘기나 해봐. 애도 심심하지 않게. 무슨 일 한대 그 사촌은. 결혼한 뒤로 언제 본 적 있어?"

"한 번."

"봤다고? 언제?"

"집에 왔었어."

"그 사람이 우리 집에? 난 못 들은 것 같은데?"

"오래됐어, 10년 전쯤."

"그래?"

그때 차들의 움직임이 빨라지기 시작했다. 고속도로에선 이따금 이런 일들이 벌어진다. 조금 전까지만 해도 꿈쩍 않던 차들이 조금씩 움직이는가 싶더니 금세 속도를 내며 달리는 현상들.

"어, 길이 뚫리네. 여기부터 뚫릴 거라고 하더니 기가 막히는군. 자 달려볼까."

레이스를 시작하려는 사람처럼 눈을 빛내며 남편이 서서히 가속 페달을 밟았다. 나는 창밖을 바라보았다. 대관령 터널이 가까워졌음을 알리는 이정표가 눈에 들어왔다.

오래전 여름이었다.

사촌이 인터폰을 눌렀을 땐 늦은 점심으로 아이와 방금 배달된 피자를 먹고 있던 중이었다. 인터폰 화면으로 보이는 사촌의 얼굴을 금방 알아보지는 못했다. 빛깔이 거세된 화면은 모든 것을 낯설게 만들었다. 동그랗게 눈을 뜨고 카메라를 응시하는 그는 크게 놀란 사람처럼 보였다. 처음엔 물건을 팔러 온 잡상인이거나 전도를 하러 온 종교인이거나 정기구독을 권하는 신문배달원일지도 모른다는 생각에 아무런 대꾸도 하지 않았다. 낯선 사람은 두렵고 불편했다. 그러나 낯선 얼굴은 인터폰 화면에 크게 클로즈업되었다가 물러나기를 되풀이하며 고집스럽게 초인종을 눌러댔다. 문을 열지 않을 수가 없었다.

사촌이, 서 있었다. 그는 초조하게 손을 비비며 서 있다가 문이 열리자 어색하게 웃었다. 그의 몸에서 풍기는 땀 냄새가 기다렸다는 듯 거실로 밀려오는 게 느껴졌다. 경계심에 가득 차 문을 열었던 나는 아무 말도 하지 못하고 그를 바라보았다. 나는 그가 전혀, 반갑지 않았다.

사촌은 들고 있던 치킨 상자를 현관 입구에 수줍게 내려놓았다. 엉거주춤 거실에 앉아 이곳저곳을 살펴보며 그는 쾌활하게 웃었다. 와, 누나 잘사네. 스무 평이 좀 넘는 아파트의 거실을 그는 두리번거리며 인조가죽 소파를 손바닥으로 쓰다듬고 벽에 걸린 명화의 카피본이며 12개월 할부로 들여놓은 에어컨을 선망의 눈으로 바라보기도 했다. 사촌이 가져온 치킨에서 나는 오래 사용한 기름 냄새가 거실을 떠다녔다. 체했는지 속이 불편했다. 나는 창문을 닫고 여간해서는 사용하지 않았던 에어컨을 틀었다. 동시에 공기청정기가 작동되었다. 다섯 칸까지 올라온 공기청정기의 불빛이 서서히 치킨의 찌든 기름 냄새를 빨아들이기 시작했다.

막상 자리에 앉자 그는 손바닥을 만지작거릴 뿐 좀처럼 말을 하지 않았다. 아이를 보고 코끝을 찡긋하며 아는 체를 했지만 아이는 낯선 사람에 대한 경계심을 풀지 않았다. 하긴 아이가 선뜻 경계심을 풀기엔 그의 행색이 지나치게 거칠고 초라했다. 큰아버지가 보고 싶다고 불쑥, 사촌이 말했다. 나는 아무 말도 하지 않았다. 많이 헤매고 다녔다고도 말했다. 나는 역시 아무 말도 하지 않았다.

사촌은 다시, 큰아버지가 갑자기 돌아가셨다는 소식을 사실은 알고 있었다고 말했다. 장례식 날 어쩌면 그가 아버지의 소식을 들었을지도 모르겠다고 짐작했던 일이 떠올랐다. 그때는 백령도에서 배를 타고 있었는데 꼭 일이 바빠서 안 온 거는 아니라고 말했을 때 갑자기 그가 미워졌다. 그날, 아이가 담긴 항아리를 들고 사촌이 사라져버린 뒤 아버지는 자신이 낚시 얘기만 하지 않았더라도, 백숙을 찢으며 소주를 마시자는 얘기만 하지 않았더라도 아이는 살아 있을 거라고 자책했었다. 조카가 자기를 원망할 거라는 생각은 심약한 아버지를 오래 괴롭혔다.

사촌은 한참을 앉아 있었다. 새로 이장해 간 큰아버지의 납골당을 큰어머니께 물어보기가 그래서 나를 찾아왔다는 말에 포스트잇에다 주소를 적어 주었다. 주소를 받고도 그는 좀처럼 자리에서 일어나지 않았다. 앞에 놓인 콜라를 단숨에 들이켰고 다시 내온 것마저 마셔버렸다. 다시, 매형은 무슨 일을 하느냐고 물었지만 꼭 대답을 듣고 싶어 하는 것 같지는 않았다. 그가 왜 나를 찾아왔는지 짐작이 갔다. 아버지의 납골당 주소는 전화로 물어도 충분할 것이었다. 그러나 나는 아는 체하지 않았다.

마침내 사촌이 그만 가봐야겠다고 했을 때 나는 그보다 먼저 자리에서 일어났다. 현관을 나서기 전에 그는 나를 보며 한참을 머뭇거리다 곧 신발을 신었다. 문을 나서다 말고 불현듯 낡은 지갑에서 만 원짜리를 꺼내더니 그때까지 자기를 경계심 반 호기심 반으로 바라보고 있던 아이에게 내밀었다. 아이의 손에 기어이 그 만 원을 쥐어 준 뒤에야 사촌은 엘리베이터를 탔다. 그게 꼭 10년 전 일이다.

사촌의 소식이 드문드문 들려올 때마다 이상하게도 그가 현관

한쪽에 수줍게 내려놓았던 치킨 상자가 떠올랐다. 하고많은 것들 중에 왜 치킨이었을까. 안절부절못하고 앉아 있는 사촌의 머리 위로 떠다니던 오래 사용한 기름과 자극적인 양념 냄새는 그 뒤로도 오랫동안 내 집에 머물렀다. 어쩌면 그날 그가 점심을 먹지 않았을지도 모른다는 생각이 든 것은 그로부터도 몇 년이 지난 뒤였다.

자주 들리지 않는 소식과 달리 그의 흔적은 의외로 쉽게, 정기적으로 느껴졌다. 아버지의 기일 때마다 어김없이 납골당 아래에 놓여 있던 소주병. 그렇다 하더라도 얼마 전 전에 없이 꽃을 사다 놓은 건 놀라운 일이었다. 소주병과 나란히 놓여 있던 프리지어 다발을 보고 처음엔 의아했다. 생전 화원이라고는 들어가봤을 것 같지 않은 사촌이 꽃을 고르는 모습은 잘 상상이 되지 않았다. 며칠 전 엄마의 전화를 받기 전까지는. 이제 정말로 그가 자리를 잡았다는 엄마의 말에, 나는 모든 것을 이해했다. 나는 진심으로 내 사촌 동생이 자기의 색시와 나란히 서서 활짝 웃는 모습이 한번 보고 싶어졌다.

"이제 다 왔네. 에구 저 녀석은 쓰러져버렸네."

강릉 톨게이트가 가까워졌음을 알리는 표지판이 보이자 남편이 경직되었던 어깨를 올렸다 내렸다. 아이는 핸드폰을 손에 든 채 잠들어 있었다.

"아까 뭐라고 했었지 당신? 사촌 처남이 우리 집에 온 적이 있다고? 얘기 안 했었잖아. 아니 했나? 근데 왜 왔었는데?"

"숨넘어가겠다. 나도 몰라 했나 안 했나. 왜 오긴. 그냥 보고 싶어
져서 왔겠지."

"그래? 난 못 들은 것 같은데. 그나저나 결혼식을 왜 강릉까지 와
서 하는데?"

"부인 될 사람이 여기 출신이라나 봐."

"아, 근데 그 처남 당신이 결혼식에 참석하는 건 알고 있어?"

"모르지 엄마가 작은엄마한테 얘길 했나 안 했나."

"그나저나 처남은 좋겠네. 결혼도 하고 말이야."

"꼭 결혼 안 해본 사람처럼 말하네."

"우리야 이제 긴장도 하나도 없고, 그냥 습관으로 사는 거잖아. 우
리가 부부냐, 오누이지."

딴엔 재미있는 말을 했다고 생각했는지 남편이 어깨를 으쓱했다.
그를 따라 웃으며 무심코 차창을 열었다. 탁해진 실내에 산뜻한 바
람이 와락 몰려들었다. 밖으로 손을 뻗어보니 공기가 상큼했다. 위
쪽이라 추울 줄 알았는데 의외로 따뜻했다. 어디론가 떠나기에는 적
당한 날씨였다.

물고기들

1

사람들은 굳이 속내를 감추지 않았다. 경멸에 찬 표정을 노골적으로 드러내며 아이 곁을 지나갔다. 반대편 벤치에 앉아 담배를 피우던 중년 남자 둘은 낄낄거리며 아이를 훑었다. 그들 중 하나의 눈길이 하얗게 드러난 아이의 허벅지에 가 닿는다고 느낀 순간 인숙은 자신의 몸으로 송충이 떼가 기어오르는 듯한 혐오감에 진절머리를 쳤다.

아이는 아무것도 개의치 않는 표정으로 담배를 피웠다. 끊임없이 고이던 침은 그만한 모양인지 더 이상 뱉지 않았다. 대신 아이는 담배 연기를 한껏 들이켜기 위해 숨을 들이쉬었다. 그럴 때마다 가느다란 목 아래로 움푹 파인 쇄골이 짙게 드러났다. 천천히 연기를 내뿜는 얼굴에는 신산스러운 삶을 산 늙은 여자와 천진한 백치미를 지닌 소녀의 표정이 동시에 담겨 있었다. 부드러운 솜털 사이로 지울 수 없는 상처처럼 박힌 거무스레한 기미가 햇빛에 선명히 드러났다.

인숙은 그 자리에 섰다. 아이 곁에 가고 싶지 않아서였다. 상관도 없는 아이 때문에 낯선 사람들의 질시를 받는 일은 딱 질색이었다.

담배를 다 피운 중년 남자 둘이 자리에서 일어나 음탕한 시선을 거두지 않으며 천천히 아이 앞을 지나친 뒤에야 인숙은 다시 걷기 시작했다. 아이 옆에 주스 병을 내려놓은 뒤 벤치의 끝에 앉았다. 낮내내 햇볕에 달구어진 벤치는, 뜨거웠다.

아이는 주스를 마시지 않았다. 잠깐, 내려다보기는 했지만 그뿐이었다. 대신 오랫동안 담배만 피웠다. 한참 후 꽁초를 자신의 발 앞에 던졌고 더러운 가래침으로 불을 껐다. 제 몫으로 사 온 커피를 마시며 인숙은 느린 화면처럼 한없이 지루해 보이는 아이의 몸짓을, 다른 사람들이 그러는 것처럼 힐끔거렸다.

아이는 천천히 기지개를 폈다. 작고 깡마른 몸피 때문인지 덜 자란 소녀같이 보였다. 그 몸 어디에선가 낯선 생명체가 숨을 쉬고 아이를 숙주 삼아 피와 영양분을 흡수할 거라는 생각을 하니 문득 끔찍스러웠다. 기생충 한 마리가 아이의 몸속을 떠다니는 느낌이었다. 자신도 모르게 인숙은 고개를 저었다. 그때였다. 기지개를 펴던 아이가 갑자기 몸을 수그리더니 소리 죽여 마른 구역질을 하기 시작했다.

차 안에서도 아이는 저렇게 구역질을 했다. 에어컨 냄새를 참을 수 없어 했지만, 그렇다고 해서 여름 한낮의 그 먼 길을 그냥 달릴 수는 없는 일이었다. 속이 부대낄 때마다 아이는 가끔씩 차창을 올리고 내리기를 반복했다. 이제 막 시작된 입덧이 멀미를 더 심하게 만드는 모양이었다. 설상가상으로 끊임없이 침까지 뱉어대는 통에 침을 닦은 휴지가 한쪽에 쌓일 때마다 인숙은 울렁거리는 속을 간신히 달래야 했다. 휴지를 담을 만한 봉투도 없으니 하는 수 없는 일이라고 생각하면서도 불결함을 참기 힘들었다.

더 이상 입덧을 견디기 힘들었던지 담배를 피워도 되냐고, 입덧이 너무 심할 때는 그렇게 했다며 아이가 물었다. 자신을 빤히 바라보는 아이의 눈과 마주치는 순간 경멸감을 인숙은 느꼈다. 안 돼, 라고 인숙은 단호히 대답했다. 배 속의 생명체 따위에 대한 배려는 아니었다. 아이를 위해서는 그 무엇도 하고 싶지가 않았다. 자신을 빤히 바라보는 아이의 시선을 느끼며 인숙은 사납게 액셀러레이터를 밟았다. 마음 같아서는 도로 한가운데에 아이를 떨어뜨려놓고 싶었다. 요의를 느끼지 않았다면 휴게소 표시판이 나타났을 때도 들르지 않았을 터였다. 인숙은 조금이라도 빨리 아이와 헤어지고 싶었다.

속을 달랠 참인지 아이가 천천히 걷기 시작했다. 아이는 곧 멈춰 섰다. 광장 한쪽에 세워진 거대한 공룡 조형물 앞에서였다. 아이를 따라 움직이던 인숙의 시선도 거기서 멈추었다. 휴게소에 공룡 조형물이 세워져 있다니 우습고도 신기했다. 그러고 보니 이쪽 지방에 공룡 발자국 화석지가 많다는 이야기를 어디선가 들은 것도 같았다. 늙은이처럼 뒷짐을 진 채 아이는 오랫동안 공룡을 바라보았다. 늦은 휴가를 떠나온 듯한 가족들이 제각기 손을 잡거나 팔짱을 두르고 그 주변에서 환하게 웃는 게 보였다. 그래서였는지도 몰랐다,

아이가 좀 우울해 보이는 것은.

"출발 안 해요?"

어느새 뚱한 표정으로 되돌아온 아이가 침을 뱉으며 말했다. 아이의 음성은 지나치게 거칠고 탁했다. 말을 할 때면 늘 화난 사람처럼 인상을 쓰기까지 했다.

"그래, 가야지. 속은 좀 좋아졌니?"

인숙은 아이가 뱉어낸 침을 외면하며 물었다. 아이는 대답하지 않았다. 인숙도 더 이상 묻지 않았다. 애초에 궁금해서 물은 게 아니라 어른으로서 모른 체하기가 불편해서였을 뿐이니까.

앞서 가는 아이를 바라보며 인숙은 복지회 간사의 제안을 수락하는 게 아니었다고 생각했다. 아무리 일이 아쉽다 하더라도 낯선 아이와 자그마치 다섯 시간이나 동행할 엄두를 내다니. 8개월이나 거리를 떠돌며 무슨 짓을 배웠는지도 모르는 위험한 아이와 말이다. 배 속에 든 생명체만 해도, 아빠가 누군지도 모른다고 하지 않았나. 그리고 무엇보다 통영으로의 여정이 아닌가.

고등학교 3학년이던 90년대 후반에 불쑥 다녀온 뒤로 인숙은 가끔 그곳을 생각했다. 몇 년 전 자신과는 불과 열 살 정도밖에 차이가 나지 않는 낯선 남자로부터 엄마가 돌아가셨다는 연락을 받았을 때도 제일 먼저 떠올린 곳이 바로 그곳이었다. 통영시외버스터미널에서 어찌할 바를 모르고 섰던 제 모습을 인숙은 지금도 선명히 기억한다. 제 가슴에 매달려 있던 무거운 통증까지도.

그날 문을 여는 엄마의 뒷모습이 단호하게 느껴진 게 정확한 느낌이었는지는 잘 기억이 나지 않는다. 사춘기를 지나는 어린 딸에 대한 염려 따위는 버린 듯해 서럽던 감정만 멍울로 남아 있을 뿐이다. 이불 속에서 엄마의 뒷모습을 바라보던 자신이, 울며 매달리는 대신 왜 바다를 떠올렸는지는 확실치 않다. 그 무렵 우연히 읽게 된 『김약국의 딸들』이란 책 때문인지도 몰랐다. 어쨌거나 밤이 지나도, 또 밤이 지나도 엄마가 돌아오지 않고 아버지는 아무 일도 겪지 않은 사람처럼 무표정한 얼굴로 동사무소로의 출퇴근을 반복할 때 인숙은 바다가 보고 싶어졌다. 어린 그녀는 무작정 시외버스터미널로 갔고 버스표를 끊었다. 인숙에게 통영은 그런 곳이었다. 유일한 위안이었던 엄마로부터 내팽개쳐지고 칡뿌리처럼 단단히 얽혀 절대로 뽑힐 것 같지 않은 통증과 정면으로 마주했던.

인숙은 시계를 보았다. 네 시가 가까워져 있었다. 한 시간 뒤면 톨게이트 근처의 이마트에서 만나기로 한 통영복지회 간사가 아이와 동행을 할 테니 그때까지만 참으면 될 터였다.

2

아이에 대한 이야기를 들은 건 며칠 전이었다. 인숙은 오랜만에 복지회 간사에게서 원고를 의뢰하고 싶다는 연락을 받았다. 약속 시간을 정한 뒤 다음 날 인숙은 서대문에 있는 사무실로 향했다.

평일 낮인데도 도로 사정은 녹록치 않았다. 함부로 뒤엉킨 차들이 서로 먼저 움직이느라 여기저기에서 신경질적인 경음기 소리가 터져 나왔다. 번번이 신호등에 막혀 차를 세워야 하는 일이 반복됐지만 인숙은 그다지 언짢지 않았다. 요즘 들어 부쩍 일거리가 줄어 곤란을 겪던 참이었으므로 불편한 도로 사정마저 정겨웠다.

겨우 시간에 맞춰 도착한 인숙은 기다리고 있던 간사로부터 계약 사항에 대해 들었다. 원하는 매수도 꽤 됐거니와 원고료도 생각했던 것보다 후했다. 당분간은 숨통이 좀 트일 것 같다는 생각에 인숙은 유쾌해졌다. 게다가 취재를 위해 며칠 동안 숙소까지 제공해준다는 말을 들었을 때는 저절로 웃음이 나왔다. 그러나 그곳이 통영이라는 말을 들었을 때 인숙은 왼쪽 가슴 어딘가가 전기에 감전된 듯한 느낌을 받았다. 아프지는 않았지만, 잊었던 시간들을 환기시키기에는 충분한 강도였다. 언젠가 꼭 가보고 싶기는 했지만 이렇게 기습적으로 가게 될 줄은 미처 예상하지 못했었다. 인숙은 마른침을 한 번 삼켰고 계약서에 사인을 했다. 아이와의 동행은 그 계약사항 중의 하나였다.

8개월 전에 집을 나와 거리를 떠돌았고 숙박비를 아끼기 위해 낯선 아이들과 혼숙을 했고 두 번 정도 중년 사내와 밤을 보낸 뒤 용돈을 받았고 임신을 했고 출산을 원하지 않았지만 낙태금지법 때문에 수술받지 못하고 결국 도움을 받기 위해 미혼모의 집을 찾아온 지독한 입덧에 시달리는 빼빼 마른 열여덟 살 소녀. 그게 인숙이 간사로부터 들은 아이에 대한 정보였다.

커피를 마시며 이야기를 듣던 인숙은 미간을 찌푸렸다. 잠깐 들어도 뻔한 스토리였다. 환경은 틀림없이 좋지 않을 터이고, 어쩌면 계모나 계부 밑에서 자랐을지도 몰랐다. 그런 이야기들은 신문 사회면에 얼마든지 차고 넘쳤으니까. 아니나 다를까 아빠는 행방불명됐고 엄마는 시장에서 멸치를 판다고 했다. 딸의 임신 사실을 알렸음에도 사는 게 바빠 서울까지는 올 수 없다고 하더라고 했다. 심지어는 아이 소식을 전했을 때도 걱정은커녕 욕만 퍼붓는 게 아무래도 친엄마 같지 않더라며 간사는 혀를 찼다.

"어쩜 엄마란 사람이 그럴 수가 있어요. 안 봐도 뻔해요. 그러니까 애가 저렇게 되죠. 그러고 보면 다 어른 탓이에요. 안 그래요, 작가님?"

"환경이 그렇다고 다 그렇게 함부로 살진 않죠. 다 저 할 탓이에요. 워낙에 성정이 그러니까 겁도 없이 집을 뛰쳐나왔겠죠."

무심코 내뱉어진 자신의 말에 인숙은 깜짝 놀랐다. 그건 아버지가 경구처럼 신봉하던 말이고 통영에 다녀온 뒤로는 인숙이 스스로에게 각인시키던 말이기도 했다. 아직 만나보지도 못한 그 아이를 미워하게 되리란 걸 인숙은 직감했다.

"하긴 뭐, 그렇기도 하지만……."

간사는 더 이상 아이의 신상에 대해 말하지 않았다. 대신 인숙이 동행해야 하는 이유에 대해서만 간략하게 설명했다.

간사의 말에 의하면 아이는 절대로 집에 돌아가지 않으려 했다. 그런데 출산 때까지 미혼모의 집에서 생활하겠다던 아이가 얼마 전부터 돌연 집으로 돌아가기를 원한다는 것이었다. 집으로 가겠다는 데야 말릴 순 없지만 문제는 그런 식으로 미혼모의 집을 나가 다시 떠돌다 출산일에 즈음해서는 결국 위험한 지경에까지 이르는 일이 흔하다는 데 있다고 했다. 그나마 안전한 것이 아이가 실제로 제 집에 들어가도록 해주는 일인데 도무지 바빠서 짬을 낼 사람이 없다고 간사는 푸념을 늘어놓았다. 들을수록 내키지 않는 일이었다. 인숙은 낯선 아이도 싫었고 그 아이와 통영에 가야 한다는 사실도 싫었다. 임신을 한 열여덟 살짜리 아이라니 염오감마저 일었다.

휴게소에서 출발하자마자 아이는 창문에 얼굴을 댄 채 바깥을 응시했다. 처음 만났을 때처럼 화가 난 듯한 표정으로였다. 가끔씩 입을 가리고 창문을 여닫고 여전히 침을 뱉어댔다. 그럴 때마다 차 안으로 몰려드는 덥고 습한 바람에마저 침 비린내가 스며드는 듯했다. 인숙은 시디플레이어 버튼을 눌렀다. 제이슨 므라즈의 노래가 차 안으로 퍼졌다. 인숙은 흥얼거렸다. 그렇게라도 아이의 행동을 외면하고 싶었고 무엇보다도 통영으로의 여정을 가볍게 받아들이고 싶었다. 그러나 결국 노래마저 들을 수 없게 되었다.

"이것 좀 안 틀 수 없어요? 구역질 날 것 같아요."

아이가 화를 내며 거칠게 시디플레이어 버튼을 눌렀다. 창문을 열고 밖을 향해 침을 뱉기까지 했다.

"그놈의 침 좀 안 뱉을 수 없니? 구역질 나는 건 나야."

어른으로서의 배려 따위는 더 이상 하고 싶지 않았다. 인숙은 운전석 왼쪽의 버튼을 사납게 눌러 아이 쪽 창문을 닫아버렸다. 창밖으로 손을 내밀던 아이가 깜짝 놀라 인숙을 노려보았다. 인숙은 모른 척 잠금 버튼을 눌러버렸다.

"아 씨바."

아이가 불쑥 내뱉은 말에 놀라 인숙은 급브레이크를 밟았다. 뒤에 오던 차가 놀라 경적을 울려댔다.

"존나 까탈 쩌네. 차 세워요. 내가 내릴 테니까."

설상가상이었다. 가슴이 요동질 치기 시작했다. 인숙은 아이를 바라보았다. 아이는 또 침을 뱉다가 공기가 답답했던지 헛구역질을 하기 시작했다. 인숙은 오른쪽을 살폈다. 우선 차라도 세우고 싶었지만 좀처럼 틈이 나지 않았다. 하는 수 없었다. 인숙은 사정없이 액셀러레이터를 밟았다. 네 시 이십 분. 40분만 지나면 헤어질 수 있었다.

3

톨게이트를 빠져나오려는데 가슴이 두근거렸다. 타원형으로 길게 이어진 도로가 인숙을 오래전의 시간 속으로 안내해주는 듯했다. 앞을 다투어 나타난 건물들과 나무들은 낯설었지만 차창 밖에서 몰려오는 바람의 냄새는 익숙했다. 아이도 그랬던 것일까. 구겨졌던 표정이 미묘하게 부드러워졌다. 입덧도 그만했던지 더 이상 침도 뱉지 않았다. 왼쪽으로 간사와 만나기로 한 이마트가 눈에 들어오자 인숙은 왼쪽 깜빡이등을 켰다.

인숙은 아이와 헤어지는 대로 우선 복지회가 정해놓은 숙소로 가리라 마음먹었다. 며칠을 어떻게 보낼 것인가는 숙소에서 정할 요량이었다. 아무 일도 없던 것처럼 통영의 명물이라는 동피랑에 가볼 수도 있었다. 어쩌면 취재 이외의 일은 아무것도 하지 않을 수도 있었다.

앞에 불쑥 놓인 기억이 인숙은 불편했다. 생각해보면 아직은 어렸을 때였다. 엄마가 제 곁을 떠났다는 사실에 인숙은 배신감을 느꼈다. 모든 일에 규칙을 정하고 한 치의 오차도 없이 행동하는 아버지와 단 둘이 살아야 한다는 사실이 엄두가 나지 않기도 했다. 그날 엄마가 문을 열기 전에 잠깐만 자신을 바라보았더라면 인숙은 틀림없이 엄마를 따라나섰을 것이었다. 인숙은 엄마의 허랑함을, 자유로움을 사랑했었다. 혼자 남겨졌다고 느꼈을 때 무작정 이곳 통영으로 온 것 또한 엄마를 사랑했기 때문이었다. 스스로 일어나 교복을 다리고, 방을 정리하고, 야간자습에 빠지지 않고 상위권의 성적을 유지했지만 사실 인숙은 큰 소리로 깔깔대고, 늦게까지 잠을 자고, 싱크대에 술병을 감춰두고, 단정하게 꽂힌 서가의 책들을 못 견뎌 하던 엄마를 닮고 싶었다. 늘 어딘가를 향하던 엄마의 시선을, 늘 떠나고 싶어 했던 엄마의 자유분방함을 동경했던 것이다. 그날 이곳에 오지 않았더라면 어쩌면 인숙은 그렇게 됐을 수도 있었다. 그러나 이곳에서 인숙이 느낀 자유는 어둡고 습하고 끈적끈적한 해풍이었다.

간사는 좀처럼 오지 않았다. 장소가 잘못된 것이 아닌가 싶어 전화를 걸어도 받지 않았다. 인숙은 습관적으로 휴대전화를 들여다보았다. 약속 시간이 20분이나 지나도록 나타나지 않자 다시 복지회에 전화를 걸었으나 전화를 받은 사람은 업무가 달라 잘 모르겠다며 인숙과 만나기로 한 간사의 번호만을 알려주고 끊어버렸다. 그 번호로 걸었지만 전화를 받을 수 없다는 메시지만 흘러나올 뿐이었다. 열 번쯤 걸다가 지친 인숙은 다시 복지회 번호 버튼을 눌렀다. 아무리 업무가 다르고 바쁘더라도 이런 경우는 없는 법이니 당장 아무라도 나와 아이를 데려가든지 끌고 가든지 하라고, 한바탕 소리를 지를 작정이었다. 하지만 그렇게 하지 못했다. 당장 내일 만나 복지회의 사업에 관한 이야기도 듣고 인터뷰도 해야 할 텐데 일을 시작하기도 전에 언성을 높일 수는 없었다. 전화를 받은 사람은 일손이 달려서 나갈 수 없어 죄송하다는 말만 무성의하게 되풀이했다. 차라리 그곳으로 아이를 데리고 가겠다고 하자 자기도 이제 외근을 나갔다 곧바로 퇴근을 할 예정이라고 했다. 끝없이 간사와 연락이 닿기만을 기다리는 것 이외에 할 수 있는 일이 아무것도 없었다.

인숙은 하릴없이 의자에 앉았다. 카트에 물건을 가득 실은 사람들이 앞으로 지나갔다. 의외로 마음이 덤덤했다. 아이는 의자에 앉아 다시 침을 뱉어대며 휴대전화를 들여다보고 있었다. 고속도로에서 욕을 한 뒤로 더 이상 서로 말도 하지 않는 터에 얼마가 될지도 모르는 시간을 더 함께 있어야 한다니. 애초에 이번 일을 맡는 게 아니었다는 생각이 다시 들었다. 그러나 어쩔 수 없는 일이었다. 인숙은 심호흡을 하고 아이 쪽으로 걸어갔다.

"금방 안 올 거 같으니까 우선 밥부터 먹자."

"……."

헤어지더라도 어차피 밥은 먹어야 할 터였다. 아이는 아무 반응도 보이지 않았다. 보란 듯 침을 뱉고 그것을 발로 쓱쓱 밀었다.

"밥 먹자니까. 어서 일어나."

"싫어요. 먹고 싶으면 혼자 가서 먹어요. 난 갈 테니까."

진작 마음을 먹고 있었던지 아이가 성큼 발을 내딛었다. 인숙은 깜짝 놀라 아이의 팔을 끌어당겼다. 딱딱한 나무 막대기 같았다.

"이거 놔요. 왜 이래요. 귀찮게."

"귀찮다고? 누군 이러고 싶어서 이러는 줄 알아? 귀찮은 건 나야."

"그러니까 이제 헤어지자고요. 적어도 이 동네는 그쪽보다 내가 더 빠삭하니까."

"그쪽?"

인숙은 잡았던 팔을 놓았다. 아이는 잔뜩 인상을 구긴 채 인숙을 노려보았다.

"어차피 그쪽 할 일은 여기까지잖아요. 나 같은 애 상대하고 싶지도 않으면서 괜히 이럴 거 없어요. 고고한 작가님은 이제 그만 갈 길 가시라고요."

아이는 빈정대기까지 했다. 인숙은 순간 아이를 한 대 패주고 싶어졌다. 혼자만이 이 세상의 피해자인 양 구는 아이가 역겨웠다.

"너 정말 못쓰겠구나."

"예, 예. 나 구제불능이에요. 그러니까 신경 쓸 거 없다고요."

어떻게 해야 할지 판단이 서지 않았다. 사실 헤어지고 싶은 마음은 인숙이 더 굴뚝같았다. 피곤함이 온몸을 감싸 어디로든 가서 눕고 싶었다.

"내가 배고파서 그래. 그러니까, 먹자."

인숙은 최대한 천천히 말했다. 말도 통하지 않는 아이와 실랑이를 벌이고 싶지 않았다. 자기 말마따나 구제불능이 아닌가.

"……."

여전히 대답이 없었지만 인숙은 눈에 띄는 식당을 향해 앞장섰다.

메뉴판을 열자 제일 먼저 노란빛의 멍게가 소담스럽게 얹힌 비빔밥 사진이 눈에 들어왔다. 인숙이 그걸로 주문하자 웬일로 아이도 같은 걸로 하겠다고 했다. 음식이 나오기를 기다리면서 인숙은 다시 한 번 간사에게 전화를 걸었다. 여전히 부재중 메시지만 들려왔다. 복지회도 마찬가지였다. 불현듯 오늘 밤 아이와 같이 있어야 할지도 모른다는 예감이 들었다. 인숙은 아이를 바라보았다. 아이는 식당 한쪽에 걸린 텔레비전을 보고 있었다. 개그프로가 한창 진행되는 중이었다. 개그맨들의 우스꽝스러운 몸짓을 보는 아이의 입이 저절로 벌어졌다. 만나고 처음 보는 미소였다. 그러고 보니 왼쪽 볼에 보조개가 파여 있었다.

"통영에 살았다니까 동피랑에 가봤겠네. 그림이 예쁘다고 하던데."

때마침 나온 비빔밥을 비비며 인숙은 짐짓 발랄하게 물었다. 혹시나 잘 아는 이야기를 하면 분위기가 부드러워지지 않을까 싶어서이기도 했지만 그보다는 자꾸 가라앉으려는 마음을 잊기 위해서였다. 어차피 같이 있어야 한다면 아이 때문에 더 이상 스트레스를 받고 싶지 않았고 통영에서의 일도 마찬가지였다. 아이는 역시 대답하지 않았다.

"고추장이 없네. 여기요!"

"이건 고추장 안 넣어요."

인숙이 점원이 오기를 기다리자 먼저 밥을 다 비빈 아이가 퉁명스럽게 말했다. 뜻밖의 반응이었다.

"그렇구나. 특이하네."

인숙도 부지런히 비빈 뒤 한 숟가락 입에 넣었다. 쌉싸름한 멍게 향이 입안 가득히 퍼졌다.

"음, 고추장이 안 들어가서 그런지 향이 짙네. 역시 바닷가라서 멍게도 싱싱하고. 넌 이런 것도 많이 먹어봤겠다."

"……"

"동피랑이 한국의 나폴리라고 소문이 났던데, 정말 그렇게 괜찮니? 어차피 간사님하고 연락도 안 되는데 우리 거기나 갔다 올까?"

말을 꺼내고 보니 그도 괜찮을 듯싶었다.

"싫어요."

아이는 단번에 인숙의 제안을 거절했다. 몇 번 뜨는가 싶던 숟가락도 던지듯 상에 내려놓았다.

"네가 싫으면 그만두지 뭐. 안 갈 테니까 밥이나 마저 먹어."

"못 먹겠어요."

잠잠하던 속이 또 뒤틀렸던지 아이가 다시 헛구역질을 했다. 동시에 상 위의 휴지를 꺼내 다시 침을 뱉기 시작했다. 그걸 보자 인숙도 속이 메슥거렸다.

결국 인숙까지 그릇을 비우지 못하고 식당을 나왔다. 간사에게서는 여전히 연락이 없었다. 어디로 가야 할지 막막했다. 그렇다고 무작정 기다릴 수도 없는 노릇이었다. 이럴 줄 알았으면 아까 복지회에 물어볼 것을, 생각해보니 숙소도 알지 못했다. 답답한 마음에 서울로 전화를 걸었으나 역시 난감해하기만 할 뿐이었다. 한참을 궁리한 끝에 인숙은 차에 시동을 걸었다. 우선 숙소라도 정하는 게 나을 듯싶었다.

4

선뜻 숙소를 잡지 못하고 인숙은 걸었다. 저녁 빛이 바닷물에 스미고 있었다. 포구에 떠 있는 거북선은 어두운 빛 때문에 더욱 거대해 보였다. 본격적인 저녁 장사를 준비하는 가게의 간판들에 일제히 불이 들어오는 모양을 인숙은 물끄러미 바라보았다. 열아홉의 어린 인숙이 무작정 달려온 곳, 어디로 가야 할지 몰라 멍하니 서 있던 곳, 바로 그 자리에서였다.

많은 시간이 흘렀다는 것을, 복잡하고 화려해진 거리가 말해주었다. 쓸쓸하기까지 했던 이곳에서 그때 어린 인숙은 하염없이 바다를 바라보았다. 어디론가 훌쩍 날아가버린 엄마를 잡을 수 있을 것처럼. 파리 떼가 들끓는 생선 꾸러미를 들고 무슨 소린가를 쉼 없이 중얼거리며 지나가던 거지 노파가 욕을 하며 밀치지 않았다면 어린 인숙은 언제까지라도 그곳에 서 있었을 것이었다.

노파의 가시 같은 손바닥이 제 몸에 와 박히는 순간 어린 인숙은 와락 두려움을 느꼈다. 어느새 주위가 컴컴했다. 모의고사가 며칠 남지도 않았는데 왜 이곳까지 와 있는 건지 문득 어리둥절해졌다. 방향 감각을 잃은 것처럼 인숙은 두리번거렸다. 그때 한 청년이 다가왔다. 청년은 인숙을 보고 희미하게 웃었다. 끌리듯 인숙은 청년의 뒤를 따랐다.

마감 상태가 좋지 않은 시멘트 벽은 차갑고 거칠었다. 청년은 어린 인숙의 어깨를 잡고 가빠진 호흡을 추스르지 못해 어쩔 줄 몰라 했다. 그는 좀 불안해 보였다. 끊임없이 주위를 두리번거리며 몸을 위아래로 움직였다. 그의 몸짓에 따라 어린 인숙의 몸도 위로, 아래로 흔들렸다. 그럴 때마다 얇은 면 셔츠 안에 숨겨져 있던 여린 피부가 툭툭, 터지는 듯했다. 골목은 좁고 길었다. 다행히 전등도 보이지 않았다. 엄마를 부르고 싶었지만 아무 말도 나오지 않았다.

사정을 끝낸 뒤 청년은 미안하다고 했다. 그는 겁에 질려 있었다. 흐느적거리며 그가 서둘러 떠난 뒤에도 어린 인숙은 그 자리에 주저앉아 일어나지 않았다. 외로운 것 같았다. 쉴 새 없이 부딪치는 잇새로 딱딱 소리가 터져 나왔다. 좀 춥다고 느꼈던 것도 같았다. 밀려드는 불안감에 인숙은 자기 몸 이곳저곳을 만져보았다. 함부로 올려진 브래지어가 유두를 눌렀고 바지의 지퍼는 여전히 내려진 채였다. 무정형의 낯선 물질이 몸의 이곳저곳을 유영하는 듯한 기분을 어린 인숙은 느꼈다.

"숙소 정한다면서 뭐 하는 거예요."

아이의 퉁명스러운 목소리가 들려왔다. 그 순간 어디선가 불어온 해풍이 몸을 휘감았다. 꿈에서 깨듯 인숙은 아이를 바라보았다. 아이가 못마땅한 표정으로 인숙을 바라보고 있었다.

"숙소 안 잡을 거냐고요."

"그그래, 잡아야지. 잠깐만."

그때 마침 가방 속에서 진동이 느껴졌기 때문에 인숙은 서둘러 휴대전화를 꺼냈다. 낯선 번호다 싶더니 역시나 만나기로 했던 간사였다. 함평 쪽에 출장을 갔다 시간에 맞춰 올 예정이었는데 갑작스러운 사고 때문에 약속을 지키지 못했다며 간사는 거듭 미안해했다. 이야기를 들으며 인숙은 아이를 바라보았다. 아이는 아무것도 없는 바닥을 툭툭 차고 있었다.

곧 통영에 도착하니 있는 곳을 알려주면 되도록 빨리 오겠다는 간사의 말에 인숙은 주위를 둘러보았다. 횟집과 김밥집과 프랜차이즈 커피점 사이로 조악한 맥주잔이 그려진, 오델로라는 간판이 보였다.

적당히 어두운 조명 아래 생경스럽게 놓인 바로크풍의 소파에 인숙은 한껏 몸을 파묻었다. 한쪽 구석에 놓인 오래된 풍금과 발판을 밟아야 하는 재봉틀과 말린 꽃잎 따위가 눈에 들어왔다.

"간사한테 전화나 해보든지요."

허랑하게 앉아 있는 게 딱해 보였던지 아이가 내뱉은 말에 인숙은 풋, 웃음이 나왔다. 한껏 인상을 쓰고 불량스럽게 행동하고 있지만 그 때문에 앳된 표정이 더 도드라진다는 걸 아이는 알고 있을까.

"여기서 만나기로 했어. 일단 뭐나 시키자. 난 생맥주 한 잔 할 건데 넌 뭐로 할래. 여기 아이스크림도 있네."

"맥주요."

메뉴판을 들여다보지도 않고 아이가 말했다. 넌 지금, 이라고 말하려다가 인숙은 그만두었다. 낙태를 원했다던 아이에게 배 속의 생명 어쩌고 하는 말이 우스운 것 같아서였다. 문득 어쩌면 저절로 낙태가 되기를 기다릴지도 모른다는 생각이 들었다. 열여덟의 소녀에게 모성을 이야기한다는 것부터가 모순이었다. 아이에게 배 속의 생명은 낯선 물질이 배양해낸 흉물스러운 벌레에 지나지 않을 거였다. 임신의 두려움 때문에 몇 날 며칠 밤을 새웠을지도 모를 일이었다. 청년이 사라진 뒤 자신에게 제일 먼저 찾아온 것도 역시 임신에 대한 두려움이 아니었던가.

그날 그 좁고 어두운 골목에서 인숙은 오줌을 누었다. 몸속에 들어간 청년의 흔적을 없애기 위해서 머리가 아프도록 하체에 힘을 주었다. 그 며칠 뒤 알싸한 아픔을 동반하며 팬티에 묻어난 선홍색 혈흔을 보고 화장실에 쪼그리고 앉아 히죽히죽 웃었던 일을 인숙은 지금도 기억한다.

"나를 벌레처럼 생각하는 거 다 알아요."

아이가 잔을 내려놓은 뒤 도전적으로 말했다. 고작 생맥주 한 잔을 마셨을 뿐인데 얼굴이며 목덜미가 붉었다. 대답 대신 잔을 한쪽으로 밀어놓으려 하자 사납게 손을 가로막았다.

"시팔. 드럽게 깐깐하게 구네."

인숙은 아이를 바라보았다. 잔뜩 화가 난 표정으로 여전히 인숙을 노려보고 있었다.

"어리광 부리지 마. 얼마 마시지도 않고."

"네 네, 제가 감히 어떻게 개기겠습니까. 고상하고 점잖으신 작가

님한테."

아이는 시비를 걸기로 작정한 것 같았다. 정말로 취한 게 아니라 취한 척하는 건지도 몰랐다.

아이가 빈 잔을 쥔 채 종업원을 불렀다. 인숙은 아이의 팔을 끌어 내렸다. 에어컨 때문에 실내가 추울 지경이었는데도 아이의 팔은 뜨끈뜨끈했다. 그러고 보니 붉은 두드러기가 올라와 있었다. 알레르기였다.

"그만 마셔."

"왜요. 이거 때문에요?"

아이가 엄지손가락으로 자신의 배를 쿡쿡 찔렀다. 온통 붉은 모습이며 지나치게 큰 몸짓 때문에 아이는 희극배우처럼 보였다.

"괜찮아요. 어차피 나 같은 애일 테니까. 미리 마셔보는 것도 괜찮아요. 이렇게 해서 사라지면 더 좋고. 그치 아가야?"

몸을 구부리며 배에 대고 말하는 아이의 목소리가 너무 컸던 모양이었다. 카페 안의 사람들이 노려보는 게 느껴졌다. 얼굴이 달아올랐다.

"그만 좀 해. 부끄러운 줄도 모르고."

"오, 맞아요, 시팔. 나 그딴 거 몰라요. 당신같이 고상한 사람들하고는 다르니까. 그래도 너무 잘난 체할 건 없어요. 그렇다고 내가 작가님한테 해를 입히진 않았잖아. 당신만 마음에 안 든 거 아니야. 나도 당신 처음부터 싫었으니까. 꼰대 티나 팍팍 내고. 학교 다닐 때도 찌질이처럼 딴짓은 한 번도 못 해봤겠지. 재수 없어!"

"그래 나 아무것도 할 줄 모르는 찌질이였어. 그래도 너처럼 거칠고 뻔뻔한 것보다는 나았어."

"그러셨겠지."

아이가 이죽댔지만 인숙은 개의치 않았다. 술 때문은 아니었다. 인숙은 아이를 괴롭히고 싶어졌다.

5

딱 한 번, 인숙은 아버지가 우는 걸 본 적이 있다. 엄마가 사라지고 한 달쯤 되던 날이었다. 어찌된 일인지 한 잔만 마셔도 심장이 뛰고 온몸에 두드러기가 일어나는 통에 샴페인도 입에 대지 않던 아버지가 새벽에 소주를 마시며 울고 있었다. 요의 때문에 일어났던 인숙은 차마 거실에 나가지 못하고 방문 사이로 그 모습을 바라보았다. 쉰이 넘은 아버지는 초라해 보였다. 이제 막 삼십 대 후반에 들어선, 지나치게 농익은 젊은 아내를 감당하기에는 턱없이 늙은 모습이었다.

애초에 동사무소 9급 공무원이었던 노총각이 이제 겨우 주민등록증을 만드는 고2에 불과했던 계집애를 사랑하게 된 것부터가 치명적인 실수였다. 여고생이었던 엄마는 발랄했고 거침이 없었고 그런 만큼 인기도 좋았다. 열일곱이나 차이가 나는 공무원 아저씨를 사랑할 만큼 맹랑한 여고생이었기에 엄마의 가출은 이미 오래전부터 예정된 것이었다. 그걸 예감했기 때문에 아버지가 더욱 고집스럽게 변한 것은 아니었을까. 엄마 대신 이제는 자신을 끝없이 교복에 가두려 하는 아버지가 인숙은 처음으로 가엾게 느껴졌다. 인숙은 더 착한 딸이 되었다. 아버지가 원하는 대학에 원서를 쓰고 입학과 졸업을 하고 교사가 될 때까지도 그녀는 여전히 모범생이었다.

예기치 않게 몸 어딘가가 들뜨는 것이 느껴질 때, 모든 걸 내던지고 어디로든 떠나고 싶을 때 인숙은 자기 안에 흐르는 방종한 피에 치를 떨었다. 할 수만 있다면 몽땅 빼내버리고 싶었다. 적성에 맞지 않는 교사 생활을 10년이나 할 수 있었던 것도 순전히 오기 때문에 가능했던 일이었다. 재직기간 내내 학생과에서 근무했던 것도. 순악질 여사라는 별명이 인숙은 좋았다. 선배 교사를 사랑하지 않았더라면 인숙은 언제까지고 재수 없는 학생과 꼰대로 남았을 터였다.

"동피랑에 가봤냐고 했죠? 당연히 가봤죠. 그림이 멋있냐고요? 멋있으니까 인간들이 쥐 떼처럼 몰려들겠죠. 내일 가봐요. 꽤 가보고 싶은 모양이던데. 대신 지나가다 혹시 나를 보면 아는 체하지 말고요. 나는 날개 달린 천사도 아니고 그림도 아니니까."

아이가 입을 삐죽이며 빈정댔다.

"가난하다고 말하고 싶은 거야? 가난 때문에 네가 이렇게 삐뚤어졌다고?"

"작가님, 작가님 착각하지 마셔요. 난 원래 이래요. 난 남의 집 안

방까지 기웃대는 인간들이 싫을 따름이구요. 우리 엄마 겉으로는 괜히 왁왁대면서도 내 생각만 하면 우는 거 나도 다 알고 있으니까 설교할 생각도 하지 말고요."

굳이 우겨 맥주를 주문해놓고 아이는 더 이상 마시지 않았다. 속이 타는지 목을 긁으며 연거푸 물만 마셔댔다. 문득 카페에 들어왔을 때만 해도 함부로 뱉어대던 침을 더 이상 뱉지 않는다는 생각이 떠올랐다.

"가난하고 학대받아서, 매일 두드려 맞는 게 무서워서 내가 가출했다고 생각하죠. 그게 당신네 꼰대들의 한계예요. 하긴 그래야 잘난 체 떠들어댈 말도 많겠지만."

물을 삼키다 사레가 걸렸는지 아이가 밭은기침을 해댔다. 고통으로 순식간에 얼굴이 일그러졌다.

"난요. 그 새끼만 안 무서워하면 까짓것 아기도 낳을 수 있다구요. 혼자도 키울 수 있고요. 엄마도 했는데 왜 내가 못 해요? 그 새낀 사량도에서 멸치 잡으면 되고, 나는 팔면 되고. 그런데 병신 새끼…… 존나…… 겁은…… 많아가지고. 근데요, 그 새끼가 체격은 엄청 좋아요. 난 그래서 그 새끼가 안아주는 게 좋더라."

아이가 불쑥 남자 친구 이야기를 꺼냈다. 고향에 왔다는 안도감이 아이를 편하게 만드는 모양이었다. 가출의 원인이 불우한 환경 때문일 거라고 짐작했던 자기의 편견에 인숙은 실소했다.

"그럼, 남자 친구랑?"

"엄마가 그 새낄 너무 싫어했어요. 얼굴에 역마살기가 있다나 뭐 래나. 웃겨서. 아버지한테 된통 당했거든요. 나를 혼자 키우느라 몇 번이나 죽을 생각을 했대요."

거침이 없었다. 남자 친구 이야기를 할 때는 환하게 웃기까지 했 다. 졸음이 오는지 가끔 하품을 하면서도 그랬다. 별안간 낯설면서 도 자신의 감정에 솔직한 아이가 인숙은 부러웠다. 생각해보면 사랑 을 할 때조차도 자신은 늘 경직되었던 것 같았다.

"히잇, 내가 왜 맘을 바꿨냐면요. 오늘 고생했으니까 특별히 작가 님한테만 말할게요. 그건요. 히잇. 그냥요. 그냥 되는 대로 한번 해보 려고요. 어쩌면 그 새끼가 여기로 다시 올지도 모르잖아요. 안 그래 요? 하긴, 모범생 작가님이 어떻게 알겠어요. 작가님이 답답하다는 거 그 새카만 머리카락 보고 내가 한눈에 알아봤다니까."

노독이 밀려드는지 아이는 자꾸 소파에 몸을 파묻었다. 인숙은 새삼 아이의 얼굴을 바라보았다. 기미 낀 얼굴은 작고 지쳐 보였다. 막대기 같은 몸피는 자칫 부러질 것 같았다. 그 몸 어디에 저런 당 돌함이 감춰져 있는 걸까.

만날 이유가 없다는 말에도 불구하고 남자는 굳이 인숙이 근무 하는 학교를 찾아왔다. 서늘한 이마와 웃을 때마다 고르게 드러나 는 치아를 가진 남자였다. 실제 나이보다도 어려 보여서 인숙과 동 년배로도 보일 정도였다. 엄마를 많이 닮으셨네요, 그가 감회에 젖은 표정으로 말했다. 인숙은 대꾸하지 않았다. 대신 그 시간쯤 아파트 노인정에서 천 원짜리 내기 장기를 두고 있을 아버지를 잠깐 떠올렸을 뿐이었다.

근처 찻집 창가에 앉아 있는 인숙과 남자를 본 지나가던 사람들이 수군댔다. 선배 교사와의 교제가 학교 부근까지 소문이 나 사표를 제출하고 수리되기를 기다리던 때였다. 경제 문제로 오랜 기간의 별거 끝에 화해하지 못하고 이혼을 한 선배의 사정은 전혀 다른 모양으로 바뀌어 있었다. 사람들은 이혼의 중심에 인숙이 있다고 믿고 싶어 했다. 그들의 믿음을 인숙은 굳이 깨고 싶지 않았다. 어느 순간엔 인숙조차도 자신의 방종함으로 인해 선배 부부가 이혼하게 되었다고 믿기까지 했다. 이사회는 의례적으로라도 인숙을 잡지 않았다. 어찌되었건 기독교 학교의 순결한 전통에 흠집을 냈다고 그들은 생각하고 있었다.

엄마는 혼자서 여행을 나서기 위해 탄 버스가 대관령에서 구르는 바람에 죽었다고 했다. 그러고 보니 그즈음 그런 뉴스를 보았던 것도 같았다. 뉴스에서 알려주는 사망자 명단까지 봤는데도 그 버스 안에 엄마가 있었는지는 전혀 짐작하지 못했다는 게 순간 기이하게 느껴졌다. 엄마의 죽음을 전할 때 남자는 가끔 목이 잠겨 헛기침을 했다. 혼자 보내는 게 아니었다며 인숙 앞에서 몇 번씩이나 자책을 했다. 물고기처럼 혼자 사라지고도 남은 사람을 끊임없이 죄책감에 시달리게 하는 게 과연 엄마다웠다.

선배와 사랑을 나눌 때마다, 그의 몸이 전해주는 행복감에 전율할 때마다 인숙은 대책 없는 죄책감에 시달려야 했다. 그럴 때면 여지없이 몸이 굳었다. 처음에 당황했던 선배는 나중엔 투덜대며 인숙의 소아병적인 결벽증을 탓하곤 했다. 경직된 몸을 풀어주기 위해 선배가 자신의 유두를 건드렸을 때 인숙은 통영에서의 청년을 떠올렸다. 그러면 오소소 일어나던 온몸의 솜털들이 일시에 스러지고 몸은 차가워졌다. 사표가 수리되어 학교를 나서던 날 인숙은 그와도 헤어졌다. 인숙의 결정에 그는 처음엔 울고 나중엔 분노했다. 인숙의 몸이 차가웠던 것을 두고 자신을 사랑하지 않았다는 명백한 증거라고 화를 내기도 했다.

잠이 든 아이가 미간을 찌푸리며 몸을 뒤척였다. 무슨 생각을 하는지 배를 쓰다듬으며 히죽히죽 웃었다. 임신 사실에 겁을 내고 도망갔다는 남자 친구와 만났는지도 모를 일이었다. 인숙은 조심스럽게 일어나 카운터로 갔다. 다리를 떨며 노래를 듣고 있던 종업원에게 다가가 에어컨 온도를 조금만 높여달라고 말했다.

그때 간사에게서 거의 도착했다는 메시지가 왔다. 거울 쪽으로 인숙은 움직였다. 어쨌거나 내일부터 사업에 관한 인터뷰를 할 터인데 술 먹은 티를 내고 싶지 않았다. 인숙은 거울 앞에 섰다. 아이 말마따나 새카만 머리카락을 한 고집스러워 보이는 한 여자가 자신을 바라보고 있었다.

인숙은 단정하게 묶은 머리를 풀어보았다. 언뜻언뜻 보이는 엄마의 흔적 때문에 되도록 묶었던 머리카락이었다. 치아를 드러내고 웃어보았다. 앉아 있던 종업원이 그런 모습을 보고 의아해하다 눈이 마주치자 서둘러 고개를 돌렸다. 내일의 스케줄을 계획해보며 인숙은 만약 짬이 생기면 바다가 보이는 미장원을 한번 가보는 것도 괜찮겠다고 생각했다.

산책 일기

하늘이 무겁게 내려앉아 있군요. 잔뜩 물먹은 솜 같아요. 까슬까슬한 인조견처럼 일렁이는 강물은 금방이라도 하늘을 빨아들일 듯 파란빛으로 흔들리고 있구요. 지나치게 뚜렷하게 대비되어 도무지 어울릴 것 같지 않은 두 세계를 섞는 것은 허공에 가득한 먼지 입자들이에요.

몇 년 내내 꺼내보지도 않았던 트레이닝복을 입은 건 지난 3월이었죠. 아실지 모르겠지만 그날 저는 당신을 만나기 위해 오랜만에 서울 나들이를 했었죠. 8년간의 와병을 끝내겠다는 뜻을 일체의 음식을 거부하는 것으로 표현한 당신이 동굴 같던 그 무거운 입을 굳게 다물어버린 후 당신의 아들, 그러니까 나의 남동생은 심연처럼 깊어 더 이상 다가갈 수 없는 당신의 세계와 닿기 위해 무던히도 애를 썼죠. 실리콘 줄을 코에 달고 최소한의 열량을 공급받기 위해 가정간호사와 대학병원, 노인전문병원을 순례하듯 찾아다닌다는 소식을 들었을 때, 어이없게도 내 머릿속에 떠오른 건 유난히 작던 당신의 코였어요. 그랬어요. 당신의 몸을 이루고 있는 뼈와 살과 피와 동맥과 정맥과 허파와 심장이 급박하게 해체를 하고 있다는, 그리하여 잔디 무성한 쌍둥이 무덤처럼 봉긋하던 당신의 가슴과 파뿌리처럼 투명하고 여리던 허리와 허벅지와 당신이 즐겨 먹던 카스텔라 같은 가벼운 질량감이 느껴지던 발목과 발등이 이제는 흔적도 없이 사라지려 한다는 말을 들었을 때도 내 머릿속엔 그 작은 콧구멍 안을 마늘종 같은 실리콘이 어떻게 통과하여 위 속에 이르게 되는가 하는 의구심뿐이었어요. 당연히 저는 당신을 걱정하지 않았죠. 걱정이라니요. 내심은 치아와 뇌, 옴폭 들어간 눈과 갈비뼈의 형상까지 너무 뚜렷해서 우스꽝스럽게까지 느껴지는 엑스레이 필름처럼 변해버렸으면 좋겠다고 생각했던 게 사실이었죠.

그러던 제가 당신을 보기 위해 서울로 향했던 것은 내 안에 숨어 이따금씩 나로 하여금 미친 듯이 소리를 지르게 하거나 욕을 해대게 하는 짓궂은 악마가 나를 충동질한 탓이었어요. 그가 속삭이는, 이제 곧 탄수화물과 단백질과 칼슘으로 화해 수녀원의 무덤 속으로 들어가버릴 당신의 실체를 확인해보라는 사악한 부추김에 저는 기꺼이 고개를 끄덕였죠.

운동을 해야겠다고 마음먹은 건 그날이었어요. 청량리 역사에서 광장까지, 다시 지하로 뻗어 있어 끝도 없이 되풀이되는 계단들은 당신이 누워 있는 병실에 이르는 길이 엇박자로 허방을 디디며 보폭을 조절하는 나로서는 결코 닿을 수 없는 도저한 곳에 위치해 있다는 절망감을 내게 안겨주었죠. 하지만 조금만 참으면 피폐한 몰골의 당신을 대할 수 있다는, 가슴속 깊이 꾹꾹 눌러 담아 어느새 발목 복숭아뼈까지 내려가 메스를 대지 않으면 도저히 찾을 수 없는 곳에 숨어버린 당신에 대한 분노를 꺼낼 수 있다는 흥분이 뻣뻣하게 굳어가는 저의 발목을 끌어당겼지요. 그런 제가 결국 병원에서 주기적으로 운행하는 신형 셔틀버스를 눈앞에 두고 그만 병원행을 포기하고 말았던 것은 노심초사 저의 방문을 고대하던 당신의 아들로부터 걸려 온 전화 때문이었어요.

내가 올 거라는 말을 듣고 새벽부터 안절부절못하며 이마에 돋은 까슬한 소금기를 떼어내고, 끊임없이 배어나는 설태를 더러운 손톱으로 긁어대던 당신이 지나친 긴장을 감당하지 못해 그만 링거줄과 코줄을 잡아당기고 말았다는 내용이었죠. 신경안정제 주사를 맞았고 까무러치듯 잠이 들었다고 말하는 그의 비감한 목소리에서 벌써 8년째 그악스러운 각다귀처럼 들러붙어 좀처럼 이승의 끈을 놓으려 하지 않는 당신에 대한 원망은 느껴지지 않았어요. 아직은 이르다 싶은 고단한 삶에 대한 비감이 더부룩하게 얹혀 있을 뿐이었죠.

당연히, 전화를 끊자마자 나는 되돌아 걷기 시작했어요. 당신이 아무도 알아보지 못한다는 데야 단 몇 분이라도 낭비할 필요가 없다는 생각에서였죠. 할 수만 있다면 당신의 혈관 속을 부유하고 있을 신경안정제를 스포이트로 한 방울 한 방울 빨아들이고 싶었지만, 그래서 나에 대한 불필요한 감정으로 참혹하게 일그러지는 당신의 표정을 똑바로 바라보며 빙긋 미소라도 짓고 싶었지만 어쩌겠어요, 훗날을 기약하는 수밖에는.

대신 집으로 돌아오자마자 미친 듯이 장롱을 뒤지기 시작했어요. 너무도 오랜만에 시도한 짧은 외출로 뚱뚱 부어버린 발을 몇 번씩이나 방바닥에 밀어대며, 때론 호들갑스럽게 통증을 호소하는 허벅지를 손등으로 쿵쿵 내리쳐가며 오래도록 잊고 지내왔던, 주홍색 트레이닝복을 찾았던 거예요. 참 알 수 없는 일이었어요. 어쩌자고 운동을 해야겠다는 생각이 별안간 떠오른 건지.

강의 표정은 생각했던 것보다도 훨씬 풍부하군요. 얼마 전까지만 해도 깨진 유리 조각처럼 군데군데 얼음이 박혀 있었다는 게 믿어지지 않을 만큼 부드러워요. 계절과 계절을 박음질할 때면 으레 나타났다 사라지는 물안개도 자취를 감춘 지 오래예요. 대신 어느 부지런한 촌부가 심어놓았는지 모를 마늘 줄기만 청량한 대기의 수액을 빨아들이며 실바람에 흔들리고 있어요. 마늘이 백합과의 풀이라는 것, 줄기 끝에 위태하게 매달려 있는 원형이 다름 아닌 꽃들이라는 것을 알게 된 건 매월 마지막 토요일이면 선량한 표정으로 수녀원을 방문하던 당신을 통해서였죠. 당신은 그런 사람이었어요. 그 독특하고 매운 열매를 썩썩 다져서 나물을 무치고 찌개에 던지는 보통 여자들과 달리 당신은 진초록 줄기에 매달려 있는 엷은 자주색의 꽃에 더 관심을 갖는 쪽이었죠. 그런 당신이었으니 내 존재가 얼마나 고통스러웠을지는 생각해보면 이해하지 못할 것도 없을 것 같아요.

유치원생들처럼 위태롭게 줄을 맞추고 서 있는 마늘 줄기들을 보노라니 새삼, 강에 나오던 때가 생각나네요. 알 수 없는 강박에 의해 족히 세 시간 동안 온 집 안의 정리 상자를 뒤집어놓은 다음에야 겨우 찾아낸 트레이닝복을 입었을 때의 감격을 당신은 짐작하지 못할 거예요. 사실 그 옷을 살 때만 해도 이런 날이 오리라고는 전혀 예상하지 못했었지요. 운동을 하다니요. 천천히 걷는 것조차 버거운 내가, 의지와는 상관없이 모래사장의 게처럼 자꾸만 옆으로 옆으로 비틀거리는 내 모습이 혐오스러워서 슈퍼마켓에도 가지 않는 내가, 하여 당신이 통장에 넣어준 알량한 생활비로 구운 오징어처럼 뒤틀리는 손가락을 달래며 키보드를 통해 최소한의 물품을 구입하는 내가 감히 운동을 하다니요, 상상조차 하지 못할 일이에요. 그런데도 늦가을 홍시처럼 붉디붉은 트레이닝복을 인터넷 쇼핑몰에서 선뜻 구입했던 것은 어느 세계에선가 잃어버린 내 날개에 대한 그리움 때문이었겠지요. 그랬는데, 드디어 그 트레이닝복을 입고 감히 강가를 걸을 생각을 했던 거예요.

당신도 예상하겠지만 이미 집 밖에 나가기도 전에 내 몸은 땀으로 범벅이 되었어요. 꼭 운동 준비를 하는 게 힘들어서는 아니었지요. 이토록 붉은 옷을 입고, 사람들이 뛰기도 하고 걷기도 하고 이야기를 나누기도 하고 체조를 하기도 하는 강가에 나간다는 생각만으로도 긴장이 되어 가슴이 터질 것 같았어요. 생각해보세요. 경탄과 탄식과 의구심과 연민과 조심스러움과 비웃음 사이를 취한 사람처럼 손과 발과 눈동자와 입술과 머리를 끊임없이 뒤틀며 불안하게 걷고 있는 주홍색 트레이닝복 차림의 여자를.

그래요, 어쩌면 모든 것이 당신 덕분이에요. 당신이 나를 강하게 만들었어요. 당신 덕분에 습관처럼 되풀이해서 먹던 수면제를 더 이상 사지 않았고 꼬박꼬박 밥을 챙겨 먹었지요. 당신 덕분에 그곳, 기차를 타고 계단을 내려가고 전철을 타고 다시 계단을 올라가야 하는 병원 문턱까지의 긴 외출을 시도할 수 있었어요. 그리고 지금, 당신은 맡지 못하는 청량한 공기를 마음껏 들이마시며 당신은 보지 못하는 강물을 보고 있어요. 만약 내가 세상에 눈 뜰 때 알고 있었던 것처럼 당신이 때론 용돈도 주고 아쉬우나마 손도 잡아주고 가끔씩 복잡한 시선으로 나를 바라봐주던 진짜 이모였다면, 그날 드라마의 한 장면처럼 까닭 없이 나를 보살피던 수녀와 당신이 나누는 이야길 듣지 못하고 영원히 밀봉된 시간 속에서 살아가야 했다면, 나는 지금쯤 허공을 부유하는 한 점 먼지가 되어 있을지도 모를 일이겠지요. 그러고 보니 당신은 내게 두 번의 생명을 주었군요.

이런, 너무 흥분을 했군요. 나 같은 사람에게 흥분은 절대 금물인 걸 깜박 잊었어요. 이렇게 한가로운 산책로에서 더러운 타액을 얼굴에 흘리며 바닥에 주저앉는 사태가 발생해서는 안 되죠. 그건 그림처럼 펼쳐진 녹색과 물빛과 막 피기 시작한 봄꽃들과는 전혀 어울리지 않는 풍경이니까요.

후후, 그러고 보니 마지막으로 보았던 당신의 모습이 떠오르네요. 8년 전 당신이 나를 보고 싶어 한다는 전화를 받자마자 나는 기를 쓰고 달려갔죠. 당신과 수녀 엄마의 대화를 들은 이후로 은밀하게 시작된 거래가 꼭 19년째로 접어들었을 때였어요. 병실에서 처음 만난 남동생은 까무잡잡한 피부와 구부러진 코, 두툼한 귓불까지 너무 닮은 게 많아서 순간 당황스러웠어요. 겨우 14개월밖에 차이가 나지 않는, 전혀 다른 세상에서 지내왔던 남매는 단박에 서로를 알아보았죠. 그뿐이었어요. 남동생은 불필요한 감정은 배제한 채 화장실에서 나오다 갑자기 쓰러진 당신이 미친 듯이 나를 찾았다는 이야기만 건조하게 들려주었죠. 당연한 일이에요. 충분히 이해하고도 남아요. 서른한 해를 독자로 살아온 남동생으로서는 갑자기 나타난, 보기만 해도 불안한 모습을 하고 있는 누나를 인정하기가 어려웠겠지요. 가볍게 목례를 한 뒤, 물론 남동생의 눈에는 기이했을 몸짓이었겠지만, 나는 당신을 바라보았어요. 나도 모르게 낄낄거리고 말았죠. 흐흐, 지금도 그 생각을 하니 웃음이 나네요. 그때 당신의 모습이 어땠는지 아세요. 그토록 고고했던 표정은 온데간데없이 힘없이 병실에 누워 있는 당신은 영락없이 중증 장애인이었어요. 한쪽 팔과 하반신은 꼼짝도 하지 못하고 쉴 새 없이 안면의 근육을 실룩이는 당신이 나와 너무 똑같이 닮아서 오히려 묘한 감동이 왔지요. 난생처음으로 당신에게서 동지 의식을 느끼는 순간이었어요.

그날 힘없이 내미는 당신의 오른팔을 짐짓 외면하고 병실을 돌아나오는데 묘한 감정의 소용돌이들이 탄산수처럼 요동을 쳤어요. 웃는 듯 우는 듯, 눈물 같기도 하고 땀 같기도 한 액체들을 끊임없이 흘리던, 무슨 말인가를 오물거렸으나 결국은 혀를 깨물며 도리질을 치던 당신의 일그러진 모습들이 이상하게 잊히지 않았어요. 아마 당신과 나를 가로지르고 있는 축축한 습지들이 정화되지 못한 채 썩어가고 있다는 자괴감이 나를 괴롭혔던 것 같아요.

그러므로 지난 3월, 급격히 허물어진 당신의 육체가 푸석한 영혼마저 공격하기 시작했다는 전화를 받았을 때 서둘러 병원으로 향했던 것은, 비로소 고백하건대 어쩌면 이승에서의 마지막이 될지도 모를 당신과의 인연에 어떤 결말을 지어야겠다는 생각이 들어서였지요. 아, 지금 생각하면 딱히 무슨 말을 하려고 했나 기억이 나지 않네요. 인도 어느 도시의 고행자처럼 사지를 뒤틀며 청량리 역사를 벗어날 때만 하더라도 분명 나는 태어나서 생전 처음으로 승리감에 도취되어 있었지요. 그러나 계단을 내려가고 지하철을 타고 점점 병원으로 가까워지는 동안 불쑥불쑥 달아나버리고 싶은 충동을 누르기가 힘들었어요. 분명 이해할 수 없는 싸구려 감상이 박테리아처럼 나를 에워싸기 시작했던 거예요. 그래요. 당신의 예상대로예요. 결국 당신이 이겼어요. 생사의 심연을 헤매는 당신의 일그러진 표정을 보고 싶다는, 당신의 불안한 눈빛을 조소하고 싶다는 내 욕망은 결국 유치한 거짓에 지나지 않았어요. 때문에 수면 주사를 맞은 당신이 죽음과도 같은 깊은 잠에 빠져들었다는 전화를 받았을 때 지체하지 않고 되돌아섰던 거예요.

　잠깐만요. 조금 숨이 차네요. 아무래도 너무 빨리 걸었나 봐요. 두 달이나 연습을 했는데도 빠른 걸음은 아직 무리인가 봐요. 후, 가만히 서서 심호흡을 하니 가슴이 시원하네요. 박하사탕을 한 주먹쯤 입에 넣은 것 같아요. 가만있자 강물 위에 떠 있는 저 작은 짐승은 뭘까요. 언뜻 보면 앞발을 사납게 든 가재 같은데요, 아 참 바다나 도랑이라면 모를까 가재라니요. 그럼 대체…… 어머머, 오리군요. 강물이 참 맑은가 봐요. 물 위를 유영하는 오리의 그림자가 지나치게 선명해서 마치 한 마리 가재처럼 보였던 거예요. 무리에서 떨어진 채 오리는, 물그림자가 제 모습을 바꿔버린 것도 모르고 대체 어디를 가고 있는 걸까요. 분명 그럴 리 없을 텐데도, 먼 여행을 떠나는 것 같은 폼이 지금쯤 하얀 가루로 변해 남동생의 품에 안겨 있을 당신 같아 보이는군요. 이제 당신은 내가 떠나왔던 수녀원의 동산 어디쯤에 자리를 잡겠지요. 후훗, 그러고 보니 당신과 나는 어쩔 수 없는 한 팀인가 봐요. 계주 주자처럼 이렇듯 사이좋게 바통을 주고받으니 말이에요.

　당신의 마지막을 지켜보지 않은 것, 지금 생각해도 잘한 일 같아요. 당신은 부인하고 싶겠지만 나와 자리를 바꾼 뒤 결국엔 더 오랫동안 나를 기다릴 테니까요. 언젠가 더 이상 컴퓨터의 키보드를 누르는 것조차 힘에 부칠 때면 어차피 저도 당신이 일찌감치 내게 장만해준 나의 집, 그러니까 당신의 옆자리에 입주하겠지요. 하지만 우리의 조우를 너무 기대하지는 마세요. 나는 아주 오랫동안 당신을 찾지 않을 생각이에요. 이렇듯 끝이 없을 것 같은 강변을 벌써 세 시간째 허우적대며 걷는 것도 바로 그 이유에서고요. 그러니 당신, 코줄을 떼어버려 영양식은 더 이상 필요 없을 테니 부디 푹 주무세요. 나는 다시 강을 따라 걸을 테니까요. 그럼 안녕히.

풍경의 안쪽

감시카메라를 설치하자고 한 사람은 반상회장인 504호였다. 넓지 않은 거실엔 스무 명 정도의 주민들이 서로 무릎이나 어깨를 댄 채 앉아 있었다. 한겨울에도 제대로 난방을 해본 적이 없다가 엘피지 가격의 30퍼센트밖에 되지 않는다는 도시가스가 깔리자마자 원 없이 보일러를 틀어댄 덕분에 한결같이 얼굴들이 상기된 채로였다. 투박한 보온메리는 건물 앞에 놓인 초록빛 옷상자 안으로 먼 곳으로 부치는 우편물처럼 줄지어 집어넣은 탓에 몸짓들도 한결 가벼웠다. 그들은 한겨울의 낯선 더위에 길들여지지 않은 벌건 얼굴로 이 모든 일을 성사시킨 군수의 능력을 치하했다.

반상회에서 제일 먼저 나온 의견도 도시가스 덕분에 비로소 도시인이 된 것 같다는 이야기였다. 주민들의 공통된 의견은 이제 군수의 두 번째 선거 공약인 시로의 승격만 성사된다면 더 이상 바랄 나위가 없다는 것이었다. 그들은 한껏 고무되어 있었다. 그도 그럴 것이 올겨울 들어서 생긴 좋은 일이 한두 가지가 아니었다. 그중 가장 좋은 소식은 연립 값이 불과 1년 사이에 두 배로 뛰어올랐다는 사실이었다. 주민들이 살고 있는 장미연립은 올 초만 해도 팔려는 사람은 많고 사려는 사람은 전혀 없는 읍 최저가의 주거 단지였다. 다른 곳에 비해 현저히 가격이 낮다는 장점에도 불구하고 대부분의 사람들은 이곳 장미연립을 기피했다. 지은 지 오래되어 외관이 볼썽 사납다는 게 이유였는데, 건물 외벽에 심하게 균열된 흔적은 아무리 먼 곳에서 보더라도 뻔뻔하게 드러났다. 설상가상으로 균열을 가리느라 임시방편으로 그어놓은 야광페인트는 피할 수 없는 주홍글씨처럼 장미연립을 두드러지게 했다. 게다가 길가에 함부로 내동댕이쳐 있는 가스통들마저 괴괴함을 조성하는 데 한몫한 탓에 사람들은 장미연립을 지날 때마다 자기도 모르게 반대편으로 몸을 움츠리거나 불안한 시선으로 그것들을 바라보며 종종걸음을 쳤다.

분위기가 완전히 바뀐 건 작년부터 군수가 추진하는 도시화 과정이 착착 진행되면서부터였다. 도시가스가 설치되자 장미연립은 한 가지나마 혐오 요소를 내던질 수 있게 되었다. 불발탄처럼 함부로 놓여 있던 가스통들이 일제히 주위에서 자취를 감추게 된 것이다. 장미연립이 지어진 뒤 처음으로 사람들은 편안한 마음으로 장미연립을 지나갈 수 있게 되었다. 드물게 시세를 물으러 오는 사람들도 생겼다. 지은 지 20년이 되도록 한 번도 모여본 적이 없는 반상회가 개최된 것도 바로 이때부터였다.

한번 결성된 반상회는 지난 20년 동안 누구도 해결하지 못했던 오래된 골칫거리들을 착착 해결해나갔다. 제일 먼저 그들은 회장을 뽑았다. 이상한 일은 그때부터 시작되었다. 아무도 나서려 하지 않던, 나서기는커녕 장미연립에 사는 것을 밝히기조차 꺼리던 주민들이 앞다투어 자신들의 주거 단지에 대한 애정을 과시하기 시작했다. 많은 사람들이 새로 결성된 반상회의 회장이 되길 원했기 때문에 선거기간을 정하고 후보자로 나선 몇 명은 선거운동을 해야 할 지경이었다. 아주 잠깐 세숫비누나 치약이 집집마다 몰래 돌거나 읍내 식당 어딘가에서 후보자에 의해 제공될지도 모를 갈비탕 따위에 대한 의혹이 없는 것은 아니었지만, 어쨌거나 선거기간으로 정해진 일주일 동안 후보자들은 열심히 운동을 했고 드디어 기호 1번이었던 504호가 당선되었다. 당연한 결과였다. 애초에 반상회 결성을 제의한 것도 504호였고 투표를 제안한 것도 그였다. 연립에 대해 무한한 애정을 과시한 것도 그였다. 그리고 무엇보다 그는 1번이었다. 선거권을 가진 주민들은 반상회를 결성한 공로로, 투표라는 민주적 절차를 생각해낸 데 대한 경의로 기꺼이 그에게 한 표를 던져주었다. 그도 저도 아니고, 아무 생각도 하기 싫은 주민들은 오랜 투표의 경험으로 1번을 찍었다.

투표가 행해진 날 당선자는 새로운 안건을 내놓았다. 연립의 이름을 바꾸자는 것이었다.

"장미연립! 촌스럽지 않습니까. 우리 빌라가 읍내 중심부에 위치해 있으면서도 그간 제대로 대접을 받지 못한 가장 큰 이유가 이름

탓이라고 저는 생각합니다."

'저'라고 말할 때 당선자는 강력한 의지의 표명을 위해 두툼한 손바닥으로 자기의 가슴을 세게 쳤다. 그 바람에 공기 중에 떠돌던 밀가루 같은 먼지가 햇빛 속에 잠깐 둥근 몸을 드러냈다 사라졌다.

"말이 나와서 말이지 요즘 건물 이름이 한글로 되어 있는 곳이 어디 있습니까. 새로 생긴 스카이아파트, 미르젠, 휴먼빌, 거 머시냐 블루밍까지. 제대로 대접받는 건물치고 영어 이름 아닌 곳이 없습니다. 그리고 사람들이 우리 빌라를 연립 연립 하고 떠드는데 고놈의 연립이라는 말 때문에도 우리 빌라가 더 후지게 느껴지는 겁니다."

당선자는 연립 대신 빌라라는 말에 꼬박꼬박 힘을 주어가며 열변을 토했다.

연립과 빌라의 차이가 정확히 무엇인지는 알 길이 없지만 주민들은 듣고 보니 그럴 듯도 하다고 생각하며 고개를 끄덕였다. 까짓것 이름이 무엇이든 무슨 상관이냐고 생각하는 사람들도 덩달아 고개를 끄덕였다. 신이 난 당선자는 내친김에 그 자리에서 새로 이름을 정하자고 제의했다. 신입회장의 추진력에 대한 찬사가 다시 한 번 이어졌다. 하지만 막상 누구도 선뜻 새로운 이름을 생각해내지는 못했다. 그건 꽤 까다로운 일이었다. 자식 이름도 작명소에서 지어 오는 판에 빌라의 이름을 지으라니. 그것도 영어로. 풀이 죽은 주민들은 잠잠해졌다. 공연히 헛기침을 하는 사람도 있었다.

"그럼 로즈빌은 어떨까"라고 누군가 조심스럽게 말을 꺼내자 주민들은 일제히 그쪽을 바라보았다. 초등학생들을 상대로 집에서 영어 과외를 하는 201호였다.

"원래 이름도 장미니까 아주 다른 이름보다는 친숙할 것 같고 요……."

자신에게 쏟아진 관심이 부담스러운지 201호의 목소리가 점점 작아졌다.

"그거 좋네요, 아주 좋아요. 원더풀!!!"

앞에 앉아 있던 여자가 요란스럽게 박수를 쳤다. 얼마 전 보험 설계사 일을 시작한 뒤로 점점 더 화장이 짙어지는 탓에 할 일 없는 연립의 늙은이들로부터 혹 바람난 것이 아니냐는 의혹을 받고 있는 301호였다. 301호의 응원을 받은 201호는 살짝 위쪽으로 고개를 숙여 감사의 뜻을 표했다.

사실을 말하면 301호는 로즈빌이든 장미연립이든 어서 빨리 지루한 반상회가 끝나기를 기다리는 참이었다. 저녁에 삶아 먹은 목삼겹살이 얹혔는지 아랫배가 살살 아프다 말다 하는 일이 되풀이되고 있기 때문이었다. 그냥 집으로 갈까 생각하지 않은 것은 아니었지만 301호는 언젠가는 자신의 고객이 될지도 모를 주민들에게 좋은 인상을 심어주고 싶어서 아랫배를 쓰다듬으며 간신히 시간을 버티고 있던 중이었다. 그러던 참에 201호가 의견을 내놓으니 다단계 회사의 신입사원처럼 열심히 박수를 치며 동의를 했던 것이다.

장미연립은 그렇게 로즈빌로 재탄생했다. 재탄생된 건 이름만이 아니었다. 반상회비를 정했고, 걷은 회비로는 환한 빛깔의 페인트로 외관을 칠했다. 모든 과정은 일사천리로 진행되었다. 물론 건물의 상단, 보기 좋은 위치에 단정한 명조체로 로즈빌이라 쓰는 것도 잊지 않았다. 시세가 올라가기 시작한 건 그때부터였고 주민들은 혹시라도 누가 급하게 집을 내놓는 바람에 시세가 떨어질 것을 염려하여 더 자주 반상회를 열었다.

이름도, 건물의 색깔도 바꾼 데다 도시가스까지 깔렸으니 감시카메라 설치는 로즈빌의 품격을 완성시키는 화룡점정이 될지도 모를 일이었다.

"다들 들으셨지요. 엊그저께도 백운연립에 도둑놈이 들어서 세 집이나 털어 갔다는 소식요. 금반지에다 양주에다 애들 저금통까지 깡그리 털었다더구만요. 경제가 어려워서 그런지 도둑놈들이 보통 극성이 아니에요. 그것뿐인가요. 얼마 전에는 어떤 놈들이 우리 빌라 옥상에 몰래 올라와서 술 처먹고 담배 피고 어찌나 지랄을 했던지 그거 치우느라고 다들 얼마나 고생을 했는지 몰라요. 아 그러다 막말로 후미진 곳에서 성폭행이라도 일어나면 웬 개망신입니까. 기껏 올려놓은 집값 도로 쪽박 차는 건 시간문제입니다. 도로 나무아미타불 된다고요."

504호는 빌라 주변에 감시카메라를 달아야 하는 이유를 스무 가지도 더 댈 수 있을 것 같았다.

"그리고 말입니다. 진짜 감시카메라를 달아야 하는 이유는 말입니다. 한마디로 폼 나지 않습니까. 생각해보십시다. 우리 읍내에서 괜찮은 아파트에는 엘리베이터 안이든 놀이터든 다 감시카메라가 24시간 돌아갑니다. 감시카메라를 달았다는 것 자체만으로 프리미엄이 팍팍 상승합니다. 한마디로 믿고 살 수 있으니까요. 그런데 연립들은 어떻습니까. 눈을 까뒤집고 찾아봐도 감시카메라는 설치하지 않았습니다. 감시카메라가 뭡니까. 주변 정리도 제대로 되어 있지 않아서 쓰레기봉투에다 더러운 음식물 찌꺼기들이 함부로 뒹구는 판에 떠돌이 고양이나 개새끼들 배만 불립니다. 한여름엔 파리 떼만 까맣고요."

파리 떼 얘기를 할 때 504호는 이야기의 효과를 극대화하기 위해 아주 잠깐 토하는 시늉을 했다. 그 바람에 이야기를 듣고 있던 주민들마저도 금방이라도 생선 가시와 썩은 찌개 국물이 자신들의 입으로 들어오는 것 같은 느낌에 입들이 볼록해졌다. 반상회장과 사이가 좋지 않은 603호가 잠깐 감시카메라와 도둑놈과 시세와 청결의 역학 관계에 대해 의문을 품었지만 이의를 제기하지는 않았다.

"그럼 비용 문제도 있고 하니 다수결로 정하는 게 어떨까요."

101호가 손을 들며 외쳤다. 인근 중학교에서 도덕을 가르치는 남자였다. 도덕을 가르치는 사람답게 그는 평소에 단정한 이미지로 주민들의 호감을 샀다. 주말부부라 혼자서 생활하는데도 불구하고 그의 양복바지에는 금방 세탁소에서 다려 온 듯 칼날 같은 다림질 자국이 늘 선명했다. 누구에게든, 심지어 자식들에게도 제대로 대접을 받지 못하고 죽을 날만 기다리는 노인들에게도 어찌나 싹싹하게 인사를 잘하는지 노인들은 그만 보면 좋아서 헤벌쭉 입이 벌어졌다. 가끔씩은 며느리 몰래 사골국이나 돼지고기 두루치기를 공수해 주는 노파들도 있을 정도였다.

101호는 자신의 합리적인 제안에 만족하며 느긋한 표정으로 슬쩍 주위를 둘러보았다. 몇몇이 수긍의 표정으로 고개를 끄덕이는 게 보였다. 사실을 말하면 101호 남자는 감시카메라 설치가 썩 내키지 않았다. 그는 전세를 살고 있는 중이었다. 2년 전 계약을 할 때 주인은 전세금과 별로 차이 나지 않는 금액으로 아예 집을 사버리는 게 어떠냐고 제의를 했었지만 남자는 거절했다. 발령 때문에 어쩔 수 없이 오기는 했지만 아무리 싸다 해도 이 구질구질한 시골에 집 같은 걸 마련해두면 두고두고 골칫거리일 것 같아서였다. 실제로 얼마 전까지만 해도 그는 자신의 탁월한 결정에 스스로 감탄했다. 그런데 갑자기 집값이 오르기 시작하자 눈앞까지 다가왔던 기회를 잡지 못한 것이 남자는 여간 속이 상하는 일이 아니었다. 상하다 못해 병이 날 지경이었는데 설상가상으로 집주인은 이 기회를 놓치지 않고 집을 또 팔려는 것 같았다. 물론 2년 전과는 비교도 되지 않을 가격으로였다. 그쯤 되자 101호는 골치가 아팠다. 계약기간도 끝났으므로 집이 팔리기라도 하면 꼼짝없이 이사를 해야 할 처지였다. 하지만 읍 전체의 시세가 올랐기 때문에 다시 전세를 구하려면 터무니없이 많은 돈을 보태야 할 지경이었다. 그런 상황인데 감시카메라까지 설치된다면 빌라의 이미지가 더욱 좋아져서 훨씬 쉽게 집이 팔릴지도 모를 일이었던 것이다.

"그래요? 진정으로 우리 빌라를 사랑하는 분이라면 그런 말씀은 안 하실 것 같은데, 하긴 자가이냐 전세냐에 따라 조금 다르기는 하겠지만 말입니다. 그럼 어쨌거나 안건이 나왔으니 다수결로 정하도록 하지요. 괜찮지요, 여러분!"

504호는 자신의 상한 기분을 굳이 감추지 않았다. 자가와 전세 부분에서는 특히 악센트를 넣어 발음하며, 집주인도 아니면서 굳이 반상회에 나와 초를 치느냐는 듯이 101호를 노려보았다. 101호의 얼굴이 굳어졌다. 공연히 나와 낭패를 보았다고, 다시는 참석을 하지 말아야겠다고 그는 생각했다. 당장에라도 일어나서 문을 박차나가고 싶었지만 그렇게 하지는 않았다. 옆에서 자신의 표정을 살피고 있는 학부모 때문이었다.

표정을 일그러뜨린 건 101호뿐만이 아니었다. 다른 이유에서 전세를 살고 있는 102호와 303호도 벌레 씹은 표정을 지었다. 102호는 아주 잠깐 무슨 소린가를 내며 입술을 달싹였는데 순간적으로 떨어진 입술이 조용히 다시 붙는 것으로 보아 그건 분명 '씨발'이라는 발음이었다. 화기애애한 분위기로 진행되던 반상회가 별안간 불을 맞은 것처럼 소란스러워지기 시작했다. 누군가는 씩씩댔고 누군가는 씩씩대는 사람을 달랬다. 누군가는 어서 빨리 회의를 진행하

라고 소곤거렸고 누군가는 다음으로 미루자고 소리를 질렀다. 그제
야 사태를 진정하기 위해 504호 여자가 동분서주했지만 큰 효과를
보지는 못했다. 프림과 설탕이 듬뿍 들어간 커피는 빨리 나간 사람
들이 미처 마시지 못한 탓에 정확히 일곱 잔이 남아 냉커피로 마시
기 위해 물병에 담아서 냉장고에 넣어야 했다. 고스란히 남은, 노랗
게 변색된 사과 역시 타파 통에 넣어야 했다.

　며칠 뒤 게시판에 공고문이 붙었다. 주민들의 절대적인 지지에 따
라 감시카메라를 설치하기로 결정했다는 내용이었다. 주민들은 공고
문을 무심히 읽으며 출근을 하거나 퇴근을 했다. 101호의 경우에는
언제 또 반상회가 개최되었던가, 하는 생각을 잠깐 떠올리기도 했지
만 이내 신경을 쓰지 않기로 마음먹었다. 그날 이후로 까짓것 집이
팔리면 나가면 그만이라고, 그는 진작 마음을 먹고 있던 터였다.

　정확하게 어느 곳에 감시카메라가 설치되는지는 확실히 알려지지
않았다. 물론 마음만 먹으면 누구든 알 수 있었지만 장미연립의 주
민들은 자세한 사항을 알고 싶어 하거나 굳이 건물 주위를 돌며 카
메라를 살필 만큼 한가하지 못했다. 주민들이 지내본 바에 의하면
504호는 모든 일에 정확했고 무엇보다 청렴했다. 그 점이 더욱 주민
들로 하여금 감시카메라에 대해 주의를 기울이지 않게 했다. 오히려
공사가 모두 끝난 날 카메라의 운영을 자축하자는 504호의 제의에
주민들은 번거로움을 느낄 정도였다. 주민들은 회의장으로 쓰기 위

해 건물의 지하에 만들어놓은 방에 마지못해 들렀고 그곳에 놓인 모니터를 건성으로 살펴보았다. 고사를 위해 504호 부인이 삶아 내온 돼지 머리 고기를 새우젓과 함께 먹을 때가 되어서야 주민들은 엉거주춤 걸쳤던 엉덩이를 비로소 편안하게 내려놓았다.

좋은 소식들은 언제나 차고 넘쳤다. 감시카메라 설치 덕으로 장미연립, 아니 로즈빌의 시세가 더 올랐다는 얘기와 부녀자와 아이들이 이제는 마음 놓고 다닐 수 있게 되었다는 얘기와 회장의 수완 덕에 저렴한 값으로 공사를 끝내 상당한 공금이 비축되었다는 얘기가 입에서 입으로 옮겨 다녔다.

"자, 그럼 우선 당분간은 모니터를 제가 살펴보기로 하구요, 저야 시간이 많은 편이라 상관은 없지만 혹 다른 분들이 섭섭할지 모르니 기간을 정해 서로 돌아가면서 하는 게 좋을 듯한데."

말을 마친 반상회장이 사람들을 둘러보았다. 그러나 선뜻 동의를 하는 사람은 나타나지 않았다. 동의하는 순간 감시카메라를 관리해야 하는 책임이 주어진다는 걸 알기 때문이었다. 주민들은 말없이 김치와 새우젓을 얹은 돼지고기를 씹는 것으로 대답을 대신했다.

"자, 좋습니다. 다음 순번은 차차 정해도 늦지 않으니까 오늘은 우선 다 같이 친목을 도모하는 것에 만족하기로 하죠."

504호는 일을 추진하는 능력만큼이나 분위기를 파악하는 능력도 탁월했다. 그는 더 이상 순번을 거론하지 않았다. 대수롭지 않은 듯 추임새를 넣어가며 분위기를 돋우었다. 옆에 앉은 사람에게 고기

를 권했고 누군가가 고생했다며 건네주는 막걸리를 먹으며 웃음을
터뜨렸다. 잔치는 점점 흥겨워졌다.

감시카메라의 설치는 대성공이었다. 504호의 말마따나 로즈빌의
시세가 가파르게 상승하기 시작했는데 하루하루 신기록을 갱신했
다. 읍내의 평균 상승률은 따돌린 지 벌써 오래였고 마지막으로 로
즈빌에 안착한 401호의 경우에는 불과 6개월 만에 두 배의 차익을
실현하는 쾌거를 이루기도 했다. 하루에도 몇 번씩 집을 사고자 하
는 사람들이 로즈빌을 찾았다. 그러나 상승 기세에 놀란 주민들이
더 큰 차익을 예상하고 내놓았던 매물마저 다시 거둬들였기 때문에
여전히 거래는 이루어지지 않았다.

불량 청소년들도 더 이상 빌라 근처에 얼쩡대지 않았다. 밤마다
아이들이 함부로 어질러놓은 맥주 캔과 과자 봉지 따위를 돌아가며
치워야 했던 주민들로서는 여간 홀가분한 일이 아니었다. 감시카메
라가 설치된 줄 모르고 로즈빌을 찾았던 반갑지 않은 방문객들은
반상회장의 요구에 의해 101호가 직접 아이들의 학교에 연락을 취
했다. 그 과정에서 101호는 동료 교사에게 눈총을 받아야 했다. 조
용히 처리해도 될 일을 빌라 차원에서 건의하는 바람에 아이들에
게 징계를 내리는 일이 불가피했기 때문이었다. 다행히 부모들이 찾
아와 사과한 뒤 그간의 청소비를 변상하기로 해 아이들이 봉사활
동을 하는 것으로 사태가 일단락됐다. 그러나 풍문에 의하면 양로

원으로 몰려간 아이들의 불성실한 봉사 태도 때문에 오히려 골치를 썩는다고 했다. 어쨌거나 이 소문은 급속도로 읍내에 퍼졌고 다시는 아무도 로즈빌 근처를 서성대지 않았다.

로즈빌은 점점 더 한가로워졌다. 주민들은 자신들의 주거지가 한결 쾌적해진 것을 실감했다. 그런데 이상했다. 주민들은 빌라 주변을 걷거나 계단을 오를 때, 문득문득 근원을 알 수 없는, 이해할 수 없는 낯선 감정에 고개를 갸우뚱거렸다. 그건 심심하달 수도 있고 섭섭하달 수도 있는, 어쩌면 허전하달 수도 있는 것이었다. 물론 셋 다 아닐 수도 있었다. 어쨌거나 주민들은 몸 한구석 어디에선가 느껴지는 가려움의 부위를 찾지 못해 애쓰는 사람들처럼 가끔씩 어깨를 으쓱대거나 고개를 흔들거나 공연히 옆구리를 긁어대며 출근을 하고 퇴근을 했다. 물론 호기심 강한 누군가는 원인을 알아내려 애를 쓰기도 했다. 그러나 별 성과를 거두지 못했다. 어느 날 오후, 603호가 8개월 된 딸의 가슴을 다독거리다가 문득 아기를 재우는 일이 이전과 달리 매우 수월해졌다는 사실을 깨달으며, 동시에 점심때만 되면 나타나 대책 없이 확성기의 볼륨을 높이던 생선 장수가 무슨 이유에선지 이즈음 통 보이지 않았다는 사실을 떠올렸지만 그 역시 낯선 느낌과 상관없는 일이었다.

그러니까 6월이 시작되는 월요일 아침에 발생한 음식물 쓰레기 사건에 대한 주민들의 반응은 노여움이라기보다는 어쩌면 모처럼의 이야깃거리에 대한 흥미의 표현일지도 몰랐다. 일의 개요는 이랬다. 새벽 다섯 시만 되면 로즈빌 주위에는 건전가요가 울려 퍼졌다. 꿈결처럼 그 노래를 들으며 주민들은 몸을 뒤척이거나 생각을 하거나 출근을 위해 일어났는데 대개는 1절도 끝나기 전에 노랫소리는 사라졌다. 그런데 그날은 웬일인지 노래가 계속 이어졌다. 더욱 불행한 것은 1절만 계속 들려온 점이었다. 잠귀 밝은 몇몇 주민이 결국 깨어나 어둠 속에서 창문이라 짐작되는 쪽을 향해 화를 내는 것으로 하루를 시작했고, 도저히 일어날 수가 없는 사람들은 점점 더 이불을 끌어안았다. 새벽 예배를 보기 위해 나선 할머니 몇이 비교적 가까운 곳에서 건전가요를 들었지만 성령 충만한 그녀들의 귀는 소음을 완벽하게 차단해주었다. 그리고 뜨거운 햇볕이 온갖 것들을 부패시키기 위해 안간힘을 쓰기 시작하는 오전 여덟 시 즈음에 로즈빌의 주민들은 실로 오랜만에 익숙한 광경과 마주하게 되었다.

생선뼈와 달걀 껍데기와 쉰밥과 곰팡이가 핀 김치찌개 따위였다. 그것들이 함부로 내동댕이쳐져 찢어진 몇 개의 쓰레기봉투에서 붉은 국물과 함께 쏟아져 나와 로즈빌의 입구를 가로막고 있었다. 사람들은 잠시 아무 말도 하지 않았다. 대신 누군가 먼저 과도하게 인상을 쓰며 코를 가로막자 기다렸다는 듯 나머지도 자신들의 코를 틀어쥐었다. 모여든 사람들은 오랫동안 쓰레기들을 들여다보았다. 하긴 가족들을 아침 일찍 내보낸 주부이거나 노인인 그들로서는 딱히 서둘러야 할 이유도 없었다.

"음식 쓰레기를 이따위로 내보낸 것들은 가차 없이 색출해서 국

가적으로 망신을 줘야 해!"

사람들은 말소리가 난 쪽으로 일제히 고개를 돌렸다. 지나치게 비장한 말투에 좀 뜨악해하던 사람들은 말소리의 주인공을 확인하곤 그럴 수도 있겠다고 고개를 끄덕였다.

"지금 세상이 어느 땐데 이따위 무식한 짓을. 천하의 공산당 같은 놈들!"

지역의 바른생활실천협의회 회장을 역임했고 지금도 주민자치센터 이사를 맡아 하루가 48시간이라도 틈을 낼 수 없는 202호는 분노를 참지 못하고 끊임없이 붉은 입술을 실룩였다.

"안 그래요? 아니 지금이 어느 땐데 이렇게 교양 없는 짓을 하죠? 당장 찾아내서 대가를 치르게 해야 하는 거 아닌가요? 우리 이러고 있을 게 아니라 모니터를 들여다보도록 합시다."

여자가 주변을 향해 웅변하듯 동의를 구했기 때문에 사람들은 엉겁결에 고개를 끄덕여야 했다. 실은 자신들 앞에 펼쳐진 상황이 가끔은 충분히 그럴 수도 있는 일이라는 데에도 공감을 하는 편이었지만 굳이 부딪치고 싶지 않은 것도 솔직한 심정이었다. 어느새 사람들은 얌전하게 여자의 뒤를 따랐다. 앞장을 선 여자의 표정은 초등학교의 반 대항 운동경기라도 이끄는 반장처럼 비장했다.

반상회장인 504호가 즉각 지하 사무실로 달려왔다. 발효된 술 냄새를 잔뜩 매단 채였다. 사람들은 그가 어젯밤 자정을 넘겼을 때쯤 귀가하며 끊임없이 욕을 해댔던 사실을 기억해내고 피식 웃었다. 만

취하면, 알 수 없는 누군가에게 평소에는 전혀 구사하지 않는 욕설을 뱉는 그의 주사를 모르는 사람은 아무도 없었다. 그건 사람들이 그에 대해 알고 있는 유일한 약점이었다.

202호는 호출의 이유를 밝혔다. 말을 하는 여자의 표정은 근엄했다. 그 바람에 사람들마저 근위대처럼 엄숙한 표정을 지어야 했다. 난데없는 요구에 반상회장은 조금 당황스러워했다. 술이 덜 깼는지 손바닥으로 두 번 얼굴을 싹싹 비벼댔다. 사람들이, 막연하게 그가 테이프를 별로 틀고 싶지 않아 한다는 인상을 받은 건 그의 빨개진 얼굴 때문인지도 몰랐다.

"저……."

반상회장과 비교적 친분이 있는 604호가 머뭇거리며 입을 뗐다. 사람들은 고개를 돌려 그의 입술을 바라보았다. 사람들의 지나치게 빠른 반응에 604호 남자는 그만 입을 다물고 고개를 저었다. 사실 그는 반상회장도 피곤한 것 같으니 테이프는 다음 기회에 보는 게 어떠냐고 말하려던 참이었지만 사람들의 시선이 자신에게 쏠리자 부담을 느꼈다. 어쨌거나, 자신과는 상관이 없는 일에 그는 휘말리고 싶지 않았다. 다른 한편, 그는 전날 504호와 함께 술을 마시고 오던 귀갓길에 시원하게 오줌 줄기를 갈기자는 말을 따르지 않은 것에 안도했다.

보험회사에 다니는 301호는 입술을 깨물었다. 여자는 오늘 새벽에 집에 들어왔다. 보험사 사무실의 월말 결산 회식이 너무 길어진 탓이었다. 1차로 곱창과 소주를 먹었고 2차는 생맥주, 3차는 노래방으로 꽤 오랜 시간을 돌아다녔다. 그리고…… 그리고…… 다음이 문제였다. 도무지 그 이후의 일이 떠오르지 않았다. 대신 지독한 요의를 느꼈던 것만 기억났다. 설마. 여자는 고개를 흔들었다. 아무리 정신이 없기로서니 노상 방뇨를 했을 리가 없었다. 여자는 일단 자신을 믿기로 했다. 가능성이 거의 없는 일 때문에 테이프를 틀지 못하게 하면 오히려 의심만 받을 터였다.

사람들은 모니터를 중심으로 쭉 둘러앉았다. 곧 개봉될 화면에 대한 호기심으로 새삼 마음이 들뜨기도 했다. 알 수 없는 기대감이 사람들의 머리와 가슴속에서 미세한 물결을 일으켰다. 화면은 거꾸로 돌려졌다. 모니터 확인의 이유가 음식물 쓰레기를 버린 사람을 색출하는 것에 있었으므로 아무도 군이 이의를 제기하지 않았다.

사람들은, 한 편의 무성영화를 보는 것 같은 느낌에 빠져들었다. 모니터 속의 인물들은 빠르게 나타났다가 사라져갔다. 또는 사라졌다가 나타났다. 무표정한 얼굴과 채플린처럼 뒤뚱거리며 뒷걸음질 치는 모습이 묘하게 어울렸다. 쓰레기를 버리던 여자는 다시 쓰레기봉투를 들고 뒷걸음질을 치며 빌라 안으로 들어갔다. 익숙한 얼굴의 남자가 피우는 담배는 신기하게도 입에 닿을 때마다 미세하게 길어졌다. 차에 오르던 남자는 바쁜 일이 생각난 것처럼 종종걸음으로 역시 차에서 내렸고 우는 아이를 번쩍 안아 올리던 젊은 엄마는 땅바닥에 패대기치듯 내려놓는 바람에 아이를 학대하는 것처럼 보였다.

학교에 가던 201호 아이가 301호 아이를 밀치는 모습도 화면에 나타났다. 화면만 보아서는 밀치는 게 아니라 땅바닥에 엎어진 301호 아이를 201호 아이가 일으켜주는 것같이 보였다. 301호는 자신도 모르게 주먹을 쥐었다. 그 전에도 201호 아이가 자신의 애를 괴롭힌다는 얘기를 들은 적은 있지만 막상 화면으로 보니 지금이라도 당장 달려가 그 교양 있는 척하는 201호에게 욕을 퍼붓고 싶었다. 사실 301호는 201호가 괘씸했다. 지난번 빌라 이름을 지을 때 201호의 의견에 적극적으로 동의했던 일에 대해 아무런 감사의 인사도 해오지 않았기 때문이었다. 201호 애가 자꾸 괴롭힌다는 얘기를 듣고 참았던 것도 혹시 어린이 보험이라도 들지 않을까 싶어서였다. 그러나 보험을 들기는커녕 어쩌다 계단에서 마주쳤을 때 인사를 해도 201호는 고개만 까딱하곤 지나쳐버렸다. 이번 기회에 아주 요절을 내야겠다고 여자는 생각했다.

그러나 오래 생각할 여유는 없었다. 뒤이어 자신의 모습이 화면에 나타나서였다. 깊은 새벽에 여자는 현관에서부터 뒷걸음질 쳐 로즈빌 입구로 나갔다. 예상대로 다행히 여자는 어느 곳에서도 방뇨를 하지 않았다. 다른 사람보다 유별나게 더 휘청대긴 했지만 추해 보일 정도도 아니었다. 화면을 바라보며 여자는 순간 입꼬리를 올렸다. 그러나 금세 표정을 일그러뜨렸다. 차 근처로 다가가던 여자 곁에 갑자기 한 남자가 나타났기 때문이었다.

화면 속의 남자와 여자가 신파극의 주인공처럼 보이는 것은 순전히 두 사람의 과도한 몸짓 탓이었다. 정황으로 보아 술에 취해 비틀거리는 여자를 남자가 부축했을 터였다. 그 와중에 남자가 여자를 부둥켜안았고 순전히 술의 힘에 의해 두 사람은 잠시 그 자세를 유지했을 것이었다. 물론 화면이 거꾸로 돌아가는 탓에 자세한 정황을 알아보기엔 불편했다. 여자가 잠시 정신을 잃은 것으로 이해할 수도 있는 상황이었다. 그러나 최근에 설치된 감시카메라의 성능은 지나치게 뛰어났다. 사람들은 둔하지 않았고 상황을 잘못 이해하지도 않았다. 소소하게 이어지던 말소리가 끊기고 공연한 헛기침이 여기저기서 튀어나오는 게 그 증거였다.

301호는 어찌할 바를 몰랐다. 계속 자리를 지키고 있어야 하는지 나가버려야 하는지 판단이 서지 않았다. 사람들도 마찬가지였다. 그럴 수도 있다고 아무렇지도 않은 척 아는 체를 해주어야 하는지 아니면 화면을 이해하지 못한 척 딴청을 부려야 하는지 헷갈려했다. 아주 잠깐 4평짜리 지하 사무실은 어색한 침묵에 휩싸였다.

"어째, 음식 쓰레기를 버리는 사람은 안 나오네요. 이제 그만 보고 차라리 주민들에게 다짐을 받아두는 게 어때요. 다들 바쁘실 텐데. 저도 이제 사무실에 나가봐야 해서요."

그때 반상회장이 말했다. 그는 급한 일이 생각난 듯 시계를 보며 어이쿠, 소리를 연발했다. 기다렸다는 듯 다른 사람들도 자리에서 일어나기 시작했다. 누군가는 허리를 과도하게 비틀었고 누군가는 하품을 했다. 그 사이에도 화면은 계속해서 거꾸로 돌아갔다.

　사람들이 나가도록 부산을 떨며 반상회장은 흘깃 모니터를 바라보았다. 모니터의 오른쪽 아래에 위치한 디지털시계는 정확한 시간의 보폭으로 과거를 향해 달려가고 있었다. 그건 이제 자신이 화면 속의 주인공이 될 순간에 직면했다는 것을 의미했다.

　"자 자, 오늘도 활기차게 지내시고요. 범인은 제가 어떻게 해서든지 잡아내도록 하겠습니다."

　마음이 급해진 반상회장은 양팔을 휘저었다. 누가 봐도 그는 무언가에 쫓기고 있었다. 사람들은 강권에 휩쓸리는 척 아쉬운 표정을 가장하며 기꺼이 자리에서 일어났다. 그 바람에 좁은 문은 휴일의 놀이공원 매표소처럼 순식간에 정신없어졌다. 서두르지 않는 건 오직 301호뿐이었다.

　결론적으로 반상회장은 조금 침착했어야 했다. 모여 앉은 여러 사람들의 입장은 각각 달랐다. 부산스러운 반상회장의 몸짓은 누군가에겐 반가운 구원의 신호였지만 반대 입장에 놓인 누군가에게도 전혀 다른 의미에서의 구원 신호가 되었다. 그건 홀짝처럼 매우 단순하고 명쾌했다. 화면의 주인공이 된 사람과 되지 않은 사람이 그것이었다. 그리고 이미 화면의 주인공이 되었던 301호는 어떻게 해서든지 자신의 치부를 나누어 가질 만한 누군가를 찾아내고 싶었고, 바로 그 상대가 반상회장이라는 것을 직감했다. 301호는 되도록 천천히 움직였다. 시간은 이제 새벽 한 시대로 접어들고 있었다.

그때였다. 결국 초조해하던 반상회장이 모니터를 향해 리모컨 버튼을 눌렀다. 그 동작은 결과적으로 사람들의 시선을 모으게 했다. 누군가 무언가를 가리키면 무심코 그곳을 쳐다보는 건 자연스러운 현상이었다. 실은 자연스러운 현상을 가장해서라도 간밤에 반상회장이 한 은밀한 짓을 확인해보고 싶은 게 사람들의 솔직한 심정이기도 했다. 기다렸다는 듯 문 앞에서 서성대던 사람들은 일제히 고개를 돌려 모니터를 바라보았다. 화면은 일시 정지된 상태였다. 마치 영화의 중요한 장면처럼.

사람들 입에서 한탄이 새어 나왔다. 기회를 포착한 301호의 목소리가 그중 컸다. 반상회장은 차라리 눈을 감았다. 화단에 뿌려댔던 오줌 줄기가 다시 제 안으로 자꾸만 들어오는 장면을 볼 용기가 나지 않았다. 안쓰러운 시선으로 친구를 바라보다 무심코 고개를 돌린 604호 남자의 목소리는 거의 신음에 가까웠다. 눈을 감은 반상회장은 그가 내는 신음 소리 때문에도 더욱 눈을 뜰 수가 없었다. 그는 자신이 갈겨댔던 오줌들이 고스란히 머릿속으로 쏟아지는 느낌을 받았다. 한편으론 은근슬쩍 감추어주지는 못할망정 더욱 요란하게 신음 소리를 내는 604호가 괘씸했다.

604호는 더 이상 자리에 앉아 있을 수가 없었다. 어제 먹었던 음식들이 배 속에서 다시 요동을 치기 시작했기 때문이었다. 자칫 숨이라도 잘못 쉬면 금방이라도 다시 온갖 것들이 입속으로 빠져나올 것만 같았다. 실제로 그는 몇 번씩이나 헛구역질을 했다. 그는 결국

방에서 뛰쳐나가고 말았다.

감시카메라의 성능은 지나치게 좋았다. 흑백이었음에도 불구하고 가로등 아래에 선 604호의 모습은 컬러 이상으로 선명했다. 토사물들은 커다란 공갈빵처럼 604호의 입에 매달려 있었고 나머지 것들은 504호의 왼쪽 발아래 동그랗게 쌓여 있었다. 방 안에 남은 사람들 역시 604호의 입에 들러붙어 있는 토사물들이 모니터 바깥으로 튀어나올 것 같은 느낌을 받았다. 토사물 특유의 시큼털털한 냄새들이 금방이라도 찐득찐득하게 옷에 달라붙을 것만 같아 울렁거리는 속을 간신히 달래야 했다. 사람들은 몸을 부풀리는 개구리들처럼 자리에 앉은 채로 끊임없이 볼을 볼록거렸다. 한편으론 왼쪽 발을 고스란히 내어준 채 꼼짝도 하지 않고 서 있는 반상회장의 뒷모습을 보며 대체 그가 빨리 피하지 않고 무슨 생각을 하고 있는 건지 궁금해하기도 했다.

모니터를 끈 건 301호 여자였다. 목적을 달성한 이상, 여자는 더이상 그 자리에 있고 싶지 않았다. 자연스럽게 자신과 시선을 교환하며 인상을 찌푸리는 사람들의 표정들을 보고 여자는 이제 아무도 전날 자신의 모습을 기억하지 않는다는 것을 확신했다. 자신의 치부를 잊게 해줄 대상이 반상회장이건 604호이건 여자로선 아무런 상관이 없었다.

반상회장도 눈을 떴다. 모니터는 꺼져 있었다. 그는 어떤 표정을 지어야 할지 난감했다. 사과를 할까도 싶었지만 입이 떨어지지 않았다. 말없이 어깨를 다독이거나 묘한 눈빛으로 자신을 바라보는 사람들 앞에서 고개를 숙였을 뿐이었다. 고개를 숙이며 그는 처음으로 감시카메라를 설치하자고 제안했던 일을 후회했다.

며칠 뒤, 선하품을 하며 출근을 하던 주민들은 게시판에 붙어 있는 공고문을 보았다. 공고문에는 전날 반상회에서 합의되었던 내용들이 15포인트의 완고한 궁서체로 인쇄되어 있었다. 분란의 원인이 된 음식 쓰레기의 주범은 감시카메라를 설치하고 처음 있는 일이니만큼 잡지 않기로 했다는 게 주된 내용이었다. 대신 이 일을 반면교사로 삼아 앞으로는 절대 그와 같은 무식한 일이 발생하지 않도록 하자는 내용이 각오처럼 매달려 있었다. '무식한'이라는 글자는 특별히 진한 빨간색으로 처리함으로써 집행위의 결의를 강조했다. 두 번째는 감시카메라의 숫자를 늘리기로 했다는 내용이었다. 이 안건은, 아예 감시카메라를 없애자는 의견과 팽팽히 대립되었으나 로즈빌의 계속적인 발전을 위해 지금의 결과로 낙착이 되었다고 했다. 필요한 경비는 지난번에 비축해두었던 공금과 몇몇 주민이 자진해서 내놓은 발전기금으로 충당하기로 했다고 했다. 단, 발전기금을 내놓은 주민의 요청에 의해 명단은 밝히지 않기로 정했다고 했다. 세 번째는 반상회장이 사퇴함에 따라 임시 반상회에서 추천을 받은 202호가 회장을 맡게 되었다는 내용이었다. 202호는 이미 지역사회에서 활발한 활동을 하고 있는바 앞으로 빌라의 이미지를 쇄신하는 데도 특별한 능력을 발휘할 수 있으리라는 게 집행위의 의견이었다. 사람들은 무심히, 혹은 진지하게, 또 혹은 자신들을 응시하고 있는 감시카메라와 공고문을 번갈아 보다 이내 출근을 서둘렀다.

연어가
돌아오는
계절

라면은 금방이라도 넘칠 듯 부풀었다. 질 낮은 습자지처럼 찢어진 떡국용 떡이 조잡한 장미 무늬 사이에 착 붙었다. 아이는 벌써부터 피시방 한 칸을 차지하고 게임에 열중하고 있었다. 양쪽 주머니엔 제 어미가 쥐어 준 동전들이 짤그락거리고 있을 터였다.

"오늘은 내가 쏠게요. 어차피 오늘이면 이 생활도 끝이거든요."

열 개의 동전을 주방 입구에 쏟으며 아이는 호기롭게 소리쳤다. 그러면서 정작 제 라면은 바라보지도 않았다. 그럴 만도 했다. 기억하기론 근 보름째였다. 찜질방의 음식이란 게 한 줄에 2천 원짜리 김밥과 라면을 빼곤 선택의 여지가 없다. 찜질방만 나서면 얼마든지 다른 음식을 먹을 수도 있겠지만 하루 세 끼를 다 사 먹어야 하는 아이로선 설사 여유분의 동전이 남았더라도 섣불리 선택할 수 없을 터이다. 그렇지 않더라도 동굴 속의 그것처럼 좀처럼 사라지지 않는 시간들을 생각하면 주머니 안의 동전들은 아이가 유폐된 시간을 버틸 수 있도록 해주는 비상식량이나 다름없는 것이다.

아이의 등 뒤에 박힌 찜질방 로고가 가을 햇살처럼 청명했다. 자주 빨아 한쪽 발이 지워진 남자는 허공에 뜬 채로 보트와 함께 어디론가 날아가는 듯했다. 여자는 산란장에서 멀지 않은 강 한편에 버려진 보트를 떠올렸다. 그 밑에 넣어둔 락앤락 용기는 어쩌다 파도라도 밀려와 바다로 떠밀려 가는 한이 있더라도 결코 누수 되는 일이 없을 거라는 걸 생각하며 슬며시 웃었다.

찜질방에 비치된 대형 텔레비전의 홈쇼핑 채널에서 처음 그 용기를 본 뒤 여자는 다음 날 출근을 하기도 전에 시내의 슈퍼에 들러 만 2천 원에 그것을 샀다. 노란 연기로 가득 찬 밀폐용기가 커다란 수조 안에서 배처럼 출렁거리던 모습을 떠올리며 먼 여행을 떠나는 자신을 막연히 상상했다.

밀폐용기 안에 들어 있는 작은 내의를 여자는 눈을 끔뻑이며 떠올렸다. 송어와 산천어, 열목어와 철갑상어를 연구한다는 한 연구소의 일용직 직원인 여자는 그곳에서 단 한 마리의 송어와 산천어, 열목어와 철갑상어도 보지 못했다. 하루에 5만 원을 받는 조건으로 연어의 배를 따고 날랐다. 생각해보면 지난 몇 주 동안 여자는 연어의 배 속에서 나온 알들로 잠자리를 구하고 식사를 해결해온 셈이었다. 그런 뒤 낯선 소읍의 거리를 거닐다 눈에 띄는 아기용품점에 들어가 당근이며 피망이 그려진 작은 내의를 사서 자신의 락앤락 밀폐용기에 나머지 돈과 함께 집어넣어버렸다. 여자가 지름 영 점 육칠 센티의 주홍빛 알들이 빼곡하게 들어찬 용기를 떠올리는 것은 그 때문이었다. 더 이상 돈이 들어가지 못할 정도로 용기가 차버린 뒤의 계획 같은 것은 없었다. 어디로든 떠나는 것도 괜찮지 않을까 생각도 하지만 어디까지나 막연한 상상일 뿐이다.

여자는 라면을 먹었다. 가닥가닥 잘린 면발이 목구멍으로 넘어갈 때마다 왕소금을 뿌린 것처럼 속이 쓰렸다. 찜질방에서 잠을 자게 된 뒤 라면으로 아침을 해결하기 시작하면서 생긴 증상이지만 여자는 개의치 않았다. 지표면에 닿은 새우처럼 가늘게 파닥거리는 가슴은 마지막 국물을 마신 뒤 주방에서 얻은 밍밍한 숭늉으로도 충분히 진정시킬 수 있을 것이었다. 아이는 여전히 게임방에서 꼼짝도 하지 않았다. 아이의 머리와 맞닿은 지점에 걸려 있는 일력의 빨간색 글씨가 선명했다. 11월 13일. 아이가 찜질방을 떠날 거라고 말한 날짜였다.

"누나 나 오늘 집으로 돌아가요. 엄마가 점심때 올 거라고 했거든요. 집에 가서 이젠 다시 학교도 다니고 친구들하고도 놀 거예요."

어느새 달려온 아이가 숨도 쉬지 않고 말들을 쏟아냈다. 환하게 웃는 아이를 감싸고 있는 다이얼 비누 향이 싱그러웠다. 무료할 때면 욕조 안에 들어가 수영을 한 탓에 아이는 찜질방 안의 누구보다도 청결했다. 그러나 미세하게 흔들리며 주위를 살피는 눈동자는 너무 오랫동안 혼자 지낸 불안을 쉽게 감추지 못했다.

안녕 꼬마야. 여자는 작별인사를 했다. 드라마에서 흔히 그러는 것처럼 뭔가 기념할 만한 거라도 주고 싶지만 딱히 떠오르는 것이 없어 그냥 아이의 머리를 비벼대는 것으로 대신하기로 했다.

"전화할게요 누나."

손을 흔들며 아이는 압축되듯 엘리베이터의 문밖으로 사라졌다.

날씨가 가을답지 않게 포근했다. 바쁘게 거리를 걷는 사람들 틈으로 얇은 티셔츠를 입은 사람을 찾는 일이 어렵지 않았다. 연어의 회귀율이 예년에 비해 특히 낮은 이유가 이상기후와도 무관하지 않다는, 작업장에서 누군가에게 들었던 말을 여자는 떠올렸다.

버스는 좀처럼 시간을 지키지 않았다. 드물지 않은 일이었다. 장날이거나 흥겹지 않은 마을 축제일이거나 비가 많이 오거나 관광객이 몰려들 때 버스는 어김없이 늦었다. 거리가 한산하거나 추수철이거나 초등학교 운동회로 마을이 텅텅 빌 때도 버스는 늦었다. 버스 정류장 앞에 있는 막 김이 오르기 시작한 분식점 냄비의 순대 꾸러미를 바라보며 여자는 버스가 오지 않는 도로를 향해 고개를 내밀었다.

그 순간 여자는 중심을 잃고 휘청거렸다. 바람에 날리는 책장처럼 툭툭 자꾸만 옆쪽으로 흔들리는 몸을 추스르려 애쓰지만 충격이 멈추지 않았다. 만원버스에 탔을 때처럼 낯선 사람들의 몸이 불쾌하게 와 닿았다. 그제야 여자는 여느 때 같지 않게 정류장 근처가 매우 번잡스럽다는 생각을 했다. 시동을 끄지 않은 경찰차가 끊임없이 네온등을 밝히며 오래전부터 주위의 시선을 끌고 있었다는 사실도 깨달았다.

여자가 서 있는 뒤쪽의 계단에서 내려온 사람들은 좀 들떠 보였다. 파란 제복 차림을 한 경찰 하나가 다소 거만한 표정으로 주위를 훑어본 뒤 대기하고 있는 차 안으로 들어갔고 미처 겉옷을 걸치지 못한 남자가 고개를 숙인 채 뒤를 이었다. 남자의 손목을 두르고 있는 은빛 고리가 생경스럽게 빛났다.

여자는 한쪽으로 비켜서며 이른 아침의 낯선 풍경을 바라보았다. 사복을 입은 남자들과 흥분해 있는 여자들, 머리를 들이밀며 구경을 하는 행인들과 그들을 제지하는 경찰들, 목에 건 망원렌즈가 장착된 카메라가 힘겨워 보이는 지방지 기자와 주위의 상인들을 무심하게 바라보던 여자는 언뜻 정류장 끝 쪽에 막 자리를 잡고 있는 버스를 발견하고 뛰기 시작했다. 사람들 틈을 헤집고, 낯선 사람들을 밀고, 누군가의 욕하는 소리를 뒤로하며 여자는 겨우 버스에 올라탔다.

창가에 자리를 잡고 여전히 유리창 너머에서 펼쳐지고 있는 소리가 거세된 풍경을 그림엽서 보듯 바라보았다. 그리고 한 여자를 발견하곤 잠시 엉덩이를 들었다. 검은색 트레이닝복을 입은, 은색 고리에 손을 묶인 갈색 머리의 여자가 이상하게 낯설지 않았다.

김 선생은 아직도 2퍼센트의 벽을 넘지 못하고 있다고 계속해서 투덜거렸다. 3퍼센트의 회귀율을 보이고 있는 선진국에 비하면 터무니없이 모자란 수치라고도 했다. 채란실 한쪽에 앉은 여자는 그의 말을 들으며 북태평양의 알래스카와 베링 해를 향해 달려가는 수천만 마리의 치어 떼를 떠올렸다. 배지느러미가 절단된 7센티미터 크기의 치어들이 맞닥뜨렸을 수많은 복병들을 생각했다.

조용했던 채란실이 갑자기 소란스러워졌다. 강에 나갔던 사람들이 돌아온 것이었다. 오늘은 제법 많이 들어왔어요. 우리 새끼들도 꽤 많은 것 같구요, 라고 소리치는 사람들의 목소리가 밝았다.

"거 반가운 소리네. 어디 보자. 정말 우리 식구들도 꽤 되는걸."

방금 전까지 신경질적으로 서류철을 뒤적이던 김 선생이 바닥에 주저앉아 연어들을 살피기 시작했다. 배지느러미가 절단된 연어를 발견할 때마다 그는 어린아이처럼 환하게 웃었다.

자리를 잡고 누운 연어들은 언뜻 보기에도 다른 날보다 많았다. 호되게 얻어맞았을 이마 부분들이 검붉었다. 그중 유난히 흰 배를 드러낸 연어의 눈을 여자는 물끄러미 들여다보았다. 붉은 반점이 구름처럼 고루 퍼졌다는 건 온몸 가득 포란 상태에 놓여 있다는 뜻이었다. 수천 킬로미터를 달려오는 동안 낯선 손들에 의해 이렇듯 무방비 상태에 놓일 줄 꿈이나 꾸었을까. 날카로운 이를 드러낸 채 죽은 듯 혼절해 있는 연어를 여자는 조심스럽게 만져보았다. 손끝에 바다 냄새가 묻어나는 듯했다.

사람들은 바쁘게 제자리로 돌아갔다. 연어가 깨어나기 전에 모든 일을 끝내야 하는 것이다. 여자도 자리에 앉아 한껏 벼려진 칼날을 방금 보았던 연어의 배에 가져다 댔다. 칼날은 슬쩍 스치기만 해도 온몸을 베어버릴 듯 날카로웠다.

여자는 1차로 들어왔던 것들 중 마지막 연어의 배를 갈랐다. 첫 배를 가를 때의 순정한 느낌은 이미 사라지고 없었다. 조심스럽게 만져보던 붉은 구름 모양의 반점도 더 이상 신비롭지 않았다. 아무리 떼어내려 해도 손가락 마디마다 끝도 없이 달라붙는 연어알의 느낌이 여자는 두렵기까지 했다. 힘주어 칼자루를 잡은 탓인지 팽팽하게 당겨진 고무줄처럼 손목이 뻣뻣해졌다.

"징그럽네, 그놈의 알들. 이게 대체 몇 개야. 일 다 끝났으면 이것 좀 도와줄래."

갑작스러운 소리에 여자는 처음으로 고개를 들었다. 긴장한 뒷목이 묵지근했다. 남자가 그런 여자를 내려다보고 있었다. 그는 한 달 전 여자가 에스더의 집 원장 소개를 받고 이곳에 왔을 때부터 관심을 감추지 않았다. 해마다 연어가 돌아오는 두 달 동안만 이곳에서 일을 한다는 그가 원래는 전국을 돌아다니며 조경 일을 했다는 것은 언젠가 우연히 같은 식탁에서 점심을 먹게 되었을 때 알게 된 일이었다. 그 이후부터는 노골적으로 여자에게 들이댔다. 실수를 가장하여, 좁은 통로를 핑계 삼아 여자의 엉덩이에 손을 대기도 했다.

뭐라 말할 새도 없이 남자는 여자에게 떠밀다시피 연어를 안겨버렸다. 얼떨결에 연어를 받은 여자는 난감한 표정으로 그것을 내려다보았다.

"어떻게 하는지는 알지. 이렇게 이물질을 빼낸 다음에 자, 쏘세요."

남자는 여자의 손을 잡아끌어 수컷의 배에 가져다 대도록 했다. 그런 뒤 복권 추첨을 하는 것처럼 열 개의 손가락에 지그시 힘을 주며 외쳤다. 굳은살 박인 남자의 손가락이 여자의 손등을 문어처럼 휘감고 들어왔다. 거부할 수 없는 완강함이 남자의 손끝에서 느껴졌다. 당황한 여자는 고개를 돌려 남자를 바라보았다. 히죽, 잇몸을 드러내며 그가 웃었다.

"봐. 정자가 알들을 감싸 안는 걸. 사람과 다를 바 없잖아."

남자의 뜨거운 입김이 귓불로 흘러 들어왔다.

남자에게 결박당한 채, 여자는 출렁이는 연어알 틈으로 순식간에 섞여 들어가는 젖빛의 정자를 바라보았다. 한데 뭉쳐 불투명하게 변해가는 알들은 전혀 아름답지 않았다. 남자는 더욱 몸을 밀착시켜 왔다. 여자는 주위를 살폈다. 벌써 일을 끝낸 사람들은 새로 들어올 연어들을 기다리며 채란실 밖에서 휴식을 취하고 있었다. 간혹 담수에 수정된 알을 담그는 사람들도 있었지만 수상쩍게 한데 붙어 있는 여자와 남자에게 아무런 관심도 두지 않았다.

그러던 짧은 순간 온몸의 솜털이 와와 아우성치며 일어나는 걸 여자는 감지했다. 오줌이 마려운 듯 다리가 꼬이기도 했다. 내밀한 곳에서부터 감전된 전류가 혈관을 타고 여자의 온몸을 돌아다녔다. 자신의 몸에 대해 여자는 돌연 수치심을 느꼈다.

여자는 소리를 지르며 몸을 비틀었다. 소리에 놀란 남자가 황급히 여자에게서 떨어졌다. 떨어진 건 남자만이 아니었다. 정자를 주기 위해 기력을 소진한 연어도 여자에게서 떨어져 나갔다. 그 바람에 정자와 엉켜들던 알들이 쌀처럼 쏟아졌다. 하혈의 흔적처럼 바닥이 붉었다.

아기는 전혀 뜻밖의 곳에서 세상에 몸을 드러냈다. 안 좋은 예감은 늘 정확하다는 사실을 짧지 않은 생애에 체득했던 여자는 그날 아침 출근을 하던 중 갑작스러운 동통을 느끼고 가던 방향을 바꾸어 반대편으로 향했다. 채 9개월도 되지 않았지만 간헐적인 통증이 예사로 느껴지지 않았다.

목적지가 있는 것은 아니었다. 여자가 또래에 비해 다소 조숙한 것은 사실이었지만 정기적으로 산부인과에 다닐 만큼은 아니었다. 그녀는 올해 고등학교를 졸업했고 동물병원에서 강아지나 고양이의 털을 빗겨주는 숫기 없는 풋내기 직원에 불과했다. 단 한 번의 봉변이 그토록 오랜 시간 자신을 옭아맬 줄은 꿈에도 생각하지 못할 만큼 어리석기도 했다.

게다가 일이 있던 그날은 배란일도 아니었다. 규칙적이던 생리가 별안간 끊겼을 때도 여자는 애써 잦은 야근 탓으로 돌리려 했다. 그랬기 때문에 자신의 몸 안에 반딧불이 같은 생명체 하나가 똬리 틀게 되었다는 걸 알고 나서도 낙담만 했을 뿐 별다른 조치를 취하지 않았다. 어느 날 갑자기 지구가 폭발해버리거나 어디선가 들었던 누군가의 이야기처럼 계속되는 야근으로 인해 누적된 피로가 자신의 몸을 흠집 내기를 기대할 뿐이었다. 그러나 시간은 너무 빨리 지나가 버렸고 예정된 불행조차 제시간에 도착하지 않고 앞당겨 찾아왔다.

잦은 배변감에 여자는 전철이 정차하는 곳마다 내려 화장실을 찾았다. 이상하게 변기에 앉아 숨을 쉴 수가 없었기 때문에 압박붕대를 매번 풀어내고 되감는 데 많은 시간을 들여야 했다. 너무 꽉 조여진 배에 두드러기가 촘촘히 박혀 있어서 다시 붕대를 감기 전에 손톱이 자란 손가락으로 득득득 몇 번씩이나 배를 긁기도 했다. 그러다 여자는 어느 순간 온몸의 내장이 뭉텅 빠져나가는 듯한 느낌을 받았다. 오랫동안 제거되지 못했던 숙변이 해결되는 듯했다.

일어설 수도 앉아 있을 수도 없었다. 털실 같은 탯줄은 여자와 아기를 절대 떨어뜨리지 않으려는 듯 투박하기만 했다. 엉거주춤 엉덩이를 든 채로 여자는 가방 안에 들어 있던 손톱 가위로 오랫동안 탯줄을 잘라냈다. 변기 가득 핏물이 고였다. 아기는 겁에 질린 양 주먹을 쥔 채 울지 못했다. 여자는 화장실 밖에서 사람들이 들락거리는 소리를 들었다. 갑작스러운 한기에 치아가 모스부호처럼 부딪쳤다. 아무것도 생각나지 않았다. 전화를 걸 만한 몇몇 사람들의 얼굴이 떠올랐지만 번호를 검색하지는 않았다. 대신 여자는 시체놀이를 하는 아이처럼 눈을 감았다.

"아니 무슨 짓이야!"

막 채란실로 들어서던 김 선생이 그 순간 난감해하는 여자를 보고 달려왔다. 여자를 보았다기보단 바닥에 흥건한 연어알을 발견했다는 표현이 정확하다.

"뭐 해요! 빨리 담지 못하고."

김 선생은 바닥에 주저앉아 옆에 놓인 플라스틱 용기에 정신없이 연어알들을 담아냈다.

그러나 차가운 시멘트 바닥에 내동댕이쳐진 연어알들이 더 이상 부화의 기회를 갖지 못할 거라는 것은 김 선생 자신이 가장 잘 알고 있을 터였다. 이미 익은 동태알처럼 하얗게 변한 알들이 드문드문 생겨나고 있었다. 네 번째 연어였으니 족히 만 개는 될 것이었다. 아무리 빨리 담수에 집어넣어준다 해도 그중 몇 마리나 지느러미가 잘린 채 동해를 떠나 베링 해로 스며들 수 있을까. 여자는 온몸의 물기가 거품이 되어 자신에게서 떨어져 나가는 착각에 몸을 떨었다.

여자를 바라보는 김 선생의 눈에 경멸이 가득했다. 분명 강에서 왔을 텐데도 차림새에 흐트러짐이 없었다. 왼쪽으로 둥글게 빗어 넘긴 앞머리가 단정했다. 그랬기 때문에 그가 그토록 감추고 싶어 하는 탈모의 현상이 한눈에 들어와서 하마터면 여자는 웃을 뻔했다. 물론 그토록 차가운 눈빛의 의미를 여자는 알고 있었다. 이곳은 좁은 도시였고 제아무리 소소하게 굴러다니는 소문에 둔하다 할지라도 아주 귀를 막고 다닐 순 없는 일이었다. 게다가 그는 인공 방류의 책임자였다. 또한, 중요한 일은 아닐지라도 이 도시의 젊은이들에게 주어지던 일자리를 전혀 낯선 여자에게 주도록 했을 때는 에스더의 집 원장도 어떤 언질이든 연구소 쪽에 주어야 할 필요성을 느꼈을 것이었다. 한 번도 곁길을 걸어본 적이 없었을 김 선생으로서는 불편한 소문을 꼬리처럼 달고 다니는 그녀가 못마땅했을 게 틀림없었다. 죄송하다고, 여자는 진심으로 말했다. 그러나 그는 귀담아 듣지 않았다.

남자는 사람들 틈에 섞여 그런 김 선생과 여자를 바라보았다. 표정이 너무나 무심해서 낯설었다. 때문에 어느 순간 눈이 마주쳤을 때에는 오히려 여자 쪽에서 먼저 불편함을 느끼고 고개를 돌려야 했다.

늘 그런 식이었다. 비의는 정교하게 연결된 고리처럼 맞물려 일어났다. 여자에게 일어났던 갑작스러우면서도 소소한 일들, 이를테면 아버지의 파산과 뜻하지 않은 어머니의 실명, 고등학교 3년 내내 보던 교과서를 몽땅 태워버리던 날 들었던 대학 합격 소식과 동시다발적으로 진행된 집의 경매와 개털이 끊이지 않던 동물병원에서의 사무원 노릇과 늦은 야간 근무를 마치고 돌아오던 어두운 골목에서 나타난 낯선 남자, 하다못해 지하도의 에스컬레이터에서 굴러떨어져 한동안 깁스를 해야 했던 일. 그럼에도 불구하고 악착같이 질긴 생명을 이어가던 배 속의 아이까지, 불과 1년 사이에 여자가 겪어야 했던 모든 일들이 그런 식이었다. 그에 비하면 그 이후로는 모든 것이 비교적 순조로웠다고도 할 수 있다.

눈을 떴을 때 여자의 눈에 제일 먼저 들어온 것은 얇은 옥양목 커튼 사이로 스며 들어오던 맑은 빛이었다. 바닥은 청결하고 훈훈했다. 그래서였는지는 몰라도 순간 여자는 그간 겪어야 했던 모든 일들이 꿈이었을지도 모른다고 생각했다.

많이 놀랐을 거라고, 말하는 원장의 목소리는 친절하고 따뜻했다. 또래로 보이는 계집애들이 주위에 옹기종기 모여 앉아 제각기 한 마디씩을 내뱉었다. 한결같이 부기가 빠지지 않아 피부가 부옇게 올라 있었다. 아기는 잠들어 있었다. 가끔 몸을 비틀며 양손을 들어 올렸다. 그럴 때마다 야구공만 한 얼굴이 토마토처럼 빨개졌다.

에스더의 집에서는 서로에게 아무것도 묻지 않았다. 밝은 이야기만 해야 한다는 것에 대해 모두들 암묵적으로 동의했으므로 어린 엄마들의 표정은 늘 보름달처럼 환했다. 그러나 평화로운 하루를 마치고 각자의 자리에서 돌아누울 때의 한숨까지는 감출 수 없었다.

아무것도 묻지 않는 게 다행이긴 했지만 사실 별 할 이야기도 없었다. 여자가 품고 있는 상처란 것들은 그곳의 사람들이라면 누구나 한 보따리씩 가지고 있는 시시한 일상에 지나지 않았기 때문이었다. 대신 유행하고 있는 미용 기술과 십자수 기법과 문서 작성 수준에서 벗어나지 않는 컴퓨터 사용법이 새로운 관심거리로 대체되었다.

연어가 돌아오고 있다고 했다. 로비에 마련된 로코코풍의 소파에 몸을 파묻고 여자는 텔레비전 화면 가득 넘쳐나는 연어들에게서 눈을 떼지 못했다. 시속 200킬로미터의 속도로 긴 여행에서 돌아오는 연어들은 날렵하고 아름다웠다. 일생에 단 한 번뿐인 산란을 위해 끝도 없이 이어지는 행렬은 장엄하기까지 했다.

아기들은 젖냄새 나는 배냇저고리와 기저귀를 남겨둔 채 여행을 떠나듯 조용히 방을 빠져나갔다. 새로운 엄마를 만날 때까지 아기들은 위탁모의 품에서 우유로 키를 키우며 지내게 될 것이었다. 어린 엄마들은 각자의 방에 틀어박혀 나오지 않았다. 빨간 벽돌로 이루어진 에스더의 집 통로에서마다 피리 소리가 흘러나왔다. 어린 엄마들의 숨죽인 울음소리는 가느다란 음악에 섞여 다행히 들리지 않았다. 가끔 부풀어 오른 젖을 짜내기 위해 몇 명이 짝을 지어 조용히 화장실로 가곤 했다.

막 동해에 도착한 연어들을 클로즈업하는 것으로 다큐가 끝날 때까지 여자는 텔레비전에서 눈을 떼지 못했다. 초등학교 운동회 날 100미터 달리기를 위해 자세를 잡았을 때처럼 가슴이 두근거렸다. 연어를, 그것도 온전하게 살아 파득거리는 그것을 한 번도 본 적이 없었지만 불가해하게 자신을 뒤흔들어놓는 그것의 실체를 당장이라도 확인하고 싶었다.

그때 누군가 여자의 어깨 위에 손을 얹었다. 원장이었다. 손님들을 맞이하고 아기들을 보내고 방마다 숨어 있는 어린 엄마들을 위안하느라 원장은 하루 만에 폭삭 늙어버린 것 같았다. 그럼에도 마지막 남은 여자가 딴마음을 먹는 일이 없도록 하기 위해 자신의 임무에 충실하려 애썼다. 여자처럼 겉으로는 무심하게 앉은, 특히 다른 사람과 어울리지 않고 아무 말도 하지 않는 사람이 정작 사고를 낼 가능성이 크다는 걸 원장은 오랜 경험을 통해 알고 있었다.

연어잡이를 해보고 싶다고, 다큐 중간에 잠깐 나왔던 인공 방류를 떠올리며 여자는 말했다. 에스더의 집에서 몇 주를 지내는 동안 아기들이 떠날 때마다 평소 하고 싶었던 말들을 내뱉던 다른 여자애들이 그랬던 것처럼. 연어잡이라고? 원장은 의아해했다. 여자는 고개를 끄덕였다. 원장의 등 뒤로 보이는 소파의 담채색 꽃잎이 은은했다. 아직 몸이 제대로 회복되지도 않았을 텐데. 게다가 이제까지 배운 미용 기술은 어쩌고. 조금 있으면 자격시험 날짜도 돌아오는데. 자신을 걱정하는 원장의 진심을 여자는 믿었다. 그러나 미용 기술은 여자가 선택한 일이 아니었다. 배식을 받듯 정해지는 대로 따랐을 뿐이었다.

다니던 직장이 있다고, 연락을 해두었으니까 다시 일할 수 있을 거라고, 다만 낯선 곳에서 바람이라도 쐬고 싶을 뿐이라고 여자는 말했다. 물론 여자를 기다리고 있는 건 없었다. 동물병원에 있는 여자의 책상에는 이미 다른 사람의 핸드백이 올려져 있을 것이었다. 원장은 정 그렇다면 한번 알아보겠다고 말하며 자리에서 일어났다. 그리고 사흘 뒤 여자는 난생처음 강원도로 가는 버스에 몸을 실었다.

김 선생의 시선이 여자의 오른쪽 주머니에 와 닿았다. 여자는 서둘러 주머니에 손을 집어넣어 휴대전화를 잡았다. 간헐적으로 요동치던 진동이 이내 멈추었다.

"제발 조심 좀 해. 한 생명 한 생명이 얼마나 소중한지 몰라! 네 아기 같으면 이렇게 내동댕이치겠어?"

손에 달라붙은 알들을 신경질적으로 떼어내며 김 선생은 다시 한 번 화를 냈다. 그러나 이런 식으로 일을 하면 대체 무슨 일은 할 수 있겠냐, 라고 말할 때의 그는 분명 무심코 내뱉은 자신의 말을 후회하고 있는 것처럼 보였다. 눈에 띄게 표정을 누그러뜨리며 아무튼 조심하라는 말로 일을 마무리하는 것을 보면 틀림이 없었다. 그는 상식적인 사람이었지만 남의 상처를 덧나게 할 정도로 악의적인 사람은 아니었다. 여자는 고개를 숙였다.

아무 일도 없었던 것처럼 일은 계속되었다. 강에서 돌아온 사람들은 연어를 암컷과 수컷으로 분리했고 기다리고 있던 사람들은 배를 갈랐다. 남자는 아무렇지도 않게 여자 옆에 서서 여전히 알을 향해 수컷의 정자를 쏘아댔다. 여자는 바닥에 놓여 있던 호스를 들어 조금씩 물을 흘려보냈다. 붉은 모래처럼 박혀 있던 알들은 작은 물살에도 쉽게 쓸려나갔다.

이런 식으로는 아니었지만 마지막 연어가 돌아오기 전에 이 일을 그만두리라는 걸 여자는 진작부터 알고 있었다. 시기를 정하지 못했을 뿐이었다. 이 일이 여자는 지겨웠다. 그날, 복숭아처럼 부옇게

살이 오른 아이가 낯선 위탁모의 품에 안겨 떠날 때 여자가 로코코
풍의 소파에서 보았던 연어의 모습은 이처럼 알을 쏟아놓은 채 무
기력하게 죽어가는 것이 아니었다. 집게같이 튀어나온 연어의 입은
매우 고집스러워 보였다. 고집스러울 만큼 확신에 가득 차 보였다.
등에서부터 빛을 내며 내려온 남회색의 물결무늬는 도도하기 짝이
없어서 도약하기 위해 두 쪽으로 갈라진 꼬리지느러미가 위로 향할
때면 장대높이뛰기 선수처럼 날렵하고 아름다웠다. 여자는 들고 있
던 호스로 이때까지 자신이 쓰던 칼을 깨끗이 닦았다. 그런 다음 곁
에 있는 쓰레기통에 집어넣은 뒤 김 선생에게로 다가갔다.

그만두겠다고 말을 하자 김 선생은 앉은 자리에서 여자를 올려다
보며 물었다.

"내 말이 그렇게 서운했나."

어이없어하는 표정이 역력했다. 그런 게 아니라 실은 떠나야 할
때가 되었다고, 우연히 일이 맞아떨어졌을 뿐이라고 말했지만 그는
믿지 않았다.

"그럼 내일 다시 나와라. 총무과에 이야기해서 이번 달 급료를 지
불하도록 해놓을 테니까."

어쨌거나 더 이상 묻지 않고 김 선생은 쉽게 일을 마무리 지었다.
겉으로는 언짢아했지만 일도 잘하지 못하는 데다 말수까지 적어
다루기 불편했던 여자의 퇴직이 내심 반가웠을 것이었다.

연구소를 나서자마자 기다렸다는 듯 바람이 몰려왔다. 여자는 잠

깐 고개를 돌리고 주춤거렸다. 아침과는 눈에 띄게 기후가 달라져 있었다. 플라타너스 이파리처럼 넓게 퍼진 바람에서는 서늘한 기운이 묻어났다. 그때 채란실 쪽에서 남자가 담배를 피우며 나오는 게 보였다. 천천히 걸어오다 여자와 눈이 마주치자 잠시 주춤대는 듯했다. 망설이던 남자는 손에 들고 있던 담배를 발로 비벼 끈 뒤 여자 쪽을 향해 곧장 걸어오기 시작했다. 그대로 서 있어야 할 것인가, 아니면 반대 방향으로 걸어가야 할 것인가 여자는 잠시 망설였다. 그러다 결국 그 자리에 섰다.

"나 때문에 그만두는 거라면…… 미안하다……."

뜻밖이었다.

"그리고, 이거."

남자는 손에 들고 있던 물건을 불쑥 앞으로 내밀었다. 묵직한 검정 비닐봉지가 추처럼 흔들거렸다.

"연어야. 그런대로 싱싱하니까 요리를 해서 먹을 수 있을 거야."

남자는 소년처럼 겸연쩍어했다. 말을 한 뒤 발에 걸리는 돌멩이를 툭툭 차댈 때는 천진해 보이기도 했다. 생각했던 것만큼 나쁜 사람은 아니라는 생각이 들었다.

"그럼 잘 가고."

남자는 어색하게 손을 흔들며 웃었다. 어금니에 박힌 은니가 반짝 빛을 냈다.

괜찮다거나 잘 지내라는 말은 하지 못했다. 누군가와 만나고 헤어지는 일에 서투른 여자는 그런 식의 인사는 불편하고 어색해서 피하는 게 습관이 되어 있었다. 다만 어기적어기적 걸어가는 남자의 뒷모습을 오랫동안 지켜볼 따름이었다. 막상 남자가 사라지자 갑자기 가슴이 먹먹해졌다. 어디로 가야 할지 엄두가 나지 않았다. 여자는 강을 향해 천천히 걷기 시작했다.

상류에는 제법 많은 사람들이 모여 있었다. 연어잡이가 관광상품으로 자리 잡게 된 뒤부터 생겨난 현상이었다. 여자는 그 강의 한 편에 덩그러니 놓여 있는 보트 옆에 앉았다. 돌고래의 그림이 희미한 그 보트는 여자가 처음 이 강을 찾았을 때부터 그 자리에 있었다. 한때는 날렵하게 강을 가로질렀을 선미에는 누군가 담아놓은 모래며 자갈 들이 가득 들어 있었다. 모래와 자갈 안에 감추어져 있는 락앤락 용기를 꺼내어 여자는 눈앞까지 비스듬히 들어 올려 보았다. 작은 내의 한 장이 나뭇잎처럼 흔들렸다.

원장의 다짐이 아니더라도 아기에 대해선 무엇이든 궁금해하는 일이 없을 거라고 그날 여자는 생각했었다. 여자에게 있어서 모성이니 하는 따위의 말들은 아직은 낯설고 두렵고 우습기까지 한 표현이었다. 그러나 정확히 13일을 일한 뒤 10월의 마지막 날 급료를 받고 나서 제일 먼저 한 일은 엉뚱하게도 읍으로 나가 작은 내의 한 벌을 산 것이었다. 그 내의를 아기에게 전해줄 수 없다는 사실은 물론 잘 알고 있었다. 무엇보다 아이가 얼마나 무서운 속도로 자라는지도 여자는 알지 못했다.

그때 주머니에 들어 있던 휴대전화가 흔들렸다. 김 선생의 책망을 듣고 있을 때 느껴지던 진동을 떠올리며 여자는 전화기를 꺼내 들여다보았다. 낯선 번호였다. 전화를 받기 전에는 절대로 끊지 않을 듯한 완강함이 느껴졌다. 여자는 조심스럽게 통화버튼을 눌렀다.

찜질방 아이였다. 누나, 라고 불러만 놓고 아이는 아무 말도 하지 않았다. 정체를 알 수 없는 소란스러운 소리들이 바늘처럼 귓속으로 꽂혀 들었다. 듣지 않아도 아이의 우울이 감염되어오는 것 같았다. 엄마와 함께 집으로 돌아간다며 환하게 웃던 아이는 더 이상 없는 것이다.

버스를 타고 연구소로 오던 아침 정류장에서 여자는 이미 아이가 엄마와 함께 제 집으로 돌아가지 못하리라는 걸 알고 있었다. 아이는 더 오랫동안 찜질방에서 김밥이나 라면으로 끼니를 때워야 할 것이었다. 그런데 아이는 왜 전화를 한 걸까. 당혹스러웠다. 여자는 아이를 특별하게 여긴 적은 없었다. 오늘 아침 엘리베이터 문 사이로 손을 내밀며 전화번호를 알려달라고 했을 때도 무심코 적어 주긴 했지만 설마 연락을 하리라곤 꿈도 꾸지 않았었다. 지금 자신에게 기대려는 아이가 여자는 부담스러웠다.

"엄마가 안 왔어요, 누나."

아이는 담담하게 말했다. 그랬구나.

"어쩌면 아주 오랫동안 오지 못할지도 모른대요. 집에는 가지 못할 것 같아요."

그래.

"하지만 괜찮아요, 누나. 대신 다른 데 왔어요. 나 태어나서 바다는 처음 봐요. 이렇게 가까운 곳에서 갑자기 바다가 나타날 줄은 꿈에도 몰랐어요. 우리 엄만 매일 너무 바빠서 나를 데리고 다닐 틈이 없었거든요. 바다가 텔레비전에서 봤던 것보다도 훨씬 넓어요. 여름이면 수영도 하고 훨씬 좋았을 텐데."

아이는 쉴 새 없이 떠들어댔다. 목소리가 지나치게 컸다. 지금 어디에 있느냐고 묻자 아이는 모르겠다고 했다. 버스를 타고 가다 바다가 보여서 내렸다는 것이었다. 여자는 자리에 앉은 채로 소나무 숲 너머의 바다로 연결되는 지점을 바라보았다. 개미처럼 한데 몰려다니는 사람들이 멀리 바라보였다. 그들 중에서 아이가 보일 리 만무했다. 어쩌면 아주 멀리 가버렸을지도 모를 일이었다.

"사람들도 많아서 신이 나요 누나. 꼭 축제라도 열린 것 같아요. 나도 어디론가 멀리 여행을 떠나고 싶어요."

여자는 자리에서 벌떡 일어났다. 언젠가 전철역에서 갑작스러운 배변감에 정신없이 화장실을 찾았을 때처럼 마음이 급해졌다. 한쪽 지느러미가 잘려버린 치어 한 마리가 무리에서 이탈해 낯선 곳으로 흘러가는 듯한 착각에 여자는 몸서리를 쳤다. 당근 무늬의 내의 한 벌이 든 밀폐용기와 남자가 건네준 연어 한 마리를 양손에 들고 여자는 바다를 향해 서둘러 걷기 시작했다.

브라보,
스위트 홈

1

화장대 서랍을 연다. 립스틱이며 끝이 뭉툭한 솔 따위가 충격에 흔들려 나온다. 마음을 다잡으며 천천히 서랍 안의 물건들을 뒤적인다. 작은 벌레가 귓속을 기어 다니는 듯하다. 목과 어깨에 소름이 돋는다.

서랍 안이 왜 이렇게 복잡한 것일까. 보이는 대로 집어내지만 서랍은 빌 줄을 모른다. 참지 못하고 바닥에 서랍을 엎어버린다. 물건들이 쏟아진다. 까맣게 변색된 동전이 방을 가로질러 구르다 침대 밑으로 쑥 들어간다. 마음이 바빠진다. 바닥에 무릎을 꿇고 서둘러 물건들을 뒤적인다. 귀에서 다시 신호가 인다. 이번에는 더 오랫동안 소름이 끼친다. 귓속의 솜털이 일제히 일어나 사각대는 소리가 머리까지 울린다. 참지 못하고 손가락을 갖다 댄다.

엄지손가락을 양쪽의 귀 뒤에 대고 앞으로 밀어본다. 조금 시원해진다. 팔뚝에 솟았던 소름들이 가라앉는 것도 같다. 호흡을 조절하며 귀 부근을 긁는다. 밤사이 가라앉은 딱지가 손끝에 잡힌다. 목구멍 끝에서 미끈한 무언가가 슬금슬금 올라오는 것 같다. 이제 겨우 굳기 시작한 딱지를 손톱 끝으로 민다. 사르르한 통증이, 귀 끝에서 느껴진다. 순간 질퍽한 액체가 손끝에 묻어난다.

문득 떠오른 생각에 바닥에 엎드려 침대 밑을 본다. 굴러간 동전이 보인다. 침대의 먼지에 둘러싸인 그것은 벌레처럼 흉물스럽다. 손을 뻗어 침대 밑을 더듬는다. 잃어버렸다고 생각했던 립스틱이 손에 잡힌다. 언젠가 화장품 가게 점원이 젊어 보인다고 너스레를 떠는 통에 엉겁결에 산 것이다. 다음 날, 립스틱을 발랐을 때 출근 준비를 하던 세헌은 인상을 찌푸리며 말했다. 그걸 계속 바를 생각은 아니겠지, 보기 불편하군. 그 뒤로 보이지 않더니 침대 밑에 들어갔던 모양이다. 명옥은 좀 더 깊이 손을 뻗는다. 손바닥으로 바닥을 쓸어 본다. 온갖 물건들이, 채 짐작되지 않는 무언가가 손바닥에 잡히고 쓸려나간다. 그 사이에도 귀는 달아오른다. 그때, 면봉이 잡힌다.

서둘러 꺼낸 면봉에는 무언가 잔뜩 엉켜 있다. 언제 것이었는지 짐작도 가지 않는, 흉물스럽게 변한 콘돔이다. 안이 지나치게 뻣뻣한 건 필시 세헌의 몸에서 나와 가뭇없이 죽어간 정액 때문일 것이다. 신혼 시절, 마음만 먹으면 언제든 아기를 가질 수 있다고 자신했을 때 사용했을. 천천히 콘돔과 먼지를 분리한다. 면봉은 누렇고 딱딱하게 변해 있다. 표면의 솜을, 조금씩, 떼어낸다.

명옥은 부스스 일어난 면봉의 솜을 가지런히 모은 뒤 귓속에 넣었다. 양손과 발끝에서 소름이 돋았다. 천천히 귀를 긁었다. 음반 위의 먼지를 털어내듯, 애인의 부드러운 어깨를 어루만지듯. 면봉이 닿는 곳마다, 꺼끌꺼끌한 촉감이 느껴지는 곳에서, 미세한 반응이 일어났다. 저절로 양쪽 어금니가 깨물어졌다. 가장 예민한 부분, 촉수를 곤추세우다 면봉이 닿으면 사르륵, 소리를 내기도 하는 마지막에 이르렀을 때 명옥은 문득 손목과 얼굴이 뻐근해짐을 느꼈다. 잠복해 있던 귓속 진물들이 물줄기처럼 퍼지는 바로 그 순간이었다.

명옥은 침대에 누웠다. 피곤이 몰려왔다. 머리맡에 놓인 티슈를 한 장 빼서 귀에 갖다 댔다. 진물과 함께 선홍색 피가 묻어났다. 경직된 얼굴 근육을 풀기 위해 입을 벌렸다. 귀를 긁고 나면 얼굴 근육을 마음대로 움직이기가 힘들었다. 뻐근하고 이둔했다. 쉽게 깨지 않는 마취 주사를 맞은 것 같기도 했다. 얼굴이 터져라 벌려보지만 턱 부위는 좀처럼 풀릴 것 같지 않았다. 아무래도 어금니가 상한 모양이었다. 명옥은 하관을 천천히 마사지하기 시작했다.

문밖의 움직임에 명옥은 귀를 기울였다. 변기의 물이 내려가는 소리가 들렸고 뒤이어 주방에서 달그락거리는 소리가 들려왔다. 짐작대로라면 주헌은 물을 두 잔쯤 마신 뒤 리모컨을 들 것이다. 텔레비전을 켠 뒤 의미 없이 채널을 돌려본 다음 다시 방으로 들어가 잠을 청할 것이었다. 방문이 움직이느라 삐거덕거리는 소리를 내는 것을 끝으로 집 안은 다시 정적에 놓일 터였다.

문이 삐거덕대기 시작한 건 주헌이 그 방을 사용하고 난 뒤부터였다. 다른 방문은 이상이 없는데 유독 그 방문만 요란한 소리를 냈다. 특별히 문을 험하게 사용하는 것 같지도 않고 자주 들락거리는 것도 아닌데 그랬다. 처음 문에서 소리가 났을 때는 주헌이 고치겠지, 했다. 방의 주인은 그였고 듣기 싫은 소리를 듣는 괴로움도 제일 클 것이라고 생각했지만 예상은 빗나갔다. 그는 문에 손을 대지 않았고 불편함도 호소하지 않았다. 방문을 들락거리는 시간보다 삐거덕거리는 소리가 더 오래도록 공간에 머물러 있어도 개의치 않았다. 문은 점점 요란스러운 소리를 냈다. 잠금장치마저 헐거워진 듯 가벼운 움직임에도 맥없이 열렸다. 그는 여전히 관심을 갖지 않았다. 문을 닫는 일도 없었다.

문을 닫는 건 언제나 명옥이었다. 안방에 있거나 베란다 청소를 하다가도 문이 열리는 기미가 보이면 그녀는 지체 없이 달려갔다. 명옥은 그 소리를 견딜 수가 없었다. 금방이라도 숨이 넘어갈 것 같은, 턱턱 막히거나 분절되는 소리를 들을 때면 가슴 한가운데를 날카로운 못으로 긁어대는 것 같은 느낌에 사로잡혔다. 결국 임시방편을 취한 것도 명옥이었다. 버섯을 볶기 위해 팬에 기름을 두를 때였다. 미세한 바람에 움직이는 것처럼 방문이 조금씩 열리며 그녀의 신경을 자극했다. 기름병을 손에 든 채 명옥은 그의 방으로 들어갔다. 문을 고치는 게 어떻겠느냐고 말을 할 작정이었다. 그러나 아무 말도 하지 못했다. 눈빛 때문이었다. 예의 그 거친 눈빛으로 그는 방 안에 들어선 명옥을 노려보았다. 결국 명옥은 아무 말도 하지 못하고 뒤돌아섰다. 그때였다. 까맣게 색이 죽은 방문의 경첩이 눈에 들어왔다. 그 틈으로 수도 없이 빨려 들어간 먼지의 무덤을 보는 순간, 명옥은 손에 들고 있던 식용유를 그 위에 들이부었다. 기름은 먼지들 틈으로 빠르게 스며들었다.

명옥은 의자에 앉아 화장을 시작했다. 유행하는 색조의 아이섀도를 바르고, 화사한 립스틱도 칠했지만 좀처럼 정신이 맑아지지 않았다. 관자놀이에까지 통증이 느껴졌다. 간밤에 밤새 뒤척이다 새벽녘에야 겨우 눈을 감은 탓인지도 몰랐다. 명옥은 요즘 들어 부쩍 잠을 자지 못했다. 애를 쓸수록 점점 정신이 또렷해졌다. 주헌의 기척이라도 들리면 증상이 더욱 심해졌다. 어젯밤에 그는 새벽까지 거실에 누워 있었다. 밤을 새워 미국 드라마를 보는 눈치였다. 벽을 통해 들리는 소리들에 명옥은 날카로워졌다. 이불을 머리끝까지 뒤집어쓰고 마음을 가라앉히려고 애썼지만 소용이 없었다. 결국 세헌을 기다리길 포기하고 수면제를 먹었기에 망정이지 그러지 않았다면 밤새 뒤척였을 터였다.

일어났을 때는 이미 여덟 시가 넘어가고 있었다. 피곤함이 느껴지자 잠깐, 레슨에 빠질까 하는 생각이 들었다. 사실, 클라리넷은 그녀가 원해서 배우는 게 아니었다. 세헌의 권유 때문에 시작한 일이었다. 악기 연주는 음악을 들으며 원두커피를 갈아 마시는 일과 더불어 세헌이 구상한 스위트 홈의 일부였다. 어느 날 그가 불쑥 내민 문화센터 수강증을 받아 들 때 명옥은 몸에 맞지 않는 옷을 입은 듯 불편했다. 플루트나 바이올린이 좋지 않겠느냐는 세헌의 권유를 듣지 않고 클라리넷을 택한 것은 그런 어색함을 조금이라도 불식시키기 위해서였다. 명옥이 생각하기에는 플루트나 바이올린의 섬세함보다는 한결 투박해 보이는 클라리넷이 자신과 어울렸다. 그나마 클라리넷도 잘 불지 못했다. 클라리넷의 음색은 부드럽고 자연스러웠지만 명옥이 내는 소리는 달팽이가 기어가는 것처럼 느리고 답답했다. 다른 사람의 아름다운 연주와 달리 명옥의 연주는 시끄럽고 산만했다. 그럴수록 명옥은 연습에 몰두했다. 세헌이 구상하는 퍼즐에 쏙 들어가는 조각이 되기 위해. 명옥은 숨을 크게 내쉰 뒤다시 거울을 들여다보았다. 눈을 크게 뜨고 거울 속의 자신을 향해 싱긋 미소도 지었다. 그런 뒤 다시 윤기 없이 꺼칠한 피부를 감추기 위해 볼터치를 시작했다.

센터에 들어서자 낯익은 여직원이 앉아 있다 알은체를 해왔다. 가볍게 목례를 한 뒤 명옥은 레슨실로 향했다. 넓은 데다 밤 내내 비어 있던 탓인지 레슨실 문을 열자 실내 가득 메워져 있던 서늘한 공기들이 쏟아져 나왔다. 차갑고 딱딱한 의자에 앉을 엄두가 나지 않아 명옥은 악기만 의자에 올려놓았다. 밖으로 나가 커피를 한 잔 뺐다. 빈속인 탓에 입으로 넘길 때마다 위장이 요동을 쳤다.

"어머 일찍 나왔네. 내가 일등인 줄 알았는데."

레슨을 받다가 알게 된 J가 환하게 웃으며 다가왔다. 을씨년스럽던 차에 반가운 마음이 들었다. 명옥은 자판기에 동전을 넣으며 물었다.

"뭐로 할래?"

"응, 그냥 블랙으로. 믹스는 너무 달아서."

J는 자판기 커피도 우아하게 마실 줄 알았다. 두 손으로 감싼 커피를 음미하는 걸 보니 명옥도 문득 블랙커피가 먹고 싶어졌다.

세헌도 커피를 즐겼다. 갓 볶은 원두를 분쇄기에 간 뒤 여과지에 걸렀다. 신혼 때는 명옥도 세헌이 뽑아주는 커피를 마셨다. 세헌과 식탁에 나란히 앉아 향을 음미하려 했지만 습관은 고집스러웠다. 명옥의 혀는 완강하게 단맛이 거세된 커피를 거부했다.

"연습은 많이 했고?"

"그냥 그렇지 뭐. 자기는?"

"그래도 나보다는 나을 거 아냐. 나야 아무 정신 없지 뭐. 집에서는 케이스도 못 건드려. 애들이 보통 극성맞아야지. 애들 유치원 갔을 때는 조금 낫다 싶다가도 오후가 되면 도로 난리야. 제 엄마 뭐하는 꼴을 못 본다니까."

말은 그렇게 하면서도 케이스를 열고 악기를 조립하는 J의 손길은 능숙했다. 벨과 아래 관을 맞추고, 위 관과 몸통을 맞춘 뒤, 그녀는 신중하게 마우스피스를 맞추기 시작했다. 처음 클라리넷을 시작할 때 같이 산 리드는 어느 틈에 모두 써버렸는지 몇 개 남지도 않았다. 조립을 마친 뒤 앙부쉬르를 하는 그녀를 명옥은 새삼스러운 눈길로 바라보았다.

싱커페이션을 연습하기 시작하자 다른 멤버들도 하나둘 들어왔다. 순식간에 레슨실에 활기가 흘렀다. 강사가 들어오자 새로운 주법에 대한 기대감으로 수강생들의 눈이 아이들처럼 빛났다. 신호가 떨어지자 일제히 얼굴이 빨개지도록 숨을 들이마셔가며 클라리넷을 불기 시작했다. 운지를 따라 하기 위해 모두들 아무 정신이 없었다. 샬뤼모와 클라리온의 음역을 연습할 때는 손가락에 쥐라도 난 것처럼 뻣뻣하게 경직되었다. 쉽지 않았던지 누군가 자꾸 스퀵을 냈다.

"소리를 약하게 불어보세요. 너무 세게 부니까 그런 소리가 나는 거예요. 키의 받침은 꼭 막아주고요."

강사의 지적을 받은 여자는 조심을 하지만 부드러운 소리를 내는 게 쉽지 않은 모양이었다. 키를 막으려다 보니 음을 바꿀 때마다 손가락들이 경기라도 난 것처럼 올라갔다. 가장 좋은 소리를 내는 건 J였다. 아이들 때문에 연습할 시간이 없다면서도 그녀는 언제나 진도를 앞질렀다. 강사와 그녀가 연주하는 이중주는 부드럽고 아름다웠다. 명옥은 숨을 죽이고 음악을 들었다.

"J씨, 너무 좋았어요. 그런데 이건 왜 자꾸 이렇게 되는 거지요."

이중주를 끝낸 뒤 강사가 발바닥을 흔들며 고개를 흔들었다. 강사의 과장된 몸짓에 모두들 화르르 웃어댔다. 레슨을 마치니 어느새 오후였다.

악기를 분해하여 케이스를 집어넣으려다 명옥은 문득 집을 떠올렸다. 주헌은 일어났을까, 아침을 차려놓지 않은 게 새삼 마음에 걸렸다. 매번 식탁을 봐놨음에도 불구하고 주헌은 번번이 식사를 걸렀다. 처음엔 혹 입에 맞지 않는 것이 아닌가 하여 싱싱한 생선을 굽고 예약 타이머를 맞추어 밥도 했지만 마찬가지였다. 집에 돌아가서 보면 주헌은 자고 있거나, 허벅지가 훤히 드러나는 팬츠를 입고 비디오를 보며 햄 따위를 씹고 있었다. 늘 그런 식이니 식사를 차려놓는 게 무의미하게 느껴져 오늘은 그냥 집을 나섰던 터였다. 지금이라도 들어가서 식사를 차려줘야 하는 건 아닐까, 순간 망설여졌다. 그러나 명옥은 이내 고개를 저었다.

2

"들어와서 구경하세요."

어느새 다가온 점원이 말했다. 고양이가 그려진 투피스를 만져보던 참이었다.

"손님 너무 세련되셨다. 이거 아주 인기 있는 상품인데. 알록달록한 것보다도 훨씬 품위 있죠. 사이즈도 연령별로 다 있어요. 따님이 아주 좋아할 거예요. 몇 살짜리로 드릴까요?"

점원은 수다스러웠다. 머뭇거리는 심정을 눈치채고 스스럼없이 명옥을 잡아끌었다. 점원이 옷을 가지러 간 사이 명옥은 점원이 세워놓은 곳에 서서 움직이지 않았다. 솜을 넣어 부풀려놓은 유아복에서 금방이라도 숨어 있던 요정들이 빠져나올 것 같았다. 난쟁이 나라에 불시착한 거인이 된 듯한 느낌이었다.

4층으로 내려가는 에스컬레이터에서 명옥은 가방을 바라보았다. 안에는 두 벌의 투피스가 단정하게 들어 있었다. 어쩌자고 이런 짓을 한 것일까, 자신의 행동이 어이없게 느껴졌다. 물론 옷을 사려고 아동복 매장을 둘러본 것은 아니었다. 식품 매장에 들르기엔 시간이 너무 많이 남아 시간을 때우기 위해 9층의 스카이라운지에서부터 천천히 아래로 향하던 참이었다. 사실을 말하면 명옥은 빨리 집에 가고 싶었다. 그러나 주헌을 생각하면 집에 들어가기가 망설여졌다. 주헌은 오늘도 집에 있을 것이었다. 그가 외출을 하는 경우는 드물었다. 아파트 상가에 있는 디브이디 대여점에 가는 게 거의 전부였다. 어쩌면 언젠가처럼 세헌이 일찍 퇴근했을지도 모른다는 생각이 들기도 했다. 그러나 그 역시 드문 일이었다. 게다가 그때 일을 생각하면 명옥은 지금도 얼굴이 화끈거렸다.

조금만 몸을 움직여도 젖무덤 사이로 굵은 땀방울이 흐르던 날이었다. 명옥은 아침부터 심한 탈진 상태에 빠져 있었다. 생리까지 겹쳐 걸을 때마다 비릿한 냄새가 몸을 휘감았다. 손가락도 움직일 수 없을 정도였지만 명옥은 그날도 집을 나섰다. 아침부터 속옷 바람으로 거실에 누워 있는 주헌 때문이었다. 그와 같은 공간에 있느니 차라리 뜨거운 거리를 헤매는 게 나을 듯싶었다. 움직이다 보면 몸이 가벼워질 것도 같았지만 극심한 통증에 결국 돌아와야 했다. 현관은 잠겨 있었다. 명옥은 잠시 의아했다. 주헌은 현관을 잠그지 않았다. 잠그지 않는다기보다 신경을 쓰지 않는다는 말이 옳을지도 몰랐다. 버젓이 집 안에 사람이 있는데 밖에서 잠그기가 이상해 그 냥 집을 나섰다가 들어오면 대개의 경우 문은 그대로 열려 있었다. 그런데 지금 현관이 잠겼다는 건 주헌이 집에 없다는 뜻이었다.

명옥은 열쇠를 집어넣었다. 경쾌한 소리와 함께 문이 열렸다. 낯선 정적이 집 안을 가득 메우고 있었다. 주헌에게 일이 생긴 모양이었 다. 그라고 해서 늘 집에만 있으란 법은 없으니까. 명옥은 갑자기 마 음이 편해졌다. 비로소 내 집에 있다는 안도감에 미소가 지어졌다. 훌훌 옷을 벗어버리고 차가운 물로 몸에 밴 비린내를 없애고 싶었 다. 배가 아픈 것도 잊은 채 명옥은 거실로 들어선 뒤 자신의 방을 향해 부지런히 움직였다.

그때였다. 문득, 이상한 느낌에 명옥은 거실 안쪽을 들여다보았다. 익숙한 얼굴의 여배우가 잔뜩 놀란 얼굴로 거실을 응시하고 있었다. 여배우의 시선이 닿는 곳에 누워 있는 주헌이 보였다. 순간 명옥은 짜증이 났다. 날씨가 좋지 않아 거실에 널어두었던 이불을 그가 얼 굴까지 가리고 덮고 있었기 때문이었다. 당장 이불을 걷어내고 싶었 지만 어쩔 수 없는 일이었다.

명옥은 서둘러 렌즈를 뺀 뒤 씻지도 않은 채 방으로 들어갔다. 입 고 있던 재킷을 아무렇게나 던져두고 침대에 쓰러졌다. 민소매 옷이 신경 쓰였지만 주헌이 안방에 들어오는 일은 없었다. 몸이 땅속 깊은 곳으로 빨려가는 느낌이었다. 금방 일어날 심산이었지만 꼼짝하기가 힘들었다. 저녁 준비도 세헌의 퇴근시간에 맞춰서 하면 될 터였다. 명옥은, 그대로 잠 속으로 빠져들고 싶었다. 그러나 밖에 있을 주헌이 신경 쓰여서였을까. 손가락 하나 움직이지 못할 지경이었음에도 좀처럼 잠이 오지 않았다. 온몸의 신경이 닫혔지만 머릿속 한구석은 수선스러워서 머리까지 아파왔다. 억지로 감은 눈은 빡빡하기만 했다. 명옥은 일어나지 않은 채 머리맡을 보았다. 새벽에 먹었던 물 잔이 보였다. 한쪽 팔로 몸을 기댄 채 명옥은 남아 있던 물로 약을 먹었다. 다시 눈을 감았다. 약이 채 위 속으로 들어가기도 전에 곧 잠들 수 있으리라는 생각에 마음이 편해졌다. 까무룩 잠 속으로, 명옥은 끌려 들어갔다.

얼마나 지났을까. 조심스럽게 문이 열리는 소리에 명옥은 눈을 뜨고 문 쪽을 보았다. 누군가 선 채로 자기를 바라보고 있었다. 세헌이 돌아온 것일까. 자리에 누운 채로 명옥은 생각했다. 창문을 바라보았다. 살구 빛 햇살이 여전히 커튼 틈에 갇혀 있었다. 퇴근을 하기에는 이른 시간이었다. 명옥은 몸을 뒤틀었다. 그러나 움직여지지 않았다. 마음은 자리에서 일어나 남자가 누구인가를 확인하고 있었지만 몸은 결박당한 듯 뜻대로 되지 않았다. 여전히 한쪽 뺨을 침대에 댄 채, 꿈일지도 모른다고 명옥은 생각했다. 그때였다. 남자가 침대를 향해 다가왔다. 남자는 명옥의 곁에 와 누웠다. 그의 팔이 명옥의 가슴에 와 닿았다. 따뜻했다. 그 선명한 느낌에 명옥은 자리에서 벌떡 일어났다.

"아무래도 몸살인 거 같아. 쌍화탕 있으면 하나 줘."

빠르게 뛰는 가슴 사이로 그의 목소리가 우렁우렁 울렸다. 익숙한 목소리에 명옥은 가슴에 손을 얹고 침대에 누운 남자를 바라보았다.

"왜 그렇게 보고 있어. 쌍화탕 좀 달라니까."

세헌이었다. 누운 채로 넥타이를 풀며 그가 명옥을 바라보고 있었다.

"웬일이에요. 이 시간에."

명옥은 양손으로 관자놀이를 눌렀다. 선잠을 잔 탓인지 머리가 깨질 듯이 아팠다.

"몸이 안 좋다니까."

"도련님은요. 어디 나갔어요?"

도련님이란 말에 세헌이 명옥을 바라보았다. 언짢아하는 기색이 역력했다.

"걔 얘기를 왜 나한테 물어. 몰라 나도. 빨리 약이나 줘."

세헌은 벽 쪽을 향해 누웠다. 말하고 싶지 않다는 뜻이었다.

주헌은 저녁이 돼서야 돌아왔다. 감기에 좋다는 대추차를 끓이고 있을 때였다. 초인종도 누르지 않고 불쑥 그가 들어왔을 때, 명옥은 그를 바라보기가 불편했다. 잠시라도 세헌을 주헌으로 오해한 자신이 어이가 없었다.

그때를 떠올리면 명옥은 지금도 얼굴이 화끈거렸다. 정말이지, 다시는 생각하고 싶지 않았다. 백화점을 서성였던 건 그래서였다. 계획대로라면 명옥은 9층에서부터 식품 매장을 향해 천천히 내려가야 했고 5층까지는 실제로 그렇게 했다. 8층은 면세점이라서 지나쳤고, 7층과 6층에서는 가전제품과 생활용품을 둘러보았다. 할 일 없이 냉장고나 세탁기를 구경했고, 이태리자수가 들어간 침대 커버도 보았다. 그런데 5층에서는 자꾸 걸음을 늦추다 덜컥 필요하지도 않은 옷을 사게 된 것이었다. 쇼핑백을 든 자신의 모습을 명옥은 에스컬레이터 옆의 거울에 비춰 보았다. 어울리지 않는 가방을 든 여자가 자신을 바라보고 있었다. 한껏 입꼬리를 들어 올리며 명옥은 여자를 향해 웃었다. 화답을 하듯 여자 역시 슬픈 미소를 지었다.

명옥은 사실, 쌍둥이를 낳고 싶었다. 젖살이 올라, 구름 같은 팔목을 가진 튼실한 아이들을 말이다. 세헌의 어머니는 명옥을 못마땅해했다. 결혼한 지 4년이 지나도록 아이가 생기지 않는 것을 불안해했다. 그녀는 용한 한의원에서 지었다는 약을 수시로 내놓으며 명옥에게 합궁 날짜를 강요했다. 그녀가 다녀간 날이면 하루 종일 한약 냄새가 났다. 하루에 세 개씩 배수구로 흘려보내도 한약은 넘쳐났다. 오늘은, 어머니가 정해준 그날이었다. 음기가 가득 찬다는 자정 무렵에 몸이 따뜻해지도록 한약을 먹은 뒤 숙제를 하듯 섹스를 시작해야 하는.

허기가 느껴졌다. 그제야 하루 종일 아무것도 먹지 않았다는 사실이 떠올랐다. 한번 허기를 느끼자 잠자코 있던 빈속의 내장들이 아우성을 치며 들끓었다. 명옥은 다음 층으로 내려가는 에스컬레이터를 타기 위해 발을 내딛었다. 만두, 짜장, 비빔냉면 따위의 글씨들이 보이기 시작하자 명옥은 들고 있던 쇼핑백을 에스컬레이터에 내려놓았다.

3

한 번쯤 반응을 할 법도 하건만 주헌은 가타부타 말이 없었다. 고개도 들지 않은 채 식품 매장에서 사 와 몇 시간 동안 곤 도가니탕을 먹기만 할 뿐이었다. 도가니탕을 좋아하는 건 세헌과 같았다. 명옥은 새삼스레 그를 살펴보았다. 이복형제임에도 주헌은 세헌과 너무 닮은 데가 많았다. 유난히 곱슬거리는 머리카락은 차치하더라도, 한 가닥씩 길게 뻗치는 눈썹과 도드라지게 도톰한 윗입술까지. 둘은 서로를 외면하지만, 외모는 그들이 한 피를 물려받았음을 끊임없이 환기시키는 것 같았다. 굳이 다른 것을 찾는다면, 눈빛이었다. 세헌의 눈빛이 온순하고 우울한 데 비해 주헌의 눈빛은 거칠고 노여웠다. 그 눈빛들은 그들의 내면을 보여주는 창 같았다. 한 인간에게 들어 있게 마련인 두 가지 감정을 세헌과 주헌은 사이좋게 나눠 가졌을지도 몰랐다. 서로를 지독하게 미워하면서도 세헌이 그를 집 안에 두는 것이나, 굳이 집으로 들어온 주헌은 자신들에게 결락된 그 무언가를 두려워하고 있는 것인지도.

식사를 마치기가 무섭게 주헌은 텔레비전 앞으로 갔다. 화면은 온통 초록색으로 물들어 있었다. 짙푸른 잔디가, 금방이라도 거실로 쏟아질 것 같았다. 선수들이 잔디를 가로질렀다. 생경한 골프 용어들이 화면의 위, 혹은 아래에 나타났다 사라졌다. 골프 장면에 채널을 고정시키고 그는 거실에 다리를 꼬고 누웠다. 스포츠와 드라마를 싫어하는 세헌과 달리 그는 거의 모든 시간을 스포츠와 드라마를 보는 데 소비했다. 그럼에도 그는 늘 권태로운 표정을 지었다. 지루한 시간을 간신히 때우는 사람처럼 의욕도 없고 나태했다. 명옥은 한 번도 그가 소리 내어 웃는 것을 본 적이 없었다.

그가 불쑥 나타났던 때를 명옥은 떠올렸다. 일요일 아침이었다. 초인종 소리를 듣고 인터폰을 바라보던 명옥은 잠시 혼란에 빠졌다. 인터폰 앞에 선 채로 주방을 바라보았다. 세헌은 여전히 커피를 음미하는 중이었다. 그가 틀어놓은 「쉰들러 리스트」의 배경음악이 거실을 가득 메우고 있었다. 다시 초인종 소리가 들렸다. 현관 밖의 남자는 인터폰에 바짝 얼굴을 대고 이쪽을 들여다봤다. 누군데 그래. 명옥이 문을 열어주지 않는 것을 이상하게 생각한 세헌이 다가왔지만 그 역시 현관 밖의 남자를 확인하곤 입을 다물었다. 열어줘. 한참 후에야 말을 한 뒤 세헌은 마시던 커피를 식탁 위에 놓고 자기 방으로 들어가 다시 나오지 않았다.

문이 열리자 남자는 명옥을 향해 까딱 고개를 숙였다. 그것으로 끝이었다. 남자는 낡은 여행용 트렁크를 거실에 팽개쳐둔 채 빈방으로 들어가 누워버렸다. 며칠간의 여행을 마치고 돌아온 가족 같은 태도였다. 안방과 남자가 들어간 방을 명옥은 번갈아 바라보았다. 꿈을 꾸고 있는지도 모른다는 생각마저 들었다. 햇볕에 그을린 피부와 다소 긴 머리카락이 아니라면, 그는 세헌과 지나치게 닮아 있었다.

처음엔, 모든 걸 포용할 수 있다고 생각했다. 예기치 못한 일이긴 했지만 형수 소리를 듣는 것도 괜찮을 것 같았다. 시동생은 언제나 형수 편이지 않던가, 하는 다소 낭만적인 생각까지 하며 명옥은 기꺼이 주헌을 인정했다. 너무나도 세헌과 닮은 그를 보는 게 한편으로는 재미있기도 했다. 명옥은 기꺼이 구석구석 녹진한 피곤이 묻은 그의 옷을 빨았다. 세헌과 달리 언뜻언뜻 눈빛이 거친 것은 오랜 피곤이 그를 지치게 만들었기 때문일 거라고 짐작했다.

이상한 건 세헌이었다. 동생, 그것도 자신과 꼭 닮은 동생이 있다는 사실에 대해 이제까지 아무 말도 하지 않은 이유가 궁금해서 주헌이 나타난 그날, 당장 물어보고 싶었지만 명옥은 그냥 기다리기로 했다. 하지만 주헌과 생활하게 된 지 일주일이 지나도록 세헌은 아무 말도 하지 않았다. 심지어 반갑다든가, 탐탁지 않다는 등의 감정 표시조차 하지 않아 명옥을 더욱 궁금하게 했다. 부쩍 신경질을 부렸고, 전에 없이 퇴근이 늦어졌을 뿐이었다.

세헌은 새벽에야 들어왔다. 집을 찾아온 게 용할 정도로 잔뜩 취한 채였다. 넥타이를 바닥에 내던진 채 그는 몸을 돌려 누웠다. 명옥은, 그의 곁에 누웠다. 그는 아무 반응도 하지 않았다. 하루라도 거르면 안 된다, 그만큼 효험이 줄어. 너도 빨리 아기를 가져야 할 것 아녀. 어쨌거나 네가 잘해야 한다. 비밀 임무를 맡기는 요원처럼 세헌 어머니의 목소리는 은밀하고 비장했다.

명옥은 세헌의 몸에 손을 얹었다. 반응이 없었다. 어깨를 안아보았다. 고른 호흡이 손끝에서 느껴졌다. 명령을 수행하는 충실한 군인처럼 명옥은 천천히 세헌을 만지기 시작했다. 가슴을, 배를, 허벅지를. 그리고 몸의 반응이 느껴지는 어느 순간, 세헌이 벌떡 일어났다.

"무슨 짓이야!"

세헌의 얼굴에 노여움이 가득했다.

"넌 저 소리가 안 들리니?"

벽 너머에서 요란한 비명 소리가 터져 나왔다.

"무슨 마음인지는 아는데, 그냥, 나 좀, 내버려둬."

세헌은 다시 돌아누웠다. 자신만의 성에 숨은 달팽이처럼 완강했다. 어떤 침입도 용서하지 않는, 누구도 받아들이지 않는.

명옥은 어깨를 움찔했다. 귓속의 신경세포 하나가 예민한 부분을 건드린 느낌이었다. 새끼손가락을 귀에 댔다. 딱지가 가라앉은 테두리를 긁으며 좀 더 깊이 손가락을 밀어 넣었다. 귀에 가득 차 있던 진물이 손가락에 묻는 게 느껴졌다. 명옥은 눈을 감았다. 긴장하지 않으려 해도 어느새 얼굴이 경직되었다. 손가락이 들어가지 않는 부분에서는 예리한 손톱으로 건드리려 했다. 귀의 가장 마지막 부분, 뇌로 연결될 신경세포 하나를 긁었다고 느끼는 순간, 갑작스러운 어지러움에 침대에 눕고 말았다.

4

어색한 식사가 아닐 수 없었다. 세헌은 고개도 들지 않은 채 밥을 비웠다. 도가니탕에는 손도 대지 않고 싱겁기 그지없는 흰밥만을 기계적으로 입속으로 밀어 넣었다. 커피 한 잔을 마시는 데도 많은 시간을 필요로 하는 습관은 온데간데없었다. 밥을 먹는 것만이 목표인 사람처럼 그는, 씹지도 않은 흰밥을 넘기는 일에 몰두했다. 그에 반해 주헌은 지루한 시간을 세는 사람 같았다. 그 역시 어제저녁 싹싹 비우던 도가니탕에는 손도 대지 않은 채 젓가락으로 밥알을 뚝뚝 떼어 혀끝에 올려놓는 일만을 되풀이했다.

문득, 이 불편하기 짝이 없는 식사가 낯설지 않게 느껴졌다. 언젠가 세헌에게 들었던 오래된 이야기 하나가 빛바랜 사진처럼 툭, 내던져진 것 같았다. 주헌이 들어온 지 한 달쯤 지난 뒤였다. 술에 잔뜩 취해 들어오면 기절하듯 잠드는 평소와 달리 그날 세헌은 좀처럼 잠을 자지 못했다. 속이 부대끼는지 푸푸, 큰 숨을 내쉬었고 자꾸만 손바닥으로 가슴을 쓸어내렸다.

"아버지랑 어머니가 왜 같이 살고 있는지 난 도대체 이해할 수가 없었어."

처음엔 그가 술자리에서 일어났던 일을 중얼거리는 거라고 생각했다. 잔뜩 취한 탓에 세헌의 발음은 알아들을 수 없을 만큼 낮고 음울했다. 그놈은 지금도 편하게 자고 있겠지. 세헌이 문 쪽을 노려보았을 때에야 명옥은 처음으로 그가 자기를 드러내려 한다는 것을 알아챘다. 그렇게 증오하면서도 그 양반들은 밤이면 어김없이 한 이불 속에 누웠지. 짐승처럼. 목이 마른지 세헌이 물을 찾았다. 물을 들이켜며 세헌은 흥흥거렸다. 하긴 저놈 덕분에 모든 일이 해결되었는지도 모르지. 세헌은 잔에 든 얼음을 우적우적 씹었다.

그날, 어머니와 아버지 사이에서 세헌은 불안한 눈동자를 굴렸다고 했다. 햇살이 너무 투명해 집 안의 먼지들이 온통 일어나 활보하는 아침이었다. 지나친 침묵은 견딜 수 없을 때가 많다. 침묵이 안고 있는 그 팽창감, 질식할 것 같은 고요, 금방이라도 무슨 일이 일어날 것 같은 불안감을 심약한 세헌은 감당할 수 없었다. 방을 나갈 수도 없었다. 자신이 있음으로써 그 아슬아슬한 긴장의 경계가 무너지지 않는다는 것을 알았기 때문이었다. 그 답답한 분위기 속에서 세헌이 유일하게 할 수 있는 일이란 집을 나가버린 주헌을 원망하며, 무심을 가장한 채 식사를 하는 것뿐이었다. 밥알은 흰모래 같았다. 매끈하기 이를 데 없는, 상처 깊이 들어가 좀처럼 나오지 않는. 아무

맛도 느껴지지 않는 밥알을 목으로 넘기면서도 세헌의 눈은 쉴 새 없이 움직였다. 세헌의 아버지는 길게 늘어진 시금치 줄기를 정신없이 먹어댔다고 했다. 지금도 세헌은 아버지를 생각하면 시금치가 먼저 떠오른다고 했다. 아무 말도 하지 않은 채 푸른 시금치를 욱여넣던 모습이. 한 사람에 대한 인상이 그렇게 간단한 이미지 하나로 남겨질 수도 있다는 사실을 세헌은 그때 처음 알았다. 다른 것은 보지 못하는 사람처럼 아버지는 시금치만을 먹고 또 먹었다고 했다. 그럼 어머니는 어떠했던가. 그녀는 맞은편에 앉아 한없이 우울한 표정으로 밥알을 세고 있었다. 팔목이 어찌나 가는지 꼭 바짝 말린 시금치가 움직이는 것 같더라고, 세헌은 말했다.

전날 저녁에 나는 내 방에서 꼼짝도 하지 않았지. 아버지가 또 어머니를 때렸거든. 주헌이 새끼가 사고를 친 게 이유야. 하긴 뭐, 새로울 건 없었어. 아버지가 어머니를 때리는 건 아침을 먹고 점심을 먹는 것처럼 당연하고 늘 있던 일이었으니까. 소리를 안 들으려고 손바닥으로 귀를 꽉 틀어막았지. 그런데도 소리는 선명하게 들려왔어. 꼭 누군가 귀에다 소리를 지르는 것 같더라고. 그랬어도 그날은 특히 더 심했어. 대개 한두 시간 지나면 끝이 나고, 아버지는 아무 일 없었다는 듯 잠들곤 했는데…… 그날은 밤을 새울 기세더라고. 오늘 어머니가 죽겠구나, 생각했어. 주헌이가 우리 집에 들어온 지 3년쯤 되었어, 그때가. 무슨 소리냐고, 주헌이 왔다는 게. 아, 그 얘기부터 해야겠군. 주헌이 새끼를 처음 본 날 말이야. 어느 날 말이야, 엄마가 시장에서 일찍 왔더라고. 그러곤 다짜고짜 내 팔을 끌더라고, 갈 데가 있다고.

그날따라 시장에서 일찍 돌아온 어머니는 채소 함지를 내려놓기가 무섭게 세헌을 끌고 집을 나섰다. 여러 번 다닌 길을 가듯 익숙한 걸음걸이로 시간을 재촉했고 세헌은 영문도 모르는 채 낯선 산동네 길을 올랐다. 어머니가 씩씩거리며 오른 그 동네에는 근원을 알 수 없는 비릿한 냄새가 가득했다. 길가에 함부로 내동댕이쳐진 분홍빛 연탄재나 흉한 배추 쓰레기 때문이 아니었다. 무력감을 느끼게 하는 그 냄새는 산동네의 낮은 지붕을 떠돌며 점점 밑으로 가라앉고 있었다. 낯선 냄새에 세헌은 급기야 한쪽에 쭈그리고 앉아 아침에 먹었던 시금치며 비름나물 따위를 토해버려야 했다.

초록색 대문은 물기가 많이 닿은 아랫부분에 심하게 녹이 슬어 있었다. 헐거워진 빗장은 초록색 페인트가 상처 딱지처럼 떨어져서 털이 빠진 늙은 개의 등을 보는 것처럼 흉물스러웠다. 그 문으로 막 어머니가 들어서려 할 때 녹이 나 삐걱대는 소리를 내며 대문이 열렸고 세헌과 비슷한 나이의 소년 하나가 밖으로 튀어나왔다. 소년의 얼굴을 보는 순간 세헌은 깜짝 놀랐다. 너무나 친숙했기 때문이었다. 놀란 것은 어머니도 마찬가지였다. 당당하게 대문을 들어서던 그녀도 짧은 순간 비틀거렸다. 영문을 모르겠다는 표정을 한 소년이 비탈길로 사라질 때까지 세헌과 어머니는 소년에게서 눈을 떼지 못했다.

어머니보다는 다소 나이가 어려 보이되 검은 얼굴이나 두툼한 입이 피곤하고 비루하게 느껴지는 여자가 좁은 마당에서 빨래를 하고 있었다. 소년의 것이 분명한 교복과 체육복을 빨다 의미 없이 고개를 들던 여자는 장승처럼 서 있는 세헌 모자를 발견하고 퉁명스럽게 물었다. 무슨 일로 오셨소. 생긴 것과 어울리게 음성이 굵고 허스키했다. 어머니가 너무 오랫동안 아무 대꾸도 하지 않았기 때문에 세헌조차도 왜 그곳에 간 건지 의아할 지경이었다. 그제야 여자가 일어나 섰다. 그런데 이상했다. 왜인지 여자는 어머니를 똑바로 보는 것 같지 않았다. 분명 어머니의 맞은편에 서서 다시 한 번 누구요, 하고 처음보다도 훨씬 공손하게 묻고 있었지만 시선은 얼굴이 벌게진 채로 옆에 서서 어쩔 줄 모르는 세헌을 향하고 있었다. 마치 자신에게 묻는 것 같아 세헌은 몸 둘 바를 몰라 좁은 마당을 가로질러 길게 널린 빨래들을 살펴보았고, 어느 순간 친숙한 바지 하나를 발견하였다. 세헌의 시선을 따라잡은 어머니가 바지를 발견하곤 성큼성큼 걸어가 그것을 끌어 내린 뒤 돌돌 말아 옆구리에 끼웠다.

이해할 수 없는 건 여자의 태도였다. 갑자기 낯빛이 파랗게 질리는 듯하더니 한없이 비굴한 표정으로 물러서는 것이었다. 여자는 완전히 기가 꺾여 있었다. 그러나 고개를 숙인 것까지는 좋았는데 이번에는 눈을 내리깐 채 어머니를 노려보는 것 같았다. 세헌은 더욱 안절부절못했지만 아버지의 바지를 꿰찬 어머니는 전승의 깃발을 잡은 군인처럼 당당하기만 했다.

너는 여기서 기다려라. 세헌을 마당에 세워두고 어머니는 다소 거

만한 걸음걸이로 여자의 뒤를 따랐다. 그에 반해 긴장한 탓인지 앞서 걷는 여자의 걸음걸이는 어쩐지 부자연스러웠다. 여자가 기거하는 곳은 집의 끝에 있었다. 찬 바람은 전혀 막아낼 수 없을 정도로 부실하게 생긴 미닫이를 열고 여자와 어머니가 들어가버리자 세헌은 발소리를 죽이며 문 앞까지 다가가 귀를 기울였다.

모의를 꾸미는 듯한, 음험하고 낮은 어머니의 목소리가 가늘게 방문 틈으로 새어 나왔다. 그 아이는 내게 보내요. 대를 이을 아들은 하나면 족하지만 아이 장래를 생각해서 그렇게 할 테니까. 세헌이 아버지가 무슨 맘으로 여기를 들락거리는 줄 모르지는 않을 거예요. 그만하면 그쪽도 사는 재미는 쏠쏠히 보았을 테니 못 하겠다 하지는 않겠지요. 방문 앞에 딸린 마루에 앉아 귀를 기울이던 세헌은 들키기나 한 것처럼 화들짝 놀라 대문 밖으로 뛰어나오고 말았다. 어머니가 무슨 소리를 하는 것일까. 아무리 생각해도 이해가 가지 않았다. 이해할 수 없다 생각하는 동시에 가슴이 빠르게 두방망이질을 쳤다. 진정하려 애쓸수록 손끝이며 발끝이 저려왔다.

마음을 진정시키려 세헌은 바닥에 엎드려 숨도 쉬지 않고 팔굽혀펴기를 시작했고, 한끝에 어깨의 힘이 어느 순간 빠질 무렵에 윗부분부터 점점 형체를 드러내는 익숙한 얼굴을 보고 자리에서 일어났다. 아까 보았던, 자신보다도 아버지를 훨씬 많이 닮은 소년이었다. 소년은 막 자리에서 일어나는 세헌을 보고 천천히 걸어왔다. 그때 어머니가 예의 그 아버지의 바지를 돌돌 말아 쥔 채 대문을 나왔고 여자가 그 뒤를 따랐다. 가자, 거만하게 어머니가 말했다. 세헌은 문득 뒤돌아서서 꼼짝도 하지 않고 서 있는 여자를 바라보았다. 눈물 가득한 시선은 이번에도 한 걸음 비킨 채였다. 여자가 사팔뜨기라는 것을 세헌이 알아챈 건 소년의 곁을 지나 비탈길을 내려온 뒤 집으로 가는 버스에 올랐을 때였다.

그리고 며칠 있다 그놈이 왔지, 불쑥. 녀석은 늘 그런 식이야, 불쑥, 나타나 사람 속을 잔뜩 뒤집어놓고 불쑥 사라지지. 공부도 어지간히 안 하더니, 그 새끼. 결국 고등학교에 떨어지고 재수를 했는데 어느 날 학원에서 올 시간에 안 왔어. 아버지가 어머니를 몰아세웠지. 혹시 구박이라도 한 거 아니냐고. 그때로 되돌아가기라도 한 것처럼 세헌이 얼굴을 찡그렸다.

자정이 가까워지도록 주헌이 들어오지 않자 세헌의 어머니는 양말을 신었다. 근처라도 돌아보자는 심산이었다. 그때 대문을 두드리는 소리가 났다. 잠깐, 주헌일까 했지만, 소리는 평소와 다르게 급하고 거칠었다. 알 수 없는 불안감으로 가족들은 서로를 바라보았다. 대문에는 웬 중년 부부가 잔뜩 화가 난 표정으로 서 있었다. 그 옆에 풀이 죽은 채 서 있는 소녀가 눈에 들어왔다. 두 손으로 가리고 있었음에도 소녀의 배가 지나치게 볼록했다. 모두의 시선이 소녀의 배에 가 닿았다. 불길한 예감은 틀리지 않았다. 임신을 감당하지 못한 소녀는 그때까지 사실을 숨기다가 산달이 가까워서야 모든 걸 고백했다. 주헌이 그 자리에 있었다면 당장 그를 요절낼 듯 중년 부부는 흥분해 있었다.

결국 어머니가 비는 수밖에 없었다. 모든 게 어머니의 탓인 것처럼 아버지는 중년 부부보다도 더 눈을 부라렸다. 일이 이렇게 된 거 어쩔 수 없는 일이 아니겠냐고, 애는 잘 키워주겠다고, 결혼을 하든, 그냥 맡기든, 어떤 선택이든지 간에 수용을 하겠노라고 어머니는 빌고 또 빌었다. 마음이 누그러진 중년 부부는 한숨을 내쉬었다. 남자는 담배를 폈고 여자는 울었다. 어쩔 수 없는 일이었다. 자신들의 딸에게도 문제가 아주 없지는 않았다는 것을 그들은 인정했고, 어머니의 제안을 받아들였다.

문제는 주헌이 새끼였어. 그 새끼 한 사흘 만에 들어왔는데 그간의 얘기를 듣고도 눈도 깜짝하지 않더라고. 오히려 어머니가 쩔쩔맸지. 애는 걱정하지 말라고, 다 키워주겠다고. 그런데 싫다고 하더라고. 여자애는 생각만 해도 끔찍하다면서. 아버지가 그 새끼한테 눈을 부라리는 걸 그날 처음 봤지. 한쪽에서 줄담배를 피우다 아버지가 자리에서 벌떡 일어나더라고. 그 새끼도 같이 일어났어. 그 순간을 기다리고 있던 것처럼.

좋아하지도 않는 애한테 왜 그런 짓을 했냐고 아버지가 물었다. 주헌이 대답했다. 그럼 왜 아버지는 사랑하지도 않는 여자에게서 나를 낳으셨나요. 그리고 주헌은 사라졌다, 불쑥.

주헌이 집을 나가자 아버지는 갑자기 할 일이 생각난 것처럼 어머니를 패기 시작했다. 아버지가 옆에 있던 빗자루를 잡은 건 순식간이었다. 이불을 덮고 귀까지 틀어막은 세헌에게도 퍽, 하는 둔중한 울림이 느껴졌다. 어머니는 비명도 지르지 못한 채 숨을 몰아쉬었다. 더 이상 방관할 수 없는 상황이었다. 세헌은 몸을 떨며 안방 문을 열었고 들어서는 안 될 소리를 듣고 말았다. 나쁜 년, 네가 그 사람한테 가서 무슨 짓을 했는지 내가 모를 줄 알아. 그 생각만 하면 치가 떨린다고. 지 에미에게서 떨어뜨리지만 않았어도 주헌이가 그러지는 않았을 것 아냐.

그 양반, 그렇게 개 패듯 어머니를 때려놓고 다음 날 아무렇지도 않게 앉아서 시금치를 먹더라니까. 며칠은 굶은 사람처럼 말이야. 그리고 그날 죽어버리더라고. 결국 나한테는, 엄마한테는 한 번도 사람 노릇을 안 해보고 말이야.

"내일 아침 일찍 어머님 댁에 가야 하니까 오늘은 일찍 들어오세요. 내일이 아버님 기일이에요. 도련님도 꼭 참석하시래요. 아버님이 기뻐하실 거라고."

어색한 침묵을 깨기 위해 명옥은 짐짓 쾌활하게 말했다. 주헌이 말을 듣지 않을 가능성이 컸지만 기일을 알려주지 않을 수도 없는 노릇이었다.

"난 안 갑니다."

주헌의 대답은 말이 끝나기도 전에 튀어나왔다. 막 밥을 입에 넣던 세헌이 눈을 치뜨고 그를 바라보았다.

"도련님, 그래도. 어머니가."

"나랑 상관없는 일입니다."

주헌은 아무렇지도 않은 표정으로 마지막 국물을 들이켰다. 안색이 변한 건 세헌이었다. 아직 밥이 반이나 있었지만 세헌은 숟가락을 식탁 위에 놓았다. 안하무인인 것까지 똑같군. 노여움으로 세헌의 표정이 일그러졌다. 그런 세헌과 상관없이 주헌은 식사를 끝내고, 물까지 마신 뒤에야 자리에서 일어났다. 그때까지 얼굴이 붉어진 채로 어쩔 줄 모르고 앉아 있는 세헌을 명옥은 아슬한 심정으로 바라보았다.

5

뻐꾸기시계가 세 시를 알렸다. 명옥은 거실의 움직임에 귀를 기울였다. 아무 소리도 나지 않았다. 혹시나 했지만 현관문이 열리는 소리도 들리지 않았다. 곤두세웠던 촉각을 누그러뜨리며 명옥은 스스로를 달랬다. 세헌이 밤을 새고 들어오는 일은 어제오늘의 일이 아니었다. 주헌과 살게 된 뒤로 계속되던 일이었다. 그저께도 그랬고 나흘 전에도 그랬던 것처럼 어디에선가 카드를 치고 있을 것이었다. 내일 아침 어머니 댁에 가기 전에만 들어오면 될 것이었다. 침대에 앉은 채로 명옥은 양쪽의 관자놀이를 눌렀다. 머리와 몸이 전혀 다르게 반응했다. 추도식을 마친 뒤 먹을 음식을 장만하기 위해

하루 종일 움직인 탓에 몸은 커다란 바위를 매달아놓은 것처럼 무거웠다. 조금만 움직여도 저절로 끄응, 소리가 날 지경이었다. 그런데도 좀처럼 잠이 오지 않았다. 잠을 자려 억지로 눈을 감으면 눈꺼풀과 머리에 가시들이 박힌 듯 욱신거렸다. 이러다가 밤을 꼬박 샐 것 같았다. 아무래도 수면제를 먹는 게 나을 것 같다는 생각에 명옥은 자리에서 일어났다.

거실은 어두웠다. 텔레비전의 화면만 파란빛으로 가득했다. 그녀는 거실 불을 켜기 위해 벽을 더듬었다.

"그냥 둬요."

갑작스러운 소리에 명옥의 손이 저절로 움츠러들었다. 소리 나는 쪽을 바라보았다. 주헌이었다.

"거기서 뭐 하세요?"

주헌은 아무 대답도 하지 않았다. 소주병의 실루엣이 희미한 빛 사이로 들어왔다. 엉거주춤 선 채로 명옥은 그를 바라보았다. 까닭 없이 가슴이 뛰었다. 공연히 나왔다는 생각이 들었지만 어쩔 수 없는 일이었다. 물을 따른 뒤 명옥은 서둘러 방으로 들어왔다. 서랍속에서 꺼낸 수면제 두 알을 입속에 집어넣었다. 용량이 많은 건 아닐까 잠깐 걱정이 되지 않은 건 아니었지만 세헌이 들어오기 전까지 무엇보다도 깊이 잠들고 싶었다. 약 기운이 퍼지기를 기다리며 명옥은 눈을 감았다.

쌍둥이는 튼실했다. 발가락들은 완두콩처럼 동그랬다. 며칠 전 백화점에서 산 투피스를 어디에 두었는지 떠오르지 않아 명옥은 온 집 안을 뒤져야 했다. 안방의 장롱과 서랍장까지, 심지어 주헌의 여행 가방까지. 서랍을 열 때마다 잊고 있던 옷들이 끊임없이 쏟아져 나왔다. 언젠가 세헌의 옛날 사진에서 보았던 스트라이프 무늬가 있는 낡은 티셔츠까지 손에 잡히자 명옥은 그제야 망연한 기분으로 주위를 둘러보았다. 낡은 옷들이 집 안 가득 차 있었다. 그때까지 아무것도 입지 못한 채 누워 있던 쌍둥이가 울음을 터뜨렸다. 명옥은 자리에서 일어났다. 울음소리가 나는 쪽을 바라보았지만 천장까지 쌓인 옷 때문에 아무것도 보이지 않았다. 정신없이 옷의 벽을 허물 때에야 비로소 투피스가 든 가방을 백화점의 에스컬레이터에 내려놓았던 게 떠올랐다. 거대한 실리콘 같았다, 집 안은. 명옥은 몸을 뒤척였다. 움직일 때마다 실리콘이 몸의 틈새로 들어왔다. 편안한 것, 같았다. 편안한 것, 같, 다고 명옥은 끊임없이 되뇌었다. 잠을 자고 있다고 스스로에게 주문을 걸었다. 쌍둥이는 더 이상 울지 않았다. 실리콘 틈에서 놀고 있는 것 같았다. 명옥은 팔을 뻗어 쌍둥이의 몸을 만졌다. 볼록볼록한 팔과 단추 같은 배꼽과, 그리고. 무심히 쌍둥이의 몸을 쓸어내리던 명옥은 깜짝 놀랐다. 눈을 떠서 자신의 생각이 맞는 건지 확인하고 싶었다. 하지만 좀처럼 눈꺼풀이 움직이지 않았다. 거대한 나사로 조여놓은 것 같았다. 투피스를 찾는다 해도 쌍둥이에게 입힐 수 없다는 생각이 들자 오히려 마음이 편해졌다. 대체 왜 쌍둥이가 여자라고 생각했던 것일까, 명옥은 아무리 생각해도 스스로가 이해되지 않았다.

　어디선가 바람이 들어왔다. 문이, 열리는 것, 같았다. 문이 열리는 것 같았지만 눈이 떠지지 않았다. 몇 시나 됐을까. 명옥은 눈을 감은 채로 세헌에게 인사했다. 왔어요. 세헌은 아무 대답도 하지 않았다. 왜인지, 자리에 선 채로 움직이지도 않았다. 어쩌면 벌써 날이 밝았을지도 모른다고 명옥은 생각했다. 그러나 생각뿐이었다. 온몸의 힘이 빠져나간 것처럼 꼼짝도 할 수가 없었다. 아무래도 두 알씩이나 먹는 게 아니었는데, 후회가 됐으나 어쩔 수 없는 일이었다. 세헌이 침대에 와서 누웠다. 그의 피곤함이 명옥에게까지 느껴졌다. 안쓰러웠다. 명옥은 그를 만져주었다. 곱슬거리는 그의 머리카락이 손가락에 기분 좋게 감겼다. 그때, 그가 명옥에게 인겨왔다. 쌍둥이를 안던 팔로 명옥은 그를 끌어안았다. 아기처럼 그가 명옥을 끌어안았다. 그의 손이 명옥의 등을 쓸어내렸다. 넓고 따뜻한 손이었다. 기분 좋은 편안함이 물처럼 온몸에 흘렀다. 날개와 가늘게 팬 명옥의 등골을 손은 천천히 어루만져주었다. 명옥은 자기도 모르게 움찔거렸다. 불현듯 참을 수 없이 그의 몸이 그리워졌다. 그의 손을 끌어다 자기의 가슴에 대주었다. 여전히 눈을 뜨지 못한 채 명옥은 손끝으로 그의 입술을 벌렸다.

　바람이 점점 거세지고 있었다. 먼 곳에서부터 들려오던 소리는 빠르게 명옥에게까지 전해져왔다. 집 안의 모든 문이 열린 듯 요란한 소리가 여기저기서 일어났다. 냉기가 몸속 깊은 곳까지 스며들었지만 명옥은 침대에 누운 채 여전히 움직일 수 없었다. 해가 뜨는지 방 안의 물건들이 서서히 제 몸을 드러냈다. 손을 뻗어보았다. 아무것도 만져지지 않았다. 뻐꾸기의 울음소리가 들려왔다. 여섯 번이었다.

6

아이가 생겼다는 것을 안 건 주헌이 집을 나가고 두 달이 지난 후 였다. 주헌이 사라진 뒤 세헌은 제일 먼저 문을 고쳤다. 녹슨 경첩을 떼어버리고 도금이 선명한 새 경첩을 달았다. 페인트가 떨어진 현관 을 열고 그는 문을 칠하기도 했다. 며칠 뒤에는 주헌이 빌려다 놓은 디브이디를 갖다 주었다. 아파트 근처에 새로 연 카페에서 원두를 사 다 커피를 내리기도 했다. 먼 이국의, 향기가 거실을 가득 맴돌았다.

어느 날 아침, 클라리넷 레슨을 받으러 나서다 명옥은 문득 생리 를 두 번이나 걸렀다는 사실을 깨달았다. 날짜를 세느라 엘리베이터 를 두 번이나 그대로 내려보내야 했다. 의사는 활짝 웃으며 축하 인 사를 건넸다. 명옥은 초음파 화면을 들여다보며 자신의 배를 만져보 았다. 이물감은 느껴지지 않았다. 임신의 전조는 어디에서도 보이지 않았다. 입덧도 없었고 피곤하지도 않았다, 더 이상 수면제에 의존 하지 않고 잠을 잘 수 있었던 것 외에는. 몸 어디에 아기가 숨어서 자라고 있는 것일까, 명옥은 두려우면서도 신기했다.

오후 한 시. 세헌이 올 시간이었다. 병원에 갈 때마다 세헌은 번번이 조퇴를 하고 집으로 왔다. 무싹처럼 자라는 아기의 모습을 보고 싶어서였다. 그는 삼 주마다 찍은 초음파 사진을 액자에 끼워 거실에 늘어놓았다. 강낭콩 같던 아기는 시간이 지날수록 흉물스러워졌다, 자가증식을 하는 아메바처럼 두 개 혹은 세 개의 원형으로 빠르게 늘어났다. 막 생기기 시작하는 눈과 코와 입은 함부로 뭉개진 그림같이 보였다. 그 와중에도 부지런히 움직이며 아기는 명옥에게 제 존재를 알렸다. 정말 못생겼다, 대체 누굴 닮았는지 모르겠네. 눈과 코와 입의 경계가 흐릿한 사진을 들여다보며 세헌은 연신 웃어댔다. 좋은 아빠가 될 준비를 단단히 한 채 세헌은 날짜를 헤아리며 아기와의 조우를 기다렸다.

"무슨 생각을 그렇게 해?"

어느 틈에 왔는지 세헌이 현관에 서서 어깨에 묻은 눈을 털고 있었다. 명옥은 서둘러 자리에서 일어났다.

"눈이 오나 봐요."

"조심해. 그러다 넘어지겠다. 응, 첫눈인데도 굉장한데. 주위가 온통 하얘. 옷 단단히 입어, 우리 아기 추울라. 당신은 상관없지만."

딴엔 재미있는 농담을 했다고 생각했던지 세헌이 이를 드러내며 웃었다. 명옥은 잔뜩 부푼 배를 내려다보았다. 지금이라도 빵, 터지면 매직풍선에서처럼 퍼즐 하나가 튀어나올 것 같았다. 스위트 홈을 완성시키기 위한 마지막 조각이. 코트를 입으며 명옥은 창밖을 바라보았다. 보풀 같은 눈들이 온통 도시를 덮고 있었다.

가족 이데올로기와 '정상가족'의 신화에
대항하는 글쓰기

박 진(문학평론가·국민대 교수)

1. 상처들의 퀼트, 퀼트

양선미의 『퀼트, 퀼트』는 억압된 기억과 해묵은 상처들이 조각조각 덧대어진 어두운 색조의 퀼트와도 같다. 그것은 분노와 슬픔, 미움과 죄책감 등으로 얼룩진 복잡한 감정들의 퀼트이기도 하다. 가장 가깝고 누구보다 사랑하는 사람에게서 받은 상처이기에 분노가 들끓을수록 슬픔이 깊어지고 미움이 클수록 죄책감도 강해진다. 가족으로부터 육체적·정서적으로 버림 받거나 학대당한 양선미 소설의 주인공들은 이 같은 모순적 감정의 소용돌이에 휩쓸려 있다.

자율적 개인에 대한 일반화된 통념에도 불구하고, 가족은 별개의 개인으로 이루어져 있다고 보기 어렵다. 가족은 오히려 하나의 정서적 단위이자 실체로서, 상호의존성을 지닌 일종의 정서체계라 할 수 있다. 가족 안에서 패턴화된 고정적 관계(집중된 권력구조, 폐쇄적 의사소통구조, 완고한 역할과 규칙 등)는 가족 중 누군가를 희생양으로 삼아 끈질기게 지속되며, 체계 내의 불균형으로 인한 불안은 가족의 '불안의 저장소' 역할을 하는 한 사람에게 흡수되는 경향이 있다. 이때 불안을 흡수하는 사람은 가족의 불균형한 체계를 유지하는 데 기여하는 셈인데,* 그러는 만큼 자신의 진정한 자아로부터 멀어지고 내적인 손상을 입게 된다. 가족이라는 이름 아래 실은 이렇듯 잔인하고 부당한 게임dirty game이 행해지고 있는 것이다.

동일한 욕구와 삶의 방식을 지닌 화목한 가정이라는 판타지는 가족관계에 실제로 존재하는 권력구조와 경쟁관계, 감정싸움 등을 은폐하고 부인하게 만든다. 『퀼트, 퀼트』는 이 같은 '정상가족'의 신화 아래 숨겨진 가족의 잔인한 게임을 드러내고, 상처 받은 내면아이(성인이 된 뒤에도 치유되지 못하고 남아 있는)의 뿌리 깊은 분노와

✛ 이를테면 남편이 폭력을 휘두를 때마다 아이를 안고 자며 흐느끼는 어머니는 아이에게 자신의 불안을 흡수시켜 폭력적인 가정을 가까스로 유지하고 있는 것이다. 부부 사이의 갈등이 고조될 때마다 아이가 특정한 증상을 일으켜 가족의 파탄을 막는(부모의 관심을 자신에게로 돌리게 함으로써) 경우도 있는데, 아이가 치유되거나 자라서 가족을 떠나게 되면 부부 사이는 돌이킬 수 없이 무너지기도 한다. 가족 중 한 사람의 증상이 치유되면 다른 한 사람이 또 다른 증상을 일으키는 경우도 흔히 발견되는데, 이 경우 가족은 불안정한 체계를 유지하기 위해서 어떤 증상을 필요로 하는 것처럼 보인다. 마치 누구든 '술래'가 정해지면 다시 게임이 시작되는 것과도 같다. 이에 대해서는 마이클 P. 니콜스의 『가족치료 : 개념과 방법』(제9판, 시그마프레스, 2011), M. E. 커의 『보웬의 가족치료이론』(학지사, 2005), 존 브래드쇼의 『상처 받은 내면아이 치유』(학지사, 2004) 등을 참조.

고착된 슬픔을 끄집어낸다. 폭력적이고 병리적인 가족이 모든 가족에 어느 정도 내재하는 상호의존증적 관계를 두드러지게 보여주는 사례라 할 때, 양선미의 소설을 읽는 일은 우리 안의 버려진 아이, 또는 상처 받은 채 자라지 못한 영혼의 부분과 마주하는 고통스러운 치유의 과정이 될 수 있다.

2. 폭력으로 상처 받은 내면아이의 분노와 슬픔

「조서」와 「어디를 달리고 있을까, 해피는」은 폭력적인 아버지와의 관계를 통해 가족의 끈질긴 정서적 속박과 이로 인한 고통을 그려낸 소설이다. 「조서」의 '나'(은수)는 아버지('그')가 엄마를 폭행하는 것을 지켜보며 공포에 떨던 아이였고, 불행한 엄마와 공생관계를 유지하며 자아의 경계선이 흐려진diffuse boundary 딸이었다. '나'를 데리고 숨어버린 엄마를 1년 만에 찾아낸 그가 이 같은 '규칙 위반'에 대해 가혹한 처벌(엄마 앞에서 '나'에게 각목을 휘두르는)을 가하자, 엄마는 그를 각목으로 내리치고 영원히 집을 떠나버린다. 엄마의 선택은 이 끔찍한 고착관계를 끊기 위한 최후의 방편이었을지 모르나, 그 뒤로도 역기능적 가족의 상호의존은 해소되지 않는다. 그를 피해 숨어 살고 있는 '나'에게 그의 전화가 걸려 왔을 때, '나'는 그의 '포충망'이 이미 가까운 곳에 펼쳐져 있다는 불안에 시달린다. 폭력에 연루된 가족의 정서적 속박은 이렇듯 점성이 강한 접착제와 같아서, 떼어내려고 잡아당기면 늘어나긴 하지만 결코 놓아주지 않는다.

「조서」는 그가 뺑소니차에 치여 사경을 헤매는 동안 '나'가 경찰서에서 조사를 받는 과정으로 이루어져 있다. 집 근처 횡단보도 앞에서 그를 보고 느낀 맹렬한 적의는 '나'로 하여금 사고를 낸 것이 바로 자신이라고 오인하게 만든다. 그가 죽어버리기를, 그래서 폭력의 지독한 유착으로부터 풀려나기를 바랐던 '나'의 욕망이 눈앞에서 실현됐을 때 '나'를 덮친 것은 뜻밖에도 뼈아픈 죄의식과, 위로받지 못한 채 오래 떠돌던 상처 입은 아이의 깊은 슬픔이다. 그가 죽어서 다시는 내 앞에 나타날 수 없다고 해도, 그의 주검이 행려자로 처리되게 내버려둔 채 그를 자신의 아버지로 인정하지 않는다 해도, '나'는 죄의식과 슬픔이 뒤엉킨 고통스러운 상처로부터 온전히 자유로워질 수 없을 것이다.

「어디를 달리고 있을까, 해피는」에서도 폭력적인 아버지를 중심으로 하는 가족의 잔인한 게임은 '술래'를 바꿔가며 끈질기게 이어진다. 아버지의 폭력을 감당해내던 엄마가 죽자 곧바로 아버지가 풍을 맞고 거동이 불편해지는 상황은 아버지를 버리고 떠날 수 없도록 '나'(문자)를 붙들어두는 고착화된 가족체계의 메커니즘을 잘 보여준다. 엄마의 죽음으로 체계의 균형이 깨진 뒤 고문에 가까운 아버지의 폭력을 참아야 했던 해피는, 엄마 대신에 희생양이 되어 정서적 속박자인 아버지에게 학대당하는 '나'의 분신이라 말할 수 있다.* 그렇다면 해피를 풀어주는 '나'의 행동은 아버지의 속박으로부터 멀리멀리 달아나고만 싶은 간절한 소망의 표현이자 그 소망의 대리충족 행위라고 말할 수 있다.

흥미롭게도 아버지는 해피가 사라지자 낯선 떠돌이 개를 찾아내 억지로 끌어안고 집에 데려가겠다고 우긴다. 긴 실랑이 끝에 집 안으로 들인 개는 또 다른 해피/희생양인 동시에, 달아났다가도 다시 돌아올 수밖에 없는 속박된 '나'의 분신일 것이다. 당장 내일이면 잔인하게 괴롭힐 개를 위해 거실에 잠자리를 만들고 개의 줄을 움켜쥔 채 웅크려 잠든 아버지의 모습은 수화기에 대고 "네가 필요하다, 문자야"를 되풀이하던 아버지의 비굴한 목소리를 떠올리게 한다. 폭력의 대상에게 절박하게 매달리는 아버지와 그런 아버지에 대한 '나'의 애증 섞인 연민은 폭력의 상호의존이 얼마나 질기고 집요한지를 분명하게 보여준다. 아버지가 잠든 뒤 개에게 밥을 먹이고 조심스럽게 등을 쓰다듬는 '나'의 손길에는 무력한 자기 자신에 대한 슬픔 어린 연민이 깃들어 있다.

이에 비하면, 자신을 학대했던 양육자인 외할아버지('노인')의 죽음 앞에서 그를 용서하고 받아들이게 되는 영우의 이야기를 담은 「홍시」는 좀 더 밝은 분위기로 마무리된다. 아버지 없이 태어나 환영받지 못한 아이, 엄마마저 죽은 뒤 노인의 정서적 학대와 폭력을

✤ 폭력의 직접적인 대상이 아니었어도 엄마가 살아 있을 때부터 '나'는 이미 정서적으로 학대받아왔다고 할 수 있는데, 이는 어릴 적 부모의 싸움을 훔쳐보다 아버지가 던진 뜨거운 물을 뒤집어쓰는 '나'의 모습으로 묘사된다. 흉터로 뒤덮인 혐오스러운 몸 때문에 남자로부터 버림 받은 '나'의 경험은 폭력에 노출된 어린 시절의 상처가 오래도록 남아 다른 사람을 사랑하고 관계를 유지하는 데 커다란 방해 요소로 작용할 수 있음을 암시한다.

견디다 못해 집을 떠났던 아이 영우는, 사고 직전까지 노인이 따서 모아뒀다는 홍시를 매개로 하여 노인의 뼈아픈 회한과 자신에 대한 때늦은 사랑을 깨닫는다. 하지만 아이를 사랑하면서(사랑한다고 믿으면서) 학대하는 일이 실제로 빈번히 존재하듯 노인이 자신을 사랑한다는 사실 자체는 영우의 상처를 씻어주지 못하며, 노인과 영우의 관계가 이전과 달라질 수 있는 가능성을 열어주지도 못한다(게다가 노인은 의식불명인 채로 죽음을 앞두고 있다). 따라서 이 소설은 노인과 영우가 서로 화해하게 되는 이야기라기보다는, 위독한 노인의 임종을 지키며 자기 삶의 기억을 재구성하는 영우 자신의 이야기라고 말해야 한다. 노인의 사고를 계기로 새롭게 발견한 홍시(사진 속에서 웃고 있는 어린 시절의 영우가 양손에 들고 있던)는 그가 행복할 자격이 있는 아이였으며 지금도 여전히 사랑받을 만한 존재임을 영우 자신에게 일깨워준다. 이렇게 재구성한 자기 이야기는 깊이 손상을 입은 '나 됨I AMness'의 자존감을 회복하도록 영우 스스로를 격려할 것이다. 영우의 상처 받은 내면아이를 돌보고 치유할 수 있는 사람은 그에게 상처를 입힌 노인이 아니라 영우 자신인 것이다.

　양선미의 소설은 폭력적인 가족관계의 상호의존적 메커니즘을 치밀하게 포착하고 그 속에서 고통 받는 이들의 모순적 심리를 섬세하게 묘사하면서도, 그 체계의 변화 가능성에 대해서는 이렇듯 대체로 비관적인 태도를 취하고 있다. 이런 태도는 혈연집단이자 사회

제도의 산물인 가족 그 자체에 대한 그녀의 회의적인 시선과도 맞물려 있다. 가족이란 생물학적 결속을 바탕으로 본능적 사랑과 헌신을 요구하고 경제적 의무와 부양의 책임을 부과하며 개인의 욕망과 자유에 대해 죄책감을 심어주는 이데올로기적 기구일 수 있기 때문이다. 명시적 폭력이 등장하지 않는 「내 사촌 동생의 결혼식」에서도 가족(또는 친족)이 불가피하게 서로에게 상처를 주는 관계, 부담감과 죄책감으로 얽혀 있으며 구속과 자유의 딜레마에 갇혀 있는 관계로 나타나는 이유가 바로 여기에 있을 것이다. 이런 양상은 생물학적 모성의 문제를 테마화하는 소설들에서도 분명하게 드러난다.

3. 모성 이데올로기의 억압과 '스위트 홈' 신화의 기만성

양선미는 엄마에게 버림 받은 상처를 지닌 딸(「산책 일기」 「물고기들」)과, 아이를 제 손으로 키우지 못하는 (어린) 엄마(「연어가 돌아오는 계절」 「물고기들」 「산책 일기」 「내 사촌 동생의 결혼식」)의 이야기들을 통해 모성의 문제를 반복적으로 소설화한다. 장애가 있다는 이유로 수녀원에 맡겨진 뒤 자기를 버린 엄마(이모인 줄 알았던)에 대한 분노와 증오의 힘으로 살아가는 딸과, 그녀에 대한 죄책감으로 고통 받으며 죽어가는 엄마 사이의 질긴 유대(감정적 탯줄)를 그린 「산책 일기」는 가족의 정서적 속박을 다룬 앞의 소설들과 가까운 자리에 있다. 한편 이 소설은 (마땅히 수행됐어야 할) 모성적 책임의 결핍을 단죄의 대상이자 불행의 기원으로 삼는다는 점에서, 익숙한 가족 이데올로기와 모성의 신화(생물학적·본능적 모성을 신성시하는)로부터 그리 멀리 벗어나지는 못하고 있다.

반면에 「물고기들」과 「연어가 돌아오는 계절」은 모성의 숭고함에 대한 기존의 관점을 의문시하는 좀 더 삐딱한 시선을 보여준다. 「물고기들」에서 깡마른 소녀의 몸속에서 자라고 있는 태아는 인숙에게 "아이를 숙주 삼아 피와 영양분을 흡수"하는 "낯선 생명체", 또는 끔찍한 "기생충 한 마리"로 느껴진다. 입덧으로 구역질이 날 때마다 담배를 피워대는 소녀 역시 모성본능 따위와는 아무 상관도 없어 보인다. 「연어가 돌아오는 계절」에서도 연어의 배를 따고 무수한 알들을 꺼내는 연구소 산란장의 광경이나 "젖빛의 정자"가 "순식간에 섞여 들어가"면서 "한데 뭉쳐 불투명하게 변해가는 알들"의 형상은 신비롭거나 아름답기는커녕 끔찍하고 징그러운 느낌을 불러일으킨다. 이는 철없고 무책임한 어린 엄마에 대한 부정적인 시선이나, 사랑과 성에 대한 주인공의 공포 어린 방어심리를 암시하는 데 머무르지 않는다. 이들 소설은 임신과 출산 행위의 그로테스크한 물질성과 아브젝트l'abject한 이질성을 누설하면서 본능적이고 '자연스러운' 모성(애)의 신화를 탈신비화하고 있다.

「물고기들」의 인숙은 내키지 않는 업무로 한나절 동안 같이 지내게 된 미혼모 소녀에게서 자기를 버리고 떠난 엄마(여고생 때 결혼해 인숙을 낳은 어린 엄마였고, '자유로운' 기질 탓에 고3인 딸을 두고 결국 가출해버린)의 모습을 본다. 동시에 그녀는 소녀를 통해, 엄마에 대한 그리움과 엄격한 아버지에 대한 반발로 무작정 찾아갔던 바닷가에서 낯선 남자와 자기방기적인 성행위를 한 뒤 임신의 두려움에 시달리던 여고시절 자신의 모습을 떠올린다. 기존의 도덕관에도, 미혼모에 대한 선입견에도 들어맞지 않는 솔직하고 천연덕스러운 소녀에게 조금씩 마음을 열어가면서, 인숙은 어느덧 엄마에 대한 양가감정과 자기 몸에 대한 혐오로부터 자유로워지는 것을 느낀다. 소녀와의 교감은 인숙에게 있어 자기 안에 자리한 "엄마의 흔적"을 회피하거나 부인하지 않음으로써 금욕적으로 억눌러왔던 자신의 욕망을 있는 그대로 승인할 수 있는 변화의 계기로 작용한다. 이는 모성의 영역 안에 인위적으로 가두었던 여성의 몸과 여성적 삶을 그 자체로 인정하는 관점과도 통할 수 있다.

모성 이데올로기를 비트는 이 같은 전환은 「연어가 돌아오는 계절」에서는 생물학적 모성의 테두리를 넘어서는 돌봄의 가능성으로 이어진다. 폭행으로 임신한 아이를 낳아 입양시킨 뒤 죄책감과 수치심으로 고통 받던 '여자'는 피치 못할 사정으로 엄마에게 버려져 바닷가를 배회하는 '찜질방 소년'(자신을 누나라고 부르는)을 자기 삶 속으로 받아들인다. '작은 내의' 한 벌이 든 밀폐용기(전해줄 길이 없어 주인 없는 보트 안에 감춰두었던)와, 연구소를 그만둘 때 '남자'(그녀가 자기 욕망에 대한 수치심 때문에 밀어내기만 했던)가 건네준 연어 한 마리를 양손에 들고 소년이 있는 바닷가로 서둘러 걸어가는 '여자'의 모습은 그녀가 더 이상 과거의 상처와 그로 인한 자기부정에 사로잡혀 있지 않을 것임을 짐작케 한다. 혈연의 울타리를 넘어서는 이 또 다른 가족은 강제된 책임이나 정서적 속박과는 구별되는 자유롭고 다정한 연대의 가능성을 향해 열려 있을 것이다.

양선미의 소설에서 모성 이데올로기에 대한 반발은 이렇듯 남성중심적·가부장적 억압에 대한 저항만을 의미하지 않는다. 그것은 '문제가정'이나 '결손가정'을 배제하는 '정상가족'의 신화와, 모성 이데올로기에 새겨진 혈연주의적 배타성을 거부하는 태도이기도 하다. '스위트 홈' 신화의 허위성을 냉소적으로 비꼬는 「브라보, 스위트 홈」 역시 같은 맥락에서 이해된다. 딴살림을 차린 남편의 여자를 찾아가 "아이 장래를 생각해서 그렇게 할 테니" 아들(주헌)을 자기에게 보내라고 말하던 세헌의 어머니와, 얼굴이 파랗게 질려 시키는 대로 해야 했던 주헌의 어머니, 결혼한 지 4년이 지나도록 아이가 생기지 않는 결핍감에 필요도 없는 아동복 투피스를 충동적으로 구입하는 명옥(세헌의 아내) 등은 모두 모성 판타지와 뒤얽힌 정상가족의 신화에 짓눌린 희생자들이다. 그 거짓된 신화의 질긴 구속력과 기이한 '비정상성'은 주헌과 세헌을 사이에 두고 서로를 증오하며 평생을 함께 사는 부모의 모습, 그리고 세헌 부부와 주헌의 위태롭고 긴장감 도는 동거를 통해 암시되고 있다. 결정적으로, 명옥이 임신을 하자 "스위트 홈을 완성시키기 위한 마지막 조각"을 드디어 찾아낸 듯 기뻐하며 주헌의 아이임을 알면서도 모른 체하는 세헌 부부의 모습은 혈연주의에 갇힌 가족 판타지와 스위트 홈 신화의 기만성을 적나라하게 노출한다.

세상이 험하고 삶이 가파를수록 모든 것을 품어 안는 모성의 위대함을 신비화하고, 언제든 돌아가 쉴 수 있는 안식의 공간으로 가족의 울타리를 이상화하는 경향이 두드러진다. 이런 소설들은 현실의 고통과 사회적 모순들을 은폐하고 독자에게 거짓 위로를 제공함으로써 만족감을 준다. 그러나 양선미의 소설은 이 같은 유혹에 안일하게 빠져들거나, 소망 충족의 판타지에 숨겨진 보수적이고 퇴행적인 관점과 타협하기를 단호히 거절한다. 『퀼트, 퀼트』는 오히려 모성과 가족에 대한 기존의 신화들을 전면적으로 의문에 부치면서, 개인적 상처와 여성적 삶의 영역을 넘어 이데올로기적이고 사회적인 층위로 문제의식을 확장해간다.

4. 판타지의 이면을 꿰뚫는 불온한 시선

양선미 소설의 문제의식이 생물학적 가족의 영역에 국한되지 않는다는 사실은 이 소설집에서 다소 이질적인 경향을 띠는 「풍경의 안쪽」을 통해서도 확인할 수 있다. '장미연립'에 도시가스가 설치되고 집값이 두 배로 뛰면서 20년 만에 처음으로 반상회가 개최되는 상황을 그린 「풍경의 안쪽」은 지역공동체가 지닌 이익단체로서의 속성을 희화적으로 풍자한 소설이다. 지역공동체의 발전을 위해 감시카메라 설치를 추진했던 연립 주민들은 그 감시카메라가 자신들의 은밀한 치부를 기록하고 공개하는 결과를 초래하자 당혹스러워

한다. 공공의 이익을 위해 결집된 공동체는 이렇듯 개인의 이해관계가 충돌할 때 너무도 쉽게 와해돼버린다. 이를 통해 이 소설은 지역공동체라는 조직 자체가 얼마나 모순적이고 이기적인 욕망 위에 세워져 있는지를 흥미롭게 묘파해낸다.

「풍경의 안쪽」이 명분을 앞세우는 허울 좋은 지역공동체의 이면을 폭로함으로써 공동체의 신화를 조롱한다면, 표제작인 「퀼트, 퀼트」는 통합된 자아와 정체성의 신화에 균열을 내는 소설이다. 「퀼트, 퀼트」는 "뇌의 해마가 계속해서 시간을 잃어버"려 각기 다른 시간의 단면들이 잘못 맞춘 퍼즐 조각들처럼 잇대어지는 '코르사코프 증후군' 환자를 주인공이자 화자로 내세운다. '나'(운혜)의 증상과 신뢰할 수 없는 발화는 서사의 맥락을 뒤섞어서 독자들의 혼란을 유발하는 한편, 스토리 내부에서도 인물들 사이의 관계와 '나'의 자기인식 자체를 뒤죽박죽으로 엉클어뜨린다. 이 소설에서 독자는 시간의 연속성과 기억의 일관성에 토대를 둔 자아의 정체성이 얼마나 허약하고 임의적인지를 문득 깨닫게 된다.

양선미의 『퀼트, 퀼트』는 이처럼 우리가 당연시하며 믿어왔던 많은 것들을 의심하고 뒤흔들어놓는다. 그녀의 소설은 자아의 확실성과 통합된 정체성, 모성적 헌신과 행복한 가족, 개인의 이익에 우선하는 공동체의 결속 등에 대한 우리의 믿음이 공허한 판타지에 불과하거나 주입된 이데올로기의 산물일 수 있음을 냉정하게 까발린다. 이 불온하고도 신랄한 메시지는 때로는 통쾌하고 때로는 섬뜩

하다. 인물들의 기억 속 상처를 통해 독자의 공감과 내적인 자기성찰을 이끌어내는 양선미의 소설이 이처럼 우리 사회의 온갖 기만적 신화들에 대항하는 지적인 작업을 동반하는 양상은 무척이나 인상적이다.

뒤늦은 고백

사랑이 너무 크면 제 자신이 초라하게 느껴집니다. 웃었다가 화를 내는 일이 잦아지고 열등감은 더욱 깊어집니다.

제가 그랬습니다. 아침에 눈을 뜰 때, 혹은 잠을 자기 위해 잠자리에 누울 때마다 저는 그를 생각했습니다. 제 사랑의 대상은 잠시도 저를 편하게 해주지 않았습니다. 가슴을 두근거리게 하고 좌절하게 하고 제 자신을 돌아보게 했습니다. 아주 가끔씩 손을 잡아주기도 했지만, 그래서 행복감을 느끼게도 했지만 그뿐이었습니다. 결국은 잊고 싶었고 도망치고 싶었습니다. 저는 그렇게 하기로 마음먹었습니다. 자신은 없었지만 시간이 모든 것을 해결해줄지도 모른다고 생각했습니다.

결과적으로 저는 성공하지 못했습니다. 오히려 더 구차해졌습니다. 모습을 드러내지 못한 채 저는 숨어서 그를 엿보았습니다. 그가 다른 사람의 손을 잡아주는 것을, 다른 사람을 위로해주는 것을 보고 질투심에 사로잡혔습니다. 당장이라도 당신은 내 거라고 소리치고 싶었지만 자신이 없었습니다.

결국 얼마 전 누군가에게서 너의 정체성이 무엇이냐는 질문을 받았을 때 저는 모든 것을 인정해야 했습니다. 결코 그의 곁을 떠날 수 없다는 사실을. 숨어서 그를 바라보는 것보다는 곁에라도 있는 게 낫다는 것을. 그래야만 사랑을 얻을 기회도 생긴다는 것을. 하여 이제 저는 그에게 고백을 합니다.

사랑합니다. 다시는 도망가지 않겠습니다.

2014년 6월
양선미

퀼트, 퀼트

지은이 양선미
펴낸이 양숙진

초판 1쇄 펴낸날 2014년 6월 20일

펴낸곳 (주)현대문학
등록번호 제1-452호
주소 137-905 서울시 서초구 신반포로 321(잠원동)
전화 02-2017-0280
팩스 02-516-5433
홈페이지 www.hdmh.co.kr

ISBN 978-89-7275-700-9 03810

* 책값은 뒤표지에 있습니다.
* 파본은 구입처에서 교환해 드립니다.